KB059692

이야기 체조

TRAINING FOR THE STORY MAKING

이야기 *체조 體操

이야기를 만들기 위한 6가지 레슨

오쓰카 에이지 지음
선정우 옮김

북바이북

일러두기

1. 『이야기 체조』는 2000년 12월 아사히신문사에서 단행본이, 2003년 4월 문고판이 출간되었다.
   이 책은 2013년 8월 세이카이샤에서 간행된 신서판을 저본으로 삼았다.

2. 본문에 인용된 책 가운데, 원서가 아닌 일본어 번역본을 참고한 도서는 다음과 같다.
   ― 『프랑스 민담』, 미셸 시몬센 지음, 히구치 아쓰시·히구치 히토에 옮김, 하쿠스이샤, 1987
   ― 『알프스 소녀 하이디』, 요한나 슈피리 지음, 세키 다이스케·아베 요시타카 옮김, 가도카와쇼텐, 1952

3. 독자의 이해를 돕기 위해 옮긴이의 주가 필요한 부분은 책의 끝에 미주로 보충했다.

4. 일본어 인명 및 지명 표기는 「외래어표기법」(1986년 문교부 교시)에 따랐다.
   단, 우리에게 익숙한 한자어의 경우 가독성을 고려하여 한국어 읽기로 표기했다.

5. 본문에 사용한 부호와 기호의 뜻은 다음과 같다.
   ― 단행본 : 『 』
   ― 단편소설, 논문, 기사 : 「 」
   ― 잡지, 프로그램, 영화, 애니메이션, 게임 : 〈 〉
   ― 시리즈물 : ' '
   ― 강조와 인용 : ' ', " "

차례

1강

누구나 소설을
쓸 수 있다

나는 앞으로 두 가지 의미에서 '소설'을 다룰 것이다. 하나는 비평으로서의 의미이며, 또 하나는 지극히 실천적인 의미이다.

비평적인 의미에서 내가 궁금한 것은 소설을 쓰는 기술이나 능력 중 어디까지가 소설가만이 누릴 수 있는 특권이고, 어디까지가 소설가가 아닌 일반인들도 공유할 수 있는 것인가 하는 점이다. 여러 소설가들이 자신은 소설을 써야만 할 운명이었다거나 태어나면서부터 소설가였다는 발언을 한다. 분명 소설을 쓴다는 것은 자신의 특별한 존재를 증명하는 것이다.

일본에 국한하더라도, 2차 세계대전 이후 문학은 쇠퇴했다는 등의 평가를 받으면서도 아직까지 문학가들이 그럭저럭 사회적인 지위를 유지할 수 있었던 것은 결국 소설을 쓰는 행위가 일종의 '비밀 의식'으로서 신성시되었기 때문이기도 하다. 이런 배경에는 '복제의 시대'인 근대에 오히려 오리지널에 대한 동경이 깔려 있는 듯하다. 복제품의 전제에는 '아우라aura'로 가득 찬 오리지널이 있으며, 오리지널을 만들어내는 능력이야말로 '복제의 시대'에는 특권이다. 문학이 대량으로 복제되고 유통되지 못하기에 아직까지 '비밀 의식'으로서의 특권을 유지하는 건 아닐까.

소설가는 정말 소설가로 태어나는 걸까? 예를 들어, 오에 겐자부로나 무라카미 류, 요시모토 바나나 같은 소설가의 능력 가운데 어디까지가 평범한 사람에겐 흉내 낼 수 없는 것이고 어디까지는 흉내 낼수 있고 학습할 수 있는 것일까? 나는 이 강의를 통해 그 의문을 규명할 것이다. 그런 다음 소설에 '비밀 의식'으로서의 영역이 남아 있는지, 혹은 아예 없는지 확인해볼 것이다. 만약 아주 조금이라도 그런 영역이 남아 있다면, 사람들이 '문학'이라 부르며 칭송하는 것에 대해 조금도 이의를 제기하지 않겠다.

소설을 '비밀 의식'의 영역과 학습 가능한 영역으로 나누는 작업은 소설을 쓰는 행위를 철저히 매뉴얼화하는 것이다. 그것이 이 강의가 가진 두 번째 의미이며, 아울러 소설을 쓴다는 '숙명적' 행위를 어디까지 보통 사람들에게 '열어젖힐' 수 있을지를 실험해볼 것이다. 만약 당신이 다음 세 가지 유형에 속한다면 이 강의가 꽤 도움이 될 것이다.

1. 공모전 가이드북을 사면서 소설 신인상에 응모하려고 생각한 적이 있다.
2. 신문이나 문예지에 실린 '당신의 원고를 책으로 만들어 드립니다'라는 광고가 매우 신경쓰인다.
3. 소설가 양성 코스가 있는 전문학교에 입학했거나, 입학하려고 생각 중이다.

어떤가. 이런 사람이 꽤 있지 않은가? 여기에 한 가지 더, "그럼에도 불구하고, 한 번도 소설을 써본 적이 없거나, 혹은 쓰기 시작했지만 완성한 적은 없다"는 조건을 추가하겠다.

이런 사람들은 이 책을 꼭 읽어야 하는 사람들인데, 소설이란 제도의 바탕이 되는 매우 소중한 존재다. 소설가가 되고 싶다, 하지만 안될 것 같다. 그런 사람들이 있기 때문에 소설가가 특별한 존재로서 그 지위를 유지할 수 있으며, 소설을 쓴다는 행위는 '비밀 의식'으로서 존중된다.

이처럼 소설가를 동경하는 사람들은 공모전 가이드북이나 자비출판사, 창작 계열 전문학교의 '봉'이 될 뿐, 영원히 소설가가 될 수 없는 것일까. 일부 소설가가 주장하듯 소설가가 되는 것은 운명적인 것이라서?

우선 그 부분을 근원에서부터 의심해보겠다.

나는 소설이란 제도의 하부 구조를 지탱해주는 사람들에게, 문학 주변에 만들어져 있는 캐치 세일즈의 '봉'이 되지 말고 정말로 소설가가 되어보라고 말하고 싶다. 이 말 또한 사기처럼 들릴지도 모르겠지만, 믿고 안 믿고는 당신의 몫 아니겠는가.

다만 시작하기 전에 한 가지만 약속해줬으면 한다. 당신이 정말 소설가가 되고 싶다면, 앞으로 제시하는 과제를 자신의 손으로 직접 실행해야 한다. 이 책에서 제시하는 것은 소설을 쓰기 위한 근력 트레이닝, 즉 '체조'이므로 본인이 직접 움직이지 않으면 소설을 쓰기 위한 기초 체력이나 올바른 근육이 붙지 않는다. 운동과 마찬가지다.

소설을 쓰려고 하지만 쓰지 못하는 사람들이 실패하는 이유는 대개 기초 체력이 부족하기 때문이다.

예전부터 소설의 노하우를 가르쳐주는 책 중에 『문장독본』이 있었다. 물론 '문장' 기술이 중요하다는 점은 부정할 수 없다. 문체라고 하는 소설의 문장 리듬이 소설가의 개성을 결정지으며, 그것이야말로 문학의 본질이라고 생각하는 사람도 적지 않다.

하지만 이 강의에서는 문장 기술에 관해 전혀 다루지 않는다. '문장독본' 계열 책은 차고 넘치며, 무엇보다 소설에 있어 문장의 기술은 마지막 공정일 뿐 계속 쓰다 보면 의외로 자연스럽게 는다. 만화 그리는 법을 가르칠 때 스크린톤 붙이는 방법처럼 마무리 작업을 열심히 강의하는 입문서가 있는데, 소설의 문장 역시 사실은 그런 것과 마찬가지다. 어떤 면에서는 잔재주에 불과하다. 문제가 되는 것은 무엇을 쓰는가이다. 대부분의 소설가 지망생의 첫 번째 실패도 여기서 비롯된다.

그 실패란 무엇일까. '처음부터 쓸거리가 떠오르지 않는다'는 것이다.

대체 소설에 뭘 쓰면 좋을까. 답은 단순하다. '이야기'이다. 이야기를 만들지 못하니까 소설을 쓰지 못하는 것이다. 혹은 도중에 어떻게 써나가야 할지 알 수 없어지는 것이다. 이쯤에서 '소설과 이야기는 별개이니 같은 취급을 하면 곤란하다'던가 '이야기를 부정하거나 해체하는 것이 문학이다'라는 문학 전문가의 반박이 예상된다. 하지만 소설가 지망생은 그런 말에 휘둘려서는 안 된다. 사소설'이든 미스터리든 야오이[2] 소설이든, 어떤 소설에도 이야기가 존재한다. 물론 소설가는 때때로 이야기에 반기를 드는 경향이 있고 그게 문학처럼 느껴져 멋있다. 하지만 폴 오스터[3]의 소설만 봐도 아무 사건도 일어나지 않은 채 독자를 내팽개치는 『유령들』보다 사건이 술술 진행되는 『달의 궁전』의 인기가 높지 않은가. 소설가나 소설 마니아는 이야기에 닳고 닳아서, 반反이야기적인 소설을 선호하는데, 소설가 지망생까지 그들처럼 이야기를 부정할 필요는 없다. 먼저 보통의 이야기를 쓸 수 있게 되고, 그 다음에 훌륭한 소설가가 될 수 있다면 그때 반이야기를 써보라. 폴 오스터나 무라카미 하루키도 이야기와 반이야기를 왔다 갔다 하며 소설을 쓰고 있다는 건 당신도 어느 정도 눈치채고 있지 않은가.

자, 이제 이야기가 중요한 문제라는 걸 이해했을 것이다. 그런데 여기서 다시 한 번 많은 사람들이 망연자실할 것이다. 어떻게 하면 스티븐 킹이나 무라카미 하루키처럼 멋지고 독창적인 이야기를 만들 수 있을까? 못 할 것 같다는 자문자답을 하고 있을 것이다.

그렇다면 5분 동안 이야기의 줄거리를 하나 만들어보자. 일단, 소설을 쓰기 위해 2백자에서 2천자 정도로 정리한 이야기를 '플롯'이라고 부르겠다. 여기서 핵심은 주어진 분량 안에 이야기를 제대로 넣는 것이다. 신인상 응모 요강에도 소설 원고와 별개로 응모작을 4백자나 8백자로 요약하여 첨부하라는 지시가 있다. 이야기를 짧은 분량으로 정리하는 힘은 실제로 소설가가 되는 데 꽤 중요한 기술이다.

자, 5분이 지났다. 뭔가 쓸 수 있었는가? 써낸 사람은 일단 이 과정은 통과했다고 생각해도 좋다, 라고 말하면 이번엔 엔터테인먼트 계열 소설 잡지의 편집자가 비난할 것 같다. 플롯 하나 만들지 못하는 사람한테 소설을 쓰라고 하는 건 근본적으로 잘못되었다는 식의 비난 말이다.

맞는 말이다. 애당초 플롯 하나 만들지 못하는 평범한 사람이 소설을 쓸 수 있도록 만드는 것은 가능할까. 그걸 가능하게 하는 게 이 책의 비평적 야심이다. 소설가를 목표로 하는 사람에게 이 책이 철저히 '실용서'가 될 거라는 점은 앞에서 말했다.

사실 "만들 수 있게 해주겠다"라는 말은 좀 건방지다. 왜냐하면 소설가를 지망하든 하지 않든 누구나 이야기를 만들 수 있는 힘을 갖고 있기 때문이다. 소설가들은 그 힘을 인생의 어느 시기에 제대로 키워냈지만, 평범한 사람들은 그 타이밍을 놓친 것이다. 그러므로 내가 가르쳐줄 수 있는 것은 이야기를 만드는 힘에 관한 약간의 재활 치료법이다.

'이야기'는 어떻게 만들어질까?

모든 사람이 이야기를 만드는 능력을 갖고 태어난다는 말을 믿지 못하는 사람도 있을 것이다. 그에 대한 증명까지는 아니지만, 우치다 노부코라는 발달심리학자의 실험을 소개하겠다. 우치다 노부코는 어린이가 어떻게 이야기를 만드는 능력을 획득하는지에 대해 여러 흥미로운 실험을 했는데, 이것도 그중 하나다.

〈그림 1〉은 여자아이, 숲, 할머니 등이 그려진 5장의 카드다. 우치다 노부코는 5세 9개월된 여자아이에게 카드를 보고 이야기를 만들어 들

그림 1 우치다 노부코가 제시한 그림 카드

려달라고 부탁했다. 그러자 여자아이는 이런 이야기를 들려줬다.

숲속 깊은 곳에 작은 집이 있었습니다. 거기에는 여자아이가 혼자 살고 있었습니다. 그 아이는…… 그 아이의 이름은 마리코였습니다. 그리고 마리코는 가끔, 가끔씩 근처 할머니 집에 다녀왔습니다. 그, 그, 그때, 할머니한테 꽃을 가져다줬습니다. 어느 날 할머니 집에 가려고 생각했는데, 늑대가 찾아왔습니다.

"빨간 모자 아가씨, 할머니 집은 저쪽이란다."

"어머, 그래요? 고마워요."

여자아이는 말했습니다. 하지만 늑대는 나쁜, 나쁜 늑대여서, 거짓말을 했기 때문에, 저쪽은 사냥꾼 집이었습니다. 그래서 여자아이는…… 하지만 여자아이는 모르고 갔는데…… 모른 채로, 늑대가 말한 대로 했습니다.

그리고 사냥꾼은, 뭔가 사냥감이 오지 않을까 생각하고 있었는데, 사냥감 같은 작은 것이 있어서, '저건 새끼곰이구나'하고 생각하고 총을 꺼내, 슬금슬금 나무 뒤에 숨어 총알을 넣고 '빵!'하고 여자아이를 쐈습니다.

여자아이가 "무슨 소리지?" 하고 나무가 있는 데로 갔더니 사냥꾼이 있었습니다.

"이런, 그냥 어린아이잖아. 뭐하는 거지? 너는?"이라고 했더니, "난 늑대가 이리로 가라고 해서…… 할머니 집에 가고, 가고 싶어요. 그치만 늑대가요. 할머니 집이 이쪽이라고 했어요."

그랬더니 사냥꾼은 "나쁜 늑대!"라고 하면서 "늑대는 어디 있었니?"라고 물었습니다. "아까 우리집 앞에 있었, 있었어요"라고 했습니다.

(─침묵─ "그래서?"라고 재촉했다.) 그랬더니 사냥꾼은, 마리코의 집 앞으로 갔는데 늑대는 없었습니다. "대체 어디로 간 걸까"라고 마리코와 사냥꾼이 찾고 있었는데, 숲속에 늑대 새끼가 있었습니다. 그래서…… 음……. "마리코야, 잠깐 기다리거라"하고 사냥꾼이 말해서, 마리코는 "응"이라고 했습니다.

사냥꾼은 늑대 옆으로 가서 총에 총알을 넣었습니다. 그랬더니 늑대는 바로 숲의 저 멀리로 도망쳤습니다. 그래서 그후로 꼬마 늑대는 마리코 집으로 오지 않게 되었습니다. 마리코는 안심하고 할머니 집으로 갈 수 있게 되었습니다. (마지막 부분은 종결을 의미하는 듯 강하게 말했다.)

[H.Y양 5세 9개월]

(『상상력의 발달』, 우치다 노부코 지음, 사이언스사, 1990)

우리들은 카드를 보자마자 『빨간 모자』라는 이야기를 만들면 되겠다고 즉시 '정답'을 떠올린다. 그렇게 생각하고 나면 이 여자아이가 만든 이야기는 그녀가 어딘가에서 들었던 『빨간 모자』를 재생하고 있을 뿐이고, 어려서 제대로 기억하지 못했을 거라 여기게 된다. 여자아이가 만든 이야기에는 일반적으로 알려져 있는 『빨간 모자』의 유명한 장면인 늑대가 할머니로 변신하는 부분이나 사냥꾼이 늑대의 배를 가르는 장면이 빠져 있다. 하지만 구전되는 『빨간 모자』 중에는 늘대한테 먹히지 않고 자력으로 늘대를 물리치는 버전도 있다. 그렇다고 이 여자아이가 이와나미 문고판 『그림 동화집』에 실려 있는 '자력으로 늘대를 격퇴'하는 유형의 『빨간 모자』까지 알고 있었을 리는 없다.

다시 한 번, 그녀가 만든 이야기를 주의 깊게 살펴보자. 주인공의 이름은 '마리코'다. 이는 주어진 카드에 그려진 여자아이의 모습이 그림동화에 나오는 빨간 모자 같지 않고 이야기를 만드는 여자아이와 비슷한 연령과 옷차림을 하고 있기 때문일 것이다. 게다가 "빨간 모자 이야기를 해줘"라고 지시하지 않았다. 여자아이한테 '빨간 모자'란 키워드는 제시되지 않은 것이다. 하지만 이야기 중간에 늘대가 마리코를 "빨간 모자 아가씨"라고 부르는 대목이 있다. 『빨간 모자』가 인용된 건 이 부분뿐이다. 이야기를 만든 여자아이는 무심코 "빨간 모자 아가씨"라고 말한 것으로 보인다.

그렇다면 이 야이기는 『빨간 모자』를 재생하려다 실패한 사례가 아니라 이 여자아이가 나름대로 창작한 동화라는 말이 된다. "이야기를 만들어서 들려줘"라고 요청받았으니 스스로 만들었을 것이다.

정말일까? 그것을 확인할 수 있는 것이 다음 실험이다. 앞에서 보여준 5장의 카드에 〈그림 2〉 헬리콥터 카드를 추가하자 여자아이는 이런 식으로 이야기를 만들었다.

헬리콥터? …… 음…….
깊은 숲속에 한 채의 작은 집이 있는데, 거기에 할머니와 둘이서 살

그림 2 헬리콥터 카드

고 있는 여자아이가 있었습니다. 거기에 헬리콥터가 자주 날아와서 밤
중에도 잠을 잘 수가 없었습니다. 그래서 빨리 집을 바꾸고 싶었습니
다. 그런데 할머니와 여자아이는 좋은 생각이 떠올랐습니다. 여자아이
는 "저 헬리콥터를 우리집에서 먼 곳까지 데리고 가면 될 거야"라고
말했습니다.

　그랬더니 "그래"라고 할머니는 말했습니다. 하지만 늑대가, 무서운
늑대가 그 헬리콥터를 지키고 있다가, 여자아이가, 여자아이랑 할머니
가 오니까 삼켜버렸습니다. 사실은 그 헬리콥터는, 밤중에 꽃이 헬리
콥터로 변해서, 하늘을, 나는 것이었습니다.

　그리고…….

　하지만 그건 꿈이었습니다. 잠에서 깬 할머니와 마리코는 이상한
표정을 지었습니다. 헬리콥터 소리는 들리지 않았습니다. ……

(……"그래서?" 라고 재촉했다.)

그래서 할머니와 마리코는 이상한 표정을 하고 밥을 만들었습니다.

하지만 정말 그런 일이 일어나면 어떡하지. 할머니와 마리코는 이사해야 할까요? 하지만 할머니와 마리코는, 그것은, 아, "그런 일은 없어"라고 생각해서, 그 집에서 계속 살았습니다. (강하게 말했다.)

[H.Y양 5세 9개월]

(『상상력의 발달』)

우치다 노부코는 꽃이 헬리콥터로 '변신'하는 부분이나 모든 일이 '꿈속에서 벌어진 일'이라는 부분을 판타지 소설 등에 나타나는 고도의 스토리 기법으로 해석한다. 여자아이는 그런 판타지 기술을 구사하여 새로 등장한 헬리콥터라는, 빨간 모자와는 이질적인 요소를 이야기 속에 통합하려고 했다는 것이다. 그 말을 듣고 보면 '변신'이나 '꿈 엔딩' 등 판타지 소설의 일반적인 기법을 여섯 살도 되지 않은 어린아이가 '기술적으로' 사용한 것에 다시금 놀라게 된다. 우치다 노부코는 여자아이가 '이야기'를 만든 행위를 "경험의 해체와 재건을 통한 창조"라고 분석했다.

우선 상상 세계를 만드는 소재로서 지금까지 보거나 들은 경험과 이미지를 가공하는 과정이 시작된다. 이 가공 과정은 매우 복잡한 데다 세부 사항도 확실하지 않다. 간단히 설명하면 인식한 이미지를 여러 요소로 분해하고, 그것을 수정한 다음에 그 수정한 요소를 연상 작용으로 이어 붙여 통합하는 과정이다. 그 결과 머릿속에 대략적인 표상(이미지)이 떠오른다.

이 표상은 몸이나 말을 수단으로 삼아 표현되고 외화外化되는데, 외화되는 과정에서 변형, 수정되거나 다른 소재를 갖고 와서 다시 만드는 등의 과정이 일어나는 것이다. 이 단계에서 각각의 형상을 통합하고 체계화하는 과정이 이루어지는데, 표상은 점차 세련되고 확실해진다. 이를 통해 머릿속에서 만들어진 표상이 흐릿한 것이었더라도 구체적인 상으로 자각할 수 있다.

최종 단계에서 이 표상은 언어나 몸으로 표현되어 눈으로 볼 수 있는 형태가 된다. 언어로 기술된 문학 작품, 몸과 언어로 외화되는 연극, 그리고 회화나 음악, 창작 댄스 등의 작품으로 표현되었을 때 비로소 상상 세계의 생성은 종료된다.

(『상상력의 발달』)

우치다 노부코는 이야기를 만드는 행위를 '해체와 재구성'의 과정으로 본다. 먼저 지금까지 이야기나 현실을 통해 체험한 것을 해체하고 단편화시킨다. 그 단편들을 바꿔서 늘어놓고 의미를 붙이면 새로운 이야기가 된다는 것이다(이때 바꿔서 늘어놓기 위한 '규칙'이 존재하지만, 그것은 다음 장에서 자세히 다루겠다). 이러한 관점에서 보면 앞에서 보여준 카드는 '해체와 재구성'의 과정을 한눈에 볼 수 있게 만든 것이다.

우치다 노부코는 몇 가지 실험을 통해 이런 해체와 재구성 능력을 포함하여 이야기를 만들 수 있는 인지 능력이 5세 후반에는 거의 완성된다는 것을 입증했다.

캐릭터가 그려진 카드나 리카 인형[4]을 갖고 싶어 하는 어린아이의 욕망은 사실 이야기를 해체하고 재구성하고 싶은 욕망이고, '역할 놀이'는 그것이 표출된 행위라는 말이다. 그렇다면 오타쿠[5]라고 불리는 나 같은 부류는 유아기를 지나서도 이야기를 둘러싼 해체와 재구성 욕망을 버리지 못한 사람들이라고 할 수 있다. 비디오테이프가 보급되기 전부터 애니메이션 셀화[6]를 모으고, 장면이나 대사를 하나하나 외워 되새기는 걸 좋아하던, 지금은 마흔이 넘은 최초의 오타쿠 세대가 저패니메이션이나 컴퓨터게임을 만드는 중추가 된 것도 그런 의미에선 당연한 귀결이다. TRPG(Tabletalk Role Playing Game)[7]라 불리는 보드게임을 이용한 역할 놀이나 애니메이션 캐릭터를 차용한 동인지[8] 만화 등 오늘날 오타쿠 영역에서 제도화된 행동 패턴 역시 근본에는 해체와 재구성의 욕망이 깔려 있는 것이다.

오타쿠뿐 아니라 이야기를 만드는 것이 직업인 사람들은 1세 이후 이야기를 만들 수 있는 인지 능력이 발현되며, 5세 후반에는 대체로 그 인지 능력의 발달이 끝나고, 어른이 되는 동안 자신도 모르는 사이에 해체와 재구성 연습을 반복했다는 것이다.

그렇다면 운 나쁘게도 해체와 재구성 연습을 하지 않은 사람들은 어떻게 해야 할까?

우치다 노부코는 해체와 재구성을 위한 인지 능력이 5세 후반에 완성된다고 했다. 그렇다면 어른인 당신도 그 능력은 충분히 갖고 있을 것이다. 다만 제대로 연습하거나 사용하지 않았기 때문에 녹이 슬거나 발달하지 않은 채 남아 있을 뿐이다.

이제 그 능력을 다시 길러보자. 우치다 노부코가 실험 수단으로 사용한 카드를 빌려 어른을 위한 '해체와 재구성' 연습을 해보자.

카드를 이용한 '해체와 재구성' 연습

〈그림 3〉을 보라. 수고스럽겠지만 이 그림을 확대 복사하여 자른 다음 두꺼운 종이에 하나씩 붙이자. 여의치 않으면 종이를 카드 크기로 잘라 〈그림 3〉에 있는 24개의 키워드를 각각 적어도 좋다.

이 카드는 내가 스토리를 집필한 만화 『성혼의 조커』[9] 때문에 만든 것이다. 각각의 키워드 위에 있는 마크는 룬 문자[10]이며, 그 마크가 상징하는 바가 '생명'이나 '신뢰' 등의 키워드다.

참고로 『성혼의 조커』는 이런 내용이다. 어느 나라 왕의 몸에 24개의 룬 문자가 마치 반점처럼 새겨져 있다. 그런데 왕이 죽자 그의 몸에서 룬 문자가 사라진다. 그리고 그 순간 24명의 젊은이들의 몸에 룬 문자가 하나씩 나타난다. 24명의 젊은이는 서로의 룬 문자를 빼앗기 시작하는데(상대의 룬 문자 자국을 십자 형태로 베면 그 문자가 자신한테 이동한다), 24가지 룬 문자 전부를 손에 넣는 자가 다음 왕이 되는 것이다.

룬 문자가 상징하는 키워드는 그 문자가 새겨진 젊은이의 인격을 상징한다. '청초'라는 룬 문자를 가진 자라면 말 그대로 청초한 미소녀라는 식이다. 단, 룬 문자가 거꾸로 새겨지면 의미가 반전한다. '행운'이란 룬 문자가 거꾸로 새겨진 불운한 소녀 전사는 그 만화의 인기 캐릭터였다.

그림 3 24장의 키워드 카드

『성흔의 조커』는 내가 스토리 작가로서 충분한 실력을 발휘하지 못했고, 게임 기획에 휘둘려(처음엔 슈퍼패미컴[11] 전문 게임 잡지에 연재를 시작했는데, 나중에 플레이스테이션[12]용으로 만들 테니 잡지를 바꿔달라고 하는 등 3번이나 연재 잡지가 바뀌면서, 그때마다 스토리를 바꿔야 했다) 솔직히 좋은 이야기로 만들지는 못했다. 다만 연재 자체는 꽤 이어졌기 때문에 매번 에피소드를 만들기 위해 고생했다. 그때 억지로 짜낸 것이 이 카드를 써서 이야기를 만드는 방식이었다. 필요에 의해 만들어진 무척 실천적인 플롯 작성 방법인 것이다.

방법은 간단하다. 카드를 뒤집어 적당히 섞는다. 그리고 1장씩 총 6장의 카드를 뽑아 키워드가 보이도록 뒤집어 〈그림 4〉에 적힌 숫자 순으로 배열하라. 카드가 뒤집혀 있더라도(키워드가 거꾸로 나왔어도) 바로잡지 않고 그대로 배열한다.

우리 사무실의 아르바이트생 히다노에게 시험 삼아 카드를 뽑게 했다. 히다노도 실수로 소설가 양성 코스가 있는 전문학교에 입학한 경험이 있는 친구다.

이쯤에서 눈치챈 사람도 있을 것 같은데, 이 카드는 사실 타로카드를 변형한 것이다. 따라서 이 과정에서 타로카드를 써도 무방하다(타로카드를 써서 이야기 트레이닝이 가능하다는 것은, 점성술사 가가미 류지도 말한 바 있다). 카드의 배열과 해석 방식도 타로 점을 약간 바꾼 것이다. 타로카드로 운세를 점치는 것처럼, 이 카드들로 이야기 주인공의 운세를 점치는 셈이다. 각 위치에 배열된 카드의 의미는 〈그림 5〉와 같다.

히다노가 뽑은 카드와 그 의미는 다음과 같다.

1. 주인공의 현재 — 공식

2. 주인공의 가까운 미래 — 서약

3. 주인공의 과거 — 성실

4. 조력자 — 해방

5. 적 — 조화

6. 결말 — 생명

히다노가 뽑은 카드를 보면 주인공은 현재 '공식'이란 상태이다. 『성흔의 조커』에서는 룬 문자를 가진 전사가 이에 해당한다. 여기서는 '공식'이란 키워드에서 연상되는 인격을 가진 사람을 만들면 된다. 그는 과거에 '성실'이란 상태에 있었고 '서약'의 상태를 거쳐 마지막으로 '생명'의 상태에 도달한다. 그때 그를 도와주는 것은 '해방'과 관련된 사람, 혹은 사건이다. 그리고 방해하는 것은 '조화'를 연상시키는 사람이나 사건이다.

히다노에게 카드의 결과를 가지고 10분간 〈드래곤 퀘스트〉[13] 풍 이야기와 학교를 무대로 한 이야기를 각각 1편씩 만들어보게 했다.

먼저 〈드래곤 퀘스트〉 풍의 이야기이다.

『대리 전쟁』(히다노 노모)

부왕은 빈곤에 허덕이는 백성을 위해 이웃 나라를 침략하지만 도중에 전사한다.(→ 성실) 새로 즉위한 아들이 다시 한 번 백성을 구하기 위해 영토 확장에 나선다.(→ 공식) 나라가 혼란해질 것을 우려한 이웃

그림 4 카드의 배열 순서

그림 5 배열된 카드의 의미

나라는 문을 굳게 닫는다.(→ 조화) 싸움은 고전을 면치 못하지만 자유로운 상업을 바라는 상인들의 원조로 영토 확장에 성공한다.(→ 해방과 서약) 그후 온 나라에 새로운 생명이 가득 태어난다.(→ 생명)

부왕의 유지를 이어 이웃 나라를 침략하는 아들의 이야기이다. 백성을 위하는 부왕의 존재는 '주인공의 과거 — 성실'을 대입해 만든 것 같다. "자유로운 상업을 바라는 상인"이 '조력자 — 해방'이고, 그들과 '서약'해서 싸움에 승리한다. 하지만 어째서 재침략이 '공식'에 해당하는지 이해가 안 간다. '공식'을 '같은 행동을 반복한다'라는 의미라고 생각한 것일까? 그리고 이웃 나라가 문을 닫는 것은 '조화'라고 하긴 힘들 것 같다. '조화' 카드가 거꾸로 나왔다면 이렇게 해도 되겠지만, 그렇지 않으니 규칙을 지키지 않은 것으로 하겠다. 결말은 아들이 "영토 확장에 성공"하고 "온 나라에 새로운 생명이 가득 태어난다"라고 되어 있는데, 그러면 침략 전쟁이 괜찮다는 얘기니까 신자유주의적 사관을 가진 사람들이 좋아할 것 같은 이야기가 되어버렸다. 뭐 그래도 상관은 없다. 그럼 한 편 더, 학원물을 보자.

『스쿨 버스터즈』(히다노 노모)
소년은 어떤 사람을 만나게 되면서 인생이 바뀐다.(→ 성실) 전에는 불량소년이었는데 반장을 맡을 만큼 성장했다.(→ 공식) 어느 날 소년은 같은 반 여자아이에게 고백하려고 한다. 하지만 이 사립고등학교에서는 남녀 교제가 금지되어 있었다.(→ 조화) 소년은 교칙에 반대하는 친구들과 함께 싸워, 학교를 바꾼다.(→ 해방) 그녀에게 고백하여 무사히 성공한다.(→ 서약) 졸업과 동시에 결혼하고, 아이도 낳아 행복하게 산다. (→ 생명)

"어떤 사람"이란 건 누구인가? 그 부분을 제대로 생각하지 않으면 안 되지만, 어쨌든 어떤 계기를 통해 매우 고지식한 모범생이 된 소년이 남녀 교제를 금지하는 교칙 철폐를 위해 일어선다는, 구시대 학원물에서 볼 수 있는 이야기가 만들어졌다. 그러면 다시 한 번, 다른 친구의 작례를 살펴보겠다. 카드의 배열은 다음과 같다.

1. 공식 [역위치]
2. 선량
3. 지혜
4. 의사意思
5. 질서
6. 엄격 [역위치]

'공식'과 '엄격' 카드가 거꾸로 나왔다. 겉모습도 됨됨이도 아카호리 사토루[14]와 꼭 닮은 스기우라가 지은 이야기이다.

『Oh-Sa-Su-Ga!!(오, 과연!!)』(스기우라 다케시)

인공 마술로 만들어진 도둑 인형 마리아.(→ 지혜) 주인을 버리고 자신의 인공지능을 구사하여, 나쁜 관리들에게서 보물을 빼앗아 마을 사람들한테 나눠주고 있다. (→ 공식 [역위치]) 하지만 어느 날, 협력해주던 소년 그룹에게 "도둑질은 그만해"라는 말을 하고, 고민 끝에 드디어 은퇴 표명!(→ 선량) 마지막 타깃으로 선정한 것은 사리사욕을 채우던 국왕의 대관 도구 세트. 그러나 인형 헌터 맥더스 경관(→ 질서)이 쫓아와 망가지기 직전까지 위협한다. 하지만 협력자인 공주 자매(→ 의사)가 맥더스를 때려눕히고 그 틈에 대관 도구 세트를 손에 넣는다! 널브러져 있는 맥더스를 뒤로 한 채 마리아는 대관 도구 세트를 팔아 생긴 돈을 밤하늘에 뿌린다. 그리고 그녀는 아이들을 돌보면서 평온한 일상을 맞이한다(→ 엄격 [역위치]).

주인공이 '지혜', 즉 "인공 마술"에 의해 만들어졌다는 아이디어가 좋다. '공식'의 역위치로 의적이라는 캐릭터를 만든 것도 괜찮다. 다만 원조자에 '의사' 카드가 나왔는데, 여기에 해당하는 내용이 약간 억지스럽다. 하지만 스니커문고[15]로 출간된 소설이었다면 무척 읽고 싶은 이야기다.

카드를 이용한 해체와 재구성 연습은 이런 식이다. 카드에 표시된 키워드에서 어떤 인물이나 사건이 연상되는가 하는 점이 포인트다. 사전에 판타지라면 판타지, 연애물이라면 연애물이라고 이야기의 장르 정도는 결정해두는 게 편할지도 모르겠다.

두뇌 체조라고 생각하고 시간을 정해서 그 시간 내에 만들 수 있는 만큼 만들어보자. 카드는 몇 번이고 다시 뽑아도 되지만, 이야기를 만들기 편하게 카드의 키워드를 확인하면서 재배열하는 것은 반칙이다. 카드 배열은 운에 맡기자. 우리들의 상상력은 사실 뻔하다. 막연히 생각만 해서는 비슷한 패턴의 이야기밖에 만들 수 없다. 카드의 키워드를 가지고 이야기를 만들다 보면 자신이 갖고 있던 이야기의 좁은 틀에서 벗어날 수 있다.

참고로 이 카드에 나열되어 있는 키워드에 특별한 근거는 없다. 즉, '생명', '질서' 대신에 '노력', '우정', '승리' 같은 키워드로 바꿔도 상관없다[16]. 사전을 뒤져서 20~30개 정도의 그럴듯한 단어를 골라 직접 카드를 만들어도 좋다. 앞에서 말했듯이 아예 타로카드를 사용하는 것도 괜찮다. 어쩌면 이야기를 만드는 데 가장 적합한 키워드 30 같은 것이 있을지도 모르겠다. 관심 있는 사람은 스스로 찾아보길 바란다.

이야기의 구성 요소와 '행위자 모델'

이쯤에서 우치다 노부코의 실험과 비교하여 의문을 가진 사람이 있을지도 모르겠다.

첫째, 왜 카드에 적혀 있는 키워드가 '질서', '해방' 같은 추상적이면서도 상태를 나타내는 것인가 하는 점이다. 예를 들어 '웃다', '울다', '화내다' 같은 구체적인 동작을 나타내는 것이거나, 우치다 노부코가 사용한 카드처럼 '여자아이', '할머니', '늑대', '숲' 같은 구체적인 존재의 명칭이어서는 안 되는가 하는 의문이 들 수 있다. 둘째, 카드

배열을 앞에서 말한 방식대로 하지 않으면 안 되는가 하는 점이다.

우선 첫 번째 질문에 대해서는 자세히 설명하지 않겠다. 다만 이런 식으로 생각해주길 바란다. 예를 들어, 하나의 문장은 명사와 동사, 형용사, 조사 등 '단어'의 조합으로 이루어져 있다. 마찬가지로 이야기도 단어에 해당하는 단위 요소의 조합으로 구성되어 있다. 그 요소에는 무엇이 있고 그것이 어떤 방식으로 정리·분류될 수 있는지는 여러 견해가 있을 뿐 통일된 내용은 없다. 하지만 대략 공통적으로 나오는 의견은 이야기의 구성 단위는 등장인물의 '상태'를 되도록 추상적으로 표현하는 것이 아닌가 싶다. (지금 이 말이 무슨 의미인지 잘 몰라도 상관없다.) 이런 사고방식을 일컬어 '이야기의 형태학'[17]이라고 하는데, 이것이 바로 구조주의[18] 근본이 되었다. 현대사상에서는 이미 1980년대에 '포스트 구조주의' 다음으로까지 유행이 넘어갔고, 이제 와서 이런 주제를 이야기하는 사람은 거의 없다. (무려 1920년대 러시아에서 만들어진 것이니 당연하다.) 하지만 쓸 만하다면 뭐든지 써도 상관없지 않겠는가. 그러므로 여기에서는 추상적인 키워드를 단서로 삼아 등장인물의 행동을 되도록 구체적인 형태로 연상하는 것이 이야기를 만드는 데 있어 효과적이라고 생각하면 된다.

두 번째로 카드의 배열 문제는 이렇게 생각한다. 앞에서 카드 배열은 타로카드에서 도입한 것이라고 말한 바 있다. 하지만 그 배치는 〈그림 6〉 같은 도식을 수정한 것이기도 하다. 〈그림 6〉은 기호학자 그레마스Algirdas Julien Greimas[19]가 고안한 '행위자 모델'인데, 이야기에 보편적으로 등장하는 6명의 인물과 관계를 도식화한 것이다.

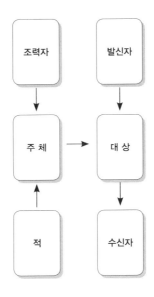

그림 6 그레마스의 '행위자 모델'

　'주체'는 이야기의 주체로서 일단 주인공이라고 생각해도 된다. '대상'은 주인공이 손에 넣으려고 하는 존재이다. 예를 들어, 판타지라면 마왕에게 납치된 공주 등을 말한다. 조력자·적은 그런 주인공의 행동을 돕거나 방해하는 자이다. '발신자'와 '수신자'는 조금 이해하기 어려울 수도 있겠다. 사실 행위자 모델은 '마법민담'이라는 〈드래곤 퀘스트〉 같은 판타지 스토리의 등장인물을 분류하기 위해 만들어졌다. 발신자는 주인공한테 공주를 어느 장소로 데려가라고 명령하는 왕, 수신자는 공주를 기다리는 이웃나라 왕자 등이라는 말이다. 주인공이 공주와 결혼한다면 주체와 수신자가 동일하다는 의미가 된다.

이렇게 보면 발신자, 수신자라는 두 명의 행위자(등장인물)는 모든 이야기에서 보편적으로 나타나는 존재는 아닌 듯하다. 그렇다면 일단은 배제하자. 대상이 꼭 사람이어야 할 필요는 없다. 연애물이라면 대상은 이성이 되겠지만, 그것만이 이야기의 목적은 아니지 않은가. 여기까지 이해가 되었는가.

자, 이제 카드를 사용하여 플롯 100개를 만들어보자. 100개라는 숫자에 넋이 나갔을지도 모르겠다. 하지만 야구선수가 배팅 연습 같은 반복 트레이닝을 몇천 번 반복하는 것과 마찬가지다. 이야기를 만들기 위해 머릿속의 '근육'을 단련하는 것부터 시작하는 것이다. 자, 힘을 내보자.

2강

이야기의 구조를
도작해 플롯을
만들자

이번 강의의 주제는 '도작'이다. 이야기를 만들어내는 기술로서 도작을 다루겠다. 오해받을 각오로 말하지만, 도작이야말로 이야기를 만들기 위한 가장 기본적인 기술이다. 도작이란 단어는 너무 자극적이니까 인용이나 샘플링, 커버나 리믹스 같은 부드러운 단어를 쓰는 게 낫다고 생각하는 사람도 있을 것이다. 하지만 현대미술 같은 데에서 '인용'해온 이런 표현을 즐겨 쓰는 요즘 젊은이들의 모습은 어딘가 당당하지 못하다는 느낌이 든다. 로런스 레식Lawrence Lessig[1]이 인터넷 상에서 인용을 자유화하자고 주장하면서 사용한 '퍼블릭 도메인public domain'[2]이란 개념도 마찬가지다.

다른 작품의 아이디어나 캐릭터를 자기 나름대로 개작해서 '도용'하는 것과 어떤 작품을 자유롭게 차용하거나 자신의 작품에 집어넣는 것을 권리로 주장하는 것은 뉘앙스가 다르다. 이런 식으로 돌려 말하는 표현은 애니메이션이나 만화업계에서도 유행하는데, 도작이나 도용이란 표현을 회피하면서 그럴 듯한 최신 용어를 사용하려는 게 오히려 오리지널 작품을 의식하는 것처럼 느껴진다. 기존의 이야기나 작품들에서 무언가를 차용해서 표현한다는 행위에 대해 느껴지는 꺼림칙한 부분을 현대미술에서 쓰이는 용어를 통해 무난하게 은폐하려는 것이다.

그런데 왜 도용이나 도작은 꺼림칙하게 느껴질까? 아무래도 근대의 창작 행위를 옭아맨 오리지널에 대한 신화의 영향인 듯하다. 창작이란 무無에서 유有를 만들어내는 행위이고, 그 능력은 선택받은 작가에게 주어진 특권이라는 신화 말이다. 만화나 소설의 출판계약서에는 이런 조항이 있다.

제1조 보증

갑은 을에 대해 본 작품이 상기 저작자의 창작에 의한 완전한 창작물이라는 점, 그리고 본 작품의 저작자로서 을과 이 계약을 체결하는 데에 필요하고 충분한 권리 및 능력을 보유하고 있다는 것을 보증한다. 또한 갑은 본 작품의 저작권에 관하여 현재 또는 미래에 제3자로부터 불리한 요구가 발생하지 않는다는 점 및 만일 그러한 일이 발생할 경우 제3자의 요구에 대하여 책임을 가지고 조치하여 을에게 아무런 지장과 손해를 미치지 않게 할 것을 보증한다.

즉, 작가는 책을 출판함에 있어서 그 책이 "저작자의 창작에 의한 완전한 저작물"임을 스스로 보증해야 한다. 그것이 저작자가 타자(이 경우는 출판사)에게 작품을 복제, 배포하는 행위를 허가하고 그 대가를 받을 권리의 근거가 되는 것이다.

나는 출판사가 출판계약서를 들고 올 때마다 이런 조항에 쓴웃음을 짓곤 한다. 이 세상에 '창작에 의한 완전한 저작물'이 존재한다고 는 도저히 생각할 수 없기 때문이다. 물론 그런 원칙을 내세우지 않으면 출판계약이 성립할 수 없다. 하지만 내 작품이 '완전한 저작물'이냐고 묻는다면, 엄밀히 말해 이 캐릭터는 데즈카 오사무[3]에게서 이어받았고, 이런 스토리 전개는 가지와라 잇키[4]의 작품에서 이어받았고, 어떤 장면은 할리우드의 모 영화에서 가져왔다고 솔직하게 말하고 싶어진다.

디즈니 애니메이션 〈라이온 킹〉[5]이 데즈카 오사무의 『정글 대제』[6]를 도작한 것 아니냐는 의견이 일본 만화계에서 제기된 적이 있었다. 하지만 『정글 대제』에도 디즈니 애니메이션 〈밤비〉[7]의 모방 내지 차용 같은 측면이 어느 정도 있다는 것은 데즈카 오사무 팬이라면 누구나 알고 있는 사실이다. 그렇다고 해서 데즈카 오사무의 명성에 금이 가는 것은 아니다. 오히려 데즈카 오사무와 디즈니가 주고받은 '도작의 캐치볼'이야말로 어떤 의미에선 창작 행위의 이상적인 모델이라고 말할 수 있다. 무책임하게 들릴 수도 있겠지만, 디즈니 애니메이션 모방에서 출발한 데즈카 오사무에게 디즈니가 자신을 '다시 훔쳐가는 것'은 작가로서의 숙원이지 않았을까 생각한다. 과거 오토모 가쓰히로[8]가 만화계에서 도작 운운하는 경우가 많았지만 사실 일본 만화가는 전부 데즈카 오사무 작품을 도작한 것이 아니냐는 의미로 이야기한 것을 본 기억이 있다. 그 말은 결코 틀리지 않았다고 본다.

이런 관점은 콘텐츠 산업이 팽창하고 지적소유권이 경제의 근간을 이루는 오늘날 쉽게 받아들여질 수 있는 것은 아니다. 우리는 복제와 경제가 연결된 시대의 마지막 국면을 살아가고 있는 것이다. 하지만 오늘날 소설을 포함하여 콘텐츠 산업에 있어서 '오리지널'이라고 불리는 모든 것은 언젠가 어디에선가 이미 본 내용의 복사판에 지나지 않다는 생각도 든다. 특히 일본의 게임 산업은 지적소유권에 대해 매우 엄격하고 시끄러울 정도로 판권 관리를 하고 있지만, 일본 게임의 캐릭터나 스토리 중에는 게임 산업 붐 이전에 존재한 만화나 애니메이션에서 차용해온 것이 많다. 일본의 게임 제작사가 패러디 동인지에 경고, 때로는 형사 고소까지 한다는 말을 들을 때마다 위화감을 느끼는 이유도 그 때문이다.' 적어도 2차 세계대전 이후 일본의 만화 역사는 새로운 세대가 이전 세대가 만든 것을 조금씩 인용·차용·도용하면서 다음 세대의 작가들에게 이어져왔다.

물론 비대해진 만화 동인지 시장은 더 이상 아마추어의 영역이라고 할 수 없는 측면도 있고, 나도 사람이다 보니 내 작품을 가지고 만든 동인지를 보면 좀 적당히 했으면 좋겠다는 생각이 들기도 한다. 하지만 그런 개별적인 문제는 일단 제쳐두고 먼저 최대의 전제로서 우리들의 창작 행위가 세대간의 차용이나 도용의 연쇄라는 점, 저작권법 및 지적소유권이란 원칙과는 별개로 애매한 영역의 존재를 허용하지 않고서는 새로운 창작물이 나오기 힘들다는 점은 분명하다. 그런 차용·도용의 연쇄 속에 존재하는 게임 산업에서 느닷없이 '창작에 의한 완전한 저작물'이라는 주장을 펼치는 것이 나는 무척 거슬린다. 콘텐츠 산업 중에서도, 특히 만화계에는 전통적으로 도작을 크게 문제 삼지 않는 관례가 있다. 앞서 말했듯이 데즈카 오사무와 그

후계자들이 갖가지 인용과 차용, 도용을 통해 2차 세계대전 이후의 일본 만화사를 쌓아올렸기 때문이다.

이렇게 도작 옹호론을 장황하게 늘어놓은 이유는 개인적인 도작 경험을 고백하기 위해서이다. 일종의 자기변호를 해둔 셈이지만, 스토리 작가로서 내 첫 번째 작품이 데즈카 오사무의 1967년 만화 『도로로』[10]를 도작한 것에서 출발했다는 점을 분명히 밝혀야겠다. 내가 편집자에서 만화 스토리 작가로 변신하게 된 것은 1980년대 후반 카도가와쇼텐의 게임 잡지에 연재한 만화 『망량전기 마다라』[11](이하『마다라』) 때문이다. 고스트 라이터로 원작을 맡아 단행본에 이름이 나오지 않지만, 실제로 설정과 스토리를 만들고 시나리오를 집필했다.

데즈카 오사무의 『도로로』는 주인공 햣키마루가 잃어버린 육체를 하나씩 되찾는 내용이다. 자신의 야망을 위해 곧 태어날 아들을 48마리의 요괴들에게 제물로 바친 아버지 때문에 햣키마루는 48군데 신체 기관이 없는 채 태어나 곧 버려진다. 버려진 햣키마루를 한 의사가 거둬 무기를 장착한 의수와 의족을 만들어주고 자식처럼 기른다. 그후 햣키마루는 자신의 몸을 빼앗은 요괴들과 싸운다. 정확히 말하자면 주인공은 햣키마루가 아니라 햣키마루를 따라다니는 도로로라는 소년인데(결말에 도로로가 사실은 여자였다는 반전이 있다), 데즈카 오사무는 자신의 몸을 되찾으려는 햣키마루와 여자라는 자신의 생물학적 정체성을 거부하는 도로로란 두 소년(소녀)의 빌둥스로망 Bildungsroman(성장소설)[12]을 중층적으로 그려내고 있다. 햣키마루와 도로로 콤비는 데즈카 오사무의 이후 작품인 『블랙잭』[13]의 블랙잭과 피노코를 떠올리게 한다. 데즈카 오사무의 대표작 중 하나로 손꼽히는 『도로로』는 애니메이션으로 만들어지기도 했는데, 햣키마루를 묘사한 게 장애인 차별이라는 우려가 제기되면서 재방송되지 않아 그다지 널리 알려지지 못했다(애니메이션판은 2002년 DVD로 전편이 출시되었다). 햣키마루라는 특이한 캐릭터는 이처럼 간단한 설정만 나열해도 충분히 상상력을 자극한다. 아쉽게도 『도로로』는 스토리 후반에서 갑자기 연재가 끝나버리는 바람에 햣키마루의 설정이 충분하게 살아나지 못한 느낌도 있다.

　『도로로』이야기를 꺼낸 건, 1980년대 후반에 동시다발적으로 몇몇 만화가들이 비슷한 생각을 했기 때문이다. 예를 들어 후지와라 가무이[14]의 『귀동鬼童』이란 작품이나, 제목이 떠오르지 않지만 이케가미 료이치[15]의 극화 중에도 『도로로』를 의식한 작품이 있었다고 기억한다. 그들이 왜 『도로로』를 도작하려고 했는지 그 이유까지는 나도 알 수 없다. 내가 『도로로』를 도작했던 것은 당시 막 유행하기 시작했던 게임 소프트인 RPG때문인 것으로 기억한다. 본래 『마다라』는 TV게임(패미컴) 제작을 전제로 만들어진 작품이다. 소위 '미디어 믹스Media Mix'[16]의 시초와 같은 기획인데, 게임으로 만들기 쉽고 게임으로 만들면 재미있을 스토리와 캐릭터를 구성하는 것을 목표로 했다.

　여기서 말하는 게임이란 〈드래곤 퀘스트〉 같은 RPG를 말한다. 지금도 마찬가지지만 RPG의 주인공은 몬스터를 쓰러뜨릴 때마다 새로운 무기나 마법을 얻기 때문에 스토리가 진행될수록 점점 평범한 인간의 수준을 넘어서게 된다. 나는 그 부분이 아무리 봐도 부자연스러워 게임이 진행될수록 약해지는 주인공은 어떨까 궁리하던 참이었다. 그러나 약해진다는 아이디어만 가지고는 게임으로서 재미있을 리가 없고, RPG의 경우 몬스터와 싸워 무언가 아이템을 획득한다는 기본 형태를 무너뜨릴 수는 없었다. 그때 갑자기 『도로로』처럼 하면 되겠다는 생각이 떠올랐다. 이야기가 시작되는 시점에 주인공은 전신에 평범한 사람의 몸 대신 인공 무기를 장착하고 있는데, 적과 싸울 때마다 평범한 사람의 몸을 하나씩 되찾는다는 햣키마루의 캐릭터를 그대로 가져오면 되겠다고 생각한 것이다.

이야기의 구조와 추상화

『마다라』가 『도로로』를 어떤 식으로 도작했는지 좀 더 자세히 살펴보겠다. 우선 『도로로』는 이런 내용이다.

ⓐ 햣키마루의 아버지는 영주이다.

ⓑ 햣키마루는 몸의 48개 기관이 없는 아기로 태어난다.

ⓒ 아버지는 자신의 권력욕을 채우기 위해 곧 태어날 햣키마루의 신체 48개 부분을 48마리 요괴에게 제물로 바친다.

ⓓ 햣키마루는 강가에 버려진다.

ⓔ 은둔해 살던 의사가 햣키마루를 데려와 의수와 의족을 만들어 붙여 사람의 모습을 만들어준다.

ⓕ 햣키마루는 의사가 죽기 직전에 출생의 비밀을 듣게 된다.

ⓖ 햣키마루는 빼앗긴 몸을 되찾기 위해 여행을 떠난다.

실제 만화는 핫키마루가 성장한 시점에서 시작되며, 출생의 비밀은 나중에 드러나기 때문에 이 순서대로 이야기가 진행되는 것은 아니다. 이것은 작중의 사건을 시간 순서대로 늘어놓은 것이다.

『마다라』는 이런 내용이다.

ⓐ 마다라의 아버지는 '시작의 대륙'을 지배하는 미륵 황제이다.

ⓑ 마다라는 몸 안에 있던 초능력의 원천인 8개의 차크라[17]를 빼앗기고 '히루코'[18] 같은 몸으로 태어난다.

ⓒ 미륵 황제는 자식의 초능력을 두려워하여 8개의 차크라를 8마리 요괴에게 봉인한다.

ⓓ 그리고 마다라를 강에 흘려보낸다.

ⓔ 마다라는 히듀라 인이 사는 마을에 떠내려와, 연금술사인 타타라가 주워 키우게 된다.

ⓕ 마다라가 살아 있다는 사실이 알려지자 히듀라 인의 마을은 공격 당하고, 마다라는 출생의 비밀을 알게 된다.

ⓖ 마다라는 8개의 차크라를 되찾아 미륵 황제를 쓰러뜨리기 위해 여행을 떠난다.

완전히 똑같다. 그러나 만화를 보면 알겠지만『도로로』는 일본의 전국 시대를 무대로 한 작품이고, 『마다라』는 고대 중국을 떠올리게 하는 '시작의 대륙'이 배경이다. 물론 캐릭터의 이름이나 디자인도 전혀 다르다. 빼앗긴 신체의 기관 수도『도로로』는 48개인데『마다라』는 8개다. 『도로로』에서 적의 수가 너무 많아 결국 전부 다 쓰러뜨리기도 전에 연재가 끝났다는 점과 당시 패미컴의 용량을 고려해서 결정한 것이다. 적에게 빼앗긴 것도 신체 자체가 아니라 몸 안에 있는 차크라로 바꿨다. 물론 이것은 변명이다. 하지만 표면적으로는 나름대로 다르게 보이도록 주도면밀하게 만들어놓았다. 그래도 역시 두 작품을 읽어보면 똑같다는 느낌이 들 것이다. 캐릭터의 이름이나 무대 같은 이야기의 표층을 제거한 상태로 두 이야기를 살펴보면 완전히 '동일'하기 때문이다.

그럼 '이야기의 표층'을 실제로 제거해보도록 하자. 그러면 이런 식이 된다.

ⓐ 주인공의 부친은 그 사회나 집단의 권력자이다.

ⓑ 주인공은 인간으로서 불완전한 모습으로 태어난다.

ⓒ 그 이유는 부친이 자식의 능력을 두려워하거나 혹은 권력에 눈이 멀어, 제3자로 하여금 자식의 능력을 빼앗도록 만들었기 때문이다.

ⓓ 주인공은 버림받는다.

ⓔ 주인공이 태어난 장소로부터 먼 곳에 은둔해 살던 사람이 주인공을 키운다.

ⓕ 주인공은 성장한 후 자신의 혈통을 알게 된다.

ⓖ 빼앗긴 힘을 되찾기 위해 여행을 떠난다.

『마다라』와 『도로로』의 이야기에서 구체성을 제거하고 추상화하면 이렇다. 말하자면『마다라』는 이 단계에서『도로로』를 도작한 것이라고 할 수 있다.

이런 식으로 몇 가지의 이야기를 계속해서 추상화하면 이야기의 표면적인 차이가 소멸하는 단계가 존재한다. 그것을 이야기의 '구조' 혹은 '형태'라고 부른다. 다음 예문은 옛날이야기의 구절들을 옮겨놓은 것이다.

〈예문 1〉

수첸코는 (지하 세계에) 떨어졌다. 일어나서 걷다 보니 한 노인이 있었다. 노인이 "무슨 일로 왔는가" 하고 물었다. "싸우러 왔소." 전투가 시작되었다. 격렬하게 싸우던 두 사람은 지쳐서, 물이 있는 곳으로 뛰어갔다. 노인이 실수로 수첸코에게 힘의 물을 마시게 하고 자신은 평범한 물을 마셨다. 그 때문에 수첸코가 훨씬 더 힘이 세졌다. 그러자 노인은 "목숨만은 살려달라"고 말한다. "구멍 속에 가보면 부싯돌과 세 가지 색깔의 털실이 있다. 그걸 갖고 가라. 곤란한 일이 생겼을 때 쓸모가 있을 것이다." 수첸코는 부싯돌과 세 가지 색 털실을 갖고 와서 (중략), (그 부싯돌로) 불을 붙여…… 빨간 털실을 태우자 빨간 말이 달려왔다.

〈예문 2〉

농부 이반의 아들은…… 강에 가서 배를 빌려 만 3년간 돈을 받지 않고 뱃사공 일을 했다. 어느 날 세 명의 노인을 태웠는데, 그들이 이

반한테 돈을 주려고 하자 이반은 받지 않았다. "젊은이, 왜 돈을 받지 않는가?" "약속이라서요." "누구와의 약속인가?" "어떤 악당이 내 말을 빼앗아 갔는데, 친절한 사람이 나한테 3년간 아무에게도 뱃삯을 받지 말고 태워주라고 일러주었습니다." 그러자 노인들은 "오오, 그러면 자네가 농부 이반의 아들이군. 우리들이 자네를 도와 말을 되찾아주도록 하겠네"라고 했다. 그들은 평범한 사람이 아니라 '옹달샘', '대식가', '마법사'였다. 마법사는 강가에 내리자 모래 위에 작은 배를 그리고 "젊은이, 이 작은 배가 보이는가?"라고 물었다. "보입니다." "여기 타게나."

〈예문 3〉

이반 왕자와 어머니는, ……고향을 향해 출발했다. 도중에 지난 번에 들렀던 곳에서 만난 공주도 데려가기로 했다. 좀 더 가다 보니 이반 왕자의 형들이 기다리는 산에 도달했다. 그러자 공주가 "이반 왕자, 저희 집으로 다시 돌아가주세요. 혼례 의상과 금강석 반지와 자수를 놓지 않은 신발을 잊어버리고 그냥 와버렸어요." 이반 왕자는 결혼을 약속한 공주와 어머니를 먼저 내려주었다. 형들은 두 사람이 내리자 이반 왕자가 내리지 못하도록 (산에 걸어놓은) 사다리를 잘라버렸다. (중략) 한편, 이반 왕자는 공주의 집에 가서 결혼 반지, 혼례 의상, 자수가 놓여 있지 않은 신발을 가지고 산으로 다시 돌아와, 반지를 한쪽 손에서 다른 쪽 손으로 던지자 12명의 젊은이가 나타났다.

〈예문 2〉와 〈예문 3〉에 이반이라는 이름이 공통적으로 등장하지만 서로 다른 인물이다. 이 세 가지 예문은 러시아 민담 가운데 다른 이야기의 각각 한 대목을 가져온 것이다. 하지만 셋을 비교해보면 왠지 모르게 비슷하다는 느낌을 받을 것이다. 그것은 이 세 예문이 '구조'는 같고 표면만 다른 에피소드이기 때문이다. 다음과 같이 표로 만들어보면 알기 쉬울 듯 하다.

A	B	C	D
노인이	수첸코에게	말을	준다
마법사가	이반(농부의 아들)에게	작은 배를	준다
공주가	이반(왕자)에게	반지를	준다

세 가지 옛날이야기에는 공통적으로 'A가 B에게 C를 준다'는 내용이 들어가 있다. 그리고 B는 주인공, A는 주인공을 도와주는 사람이란 점에서 동일하다. C는 주인공을 궁지에서 탈출시키기 위한 이동수단이라는 점에서 역시 동일하다.

이 예문은 블라디미르 프로프Vladimir IAkovlevich Propp[19]라는 1920년대 러시아 민속학자가 쓴 『민담 형태론』에 실려 있다. 프로프는 러시아의 몇백 가지 마법민담을 추상화한 결과 전부 한 가지 표준 도식으로 환원된다는 사실을 발견했다. 그러나 여기에서는 프로프의 가설을 깊이 다루지 않겠다.

이야기를 추상화하게 되면 표면상의 차이는 소멸되고 동일해지는 단계가 있는데, 그것을 '이야기의 구조'라고 부른다는 점만 기억해두면 충분하다. 이 '구조'라는 것은 '구조주의'라고 할 때의 '구조'를 말한다. 다만 이야기를 추상화한다고 해도 어느 정도까지 추상화할 것인지에 대해서는 연구자마다 차이가 있다. 프로프처럼 시간축을 기준으로 한 이야기 진행에 맞춰서 구조를 다루는 사람도 있고, 시간축을 배제한 구조를 연구하는 사람도 있다.

아무튼 『도로로』와 『마다라』를 추상화하면 동일해진다. 그렇다면 추상화의 단계를 더욱 높이면 어떻게 될까.

ⓐ 영웅은 높은 지위의 부모, 일반적으로는 왕의 핏줄을 이은 자식이다.

ⓑ 그의 탄생에는 곤경이 따른다.

ⓒ 예언 때문에 아버지가 자식의 탄생을 두려워한다.

ⓓ 그래서 자식을 바구니 등에 넣어 강물에 흘려보낸다.

ⓔ 동물이나 신분이 낮은 사람들이 그 자식을 구해준다. 동물의 암컷이나 비천한 여성이 그를 양육한다.

ⓕ 어른이 된 자식은 고귀한 핏줄의 양친을 찾아낸다. 재회의 방식은 이야기에 따라 많이 다르다.

ⓖ 자식은 낳아준 아버지에게 복수한다.

ⓗ 결국은 진짜 자식이라는 사실을 인정받고, 최고의 영예를 얻는다.

이 추상화의 단계는 오토 랑크Otto Rank라는 프로이트 학파 연구자가 오이디푸스나 모세, 예수, 헤라클레스, 지그프리트 등이 주인공으로 등장하는 동서고금의 영웅신화에서 공통적인 구조를 뽑아낸 것이다. 『도로로』, 『마다라』와 비교할 때 추상화의 단계가 올라간 부분이 ⓑ라는 점을 알 수 있을 것이다. '신체 기관을 빼앗긴 채 태어났다'라는 요소가 '탄생에는 곤경이 따른다'로 바뀌어 있다. 이 부분은 '이상탄생異常誕生'이라고 하여 신화나 옛날이야기에 공통적으로 등장하는 요소인데, 넓은 의미에서 '일반적이지 않은 방식으로' 태어난다는 뜻이다. 굳이 서양 신화를 가져올 필요도 없이 모모타로[20]나 일촌법사[21]를 떠올리면 이해하기 쉬울 것이다. 평범한 사람과 다르게 태어났기 때문에 그 자식이 초인적인 힘을 갖게 된다는 내용은 이야기에 있어서 기본 중의 기본이다. 그러나 역설적으로 『도로로』에서 ⓑ 이상탄생에 해당하는 부분이야말로 데즈카 오사무 오리지널리티가 살아 있는 부분이다.

어쨌든 『도로로』나 『마다라』 두 작품 모두 추상화의 단계를 높여보면 인류 보편의 이야기 구조인 '영웅신화'에 도달한다는 말이다. 내가 이야기의 기술에 있어서 도작을 중요시하는 이유에는 바로 이런 의미도 있다. 기존 이야기의 구조를 도작하면 무수히 많은 새로운 내용을 만들어낼 수 있다.

구조는 이야기를 만들어내는 데 있어 문법에 해당한다고 할 수 있다. 외국어를 배우려고 할 때 우리는 문법이라고 하는 규칙을 학습한다. 그러나 모국어의 경우 부모나 주위 사람들을 통해 자연스럽게 언어를 익히기 때문에 문법을 의식하지는 못하더라도 그에 따라 언어를 쓸 수 있게 된다. 도작은 모국어를 배우는 것과 마찬가지로 자연스럽게 이야기의 구조를 내면화시키는 방법론이라고 할 수 있다.

『도로로』와 『마다라』의 공통 구조를 바탕으로 플롯 만들기

이제 도작의 기법을 사용하여 이야기를 만드는 훈련을 해보자. 앞서 제시한 『마다라』와 『도로로』의 공통 구조를 바탕으로 새로운 플롯을 만들어보자. 내가 가르친 학생 중 한 명이 이런 작품을 만들어왔다.

『가공소녀』 (사이토 사야카)

22세기 초, 지구는 황폐한 별이 되었다. 오염된 대기와 물, 대지. 무자비하게 내려쬐는 다량의 자외선. 온난화로 팽창된 바다는 차례차례 대지를 삼켰다. 그리고 핵전쟁. 50년 전에 발발한 핵전쟁은 지구뿐만 아니라 사람까지도 오염시켰다. 오염된 사람 사이에 태어난 아이는 '능력자'였다. 불가사의한 힘을 지닌 오염된 아이들은 얼마 되지 않는 사이에 폭발적으로 증가했다.

인류는 황폐한 대지를 버리고 해상 도시를 만들어 생활하고 있었다. 해상도시 '세컨드 도쿄'의 시장 사가라 다카히로는 인격자로 평판이 좋은 인물이었다. 또한 예지 능력을 가진 '능력자'로도 유명했다. 하지만 그것은 겉모습일 뿐, 실제로는 엄청난 권력욕의 화신이었다.

어느 날, 사가라와 내연 관계에 있던 여인이 사가라의 아이를 낳았다. 그 사실을 알게 된 사가라는 스캔들에 휘말릴까봐 두려움에 휩싸였다. 아이를 본 사가라의 예지 능력이 발동했다. 언젠가 그 아이가 자신의 지위를 위협하게 될 것이란 사실을 알게 된 사가라는 딸을 빼앗고 '능력'을 사용해 그녀의 정신과 육체를 분리했다. 그리고 식물인간 상태가 된 딸을 내연 관계에 있던 여인에게 돌려보냈다.

육체와 분리된 딸의 정신은 '세컨드 도쿄'의 네트워크 공간 속에 버려졌다. 형체없이 '존재'로만 남은 딸은 네트워크 속을 정처없이 방황하다가 영락한 과학자 다케치 아키라에게 발견된다. 딸은 다케치에게 형체와 히토미라는 이름을 얻는다. 자신은 물론 세상에 대해 아무것도 모르는 히토미는 다케치에게 많은 것을 배운다. 그리고 사람이 되는 것을 꿈꾸며 네트워크 공간 안에서 천천히, 하지만 확실하게 성장한다.

어느 날, 히토미는 네트워크 공간에서 다케치의 이웃에 사는 스오 미치아키라는 소년을 만난다. '능력자'인 미치아키는 히토미를 보자마자 인간이란 사실을 알아본다. 자신이 사람이었다는 사실을 알게 된 히토미는 기뻐한다. 하지만 히토미의 몸이 대체 어디 있는지, 살아 있는지 아무것도 알 수 없었다. 미치아키와 다케치는 밤을 새워가며 히토미의 몸을 찾는다. 그리고 드디어 발견한다. 히토미의 몸은 사가라의 별장에 있었다.

히토미의 몸을 발견함과 동시에 세 사람은 히토미의 정체와 사가라의 속셈을 알게 된다. 히토미는 하루빨리 몸으로 돌아가고 싶어 한다. 미치아키도 같은 생각이었다. 한편 다케치는 사가라에 대한 복수심에 불타오른다. 다케치가 영락한 원인이 바로 사가라의 책략 때문이었던 것이다.

그렇게 세 사람은 행동을 개시한다. 자신의 몸을 되찾기 위해, 히토미를 지키기 위해, 복수하기 위해.

  내가 가르친 학생들은 전문학교의 소설가 코스에 다니고 있었다. 여기 소개한 작례는 그들이 전문학교에 입학하여 3주차 강의를 들을 때 쓴 것이다. 핫키마루가 48군데, 마다라가 8군데의 신체 기관을 아버지의 음모로 누군가에게 빼앗긴 것과 비교하여 이 여학생은 주인공의 몸을 통째로 빼앗긴 내용으로 만들었다는 점이 훌륭하다. 주인공의 영혼만 네트워크 공간 안에 유배된다는 점이 일종의 사이버펑크[22]식 '귀종유리담貴種流離譚'[23]처럼 느껴져 아주 재미있다. 『도로로』는 일본의 중세, 『마다라』는 TV게임식의 판타지 세계를 무대로 했는데, 이 작품은 근미래[24]를 배경으로 하고 있다. 다만 지구가 황폐해진 이유로 온난화나 핵전쟁 등을 들고 있는데, 좀 더 깊이 궁리한 아이디어가 있었으면 좋았을 것이라는 아쉬움이 든다. '세컨드 도쿄'라는 이름에서 애니메이션 〈신세기 에반게리온〉[25]에 등장하는 '제3신도쿄시'가 연상되는데, 그렇다면 '세컨드 임팩트'에 필적할 만한 거대한 지구 황폐화의 계기내지는 사건이 있는 편이 좋았을 것이다. 무라카미 류의 소설이라면 '문학'이니까 이 정도의 느슨한 설정이더라도 별 문제 없겠지만, 주니어소설[26]이나 만화의 원작 스토리에서는 그런 황폐화 설정을 적당히 넘길 수 없다.

  이 플롯을 읽고 『마다라』나 『도로로』를 연상할 수 있는 사람은 거의 없을 것이다. 그런 의미에서 이 여학생은 입학한 지 3주 만에 자신의 독창적인 스토리를 만들어낸 것이다. 물론 플롯을 만들 수 있게 되었다고 해서 곧바로 소설이나 만화의 원작 스토리를 쓸 수 있는 것은 아니다. 하지만 앞에서 말했듯 막연히 소설가를 꿈꾸면서도 실제로 시행에 옮기지 못하고 있는 사람들은 대개 줄거리를 끝까지 완성하지 못하는 장벽에 부딪히는 경우가 많다.

학생들이 입학하면 나는 가장 먼저 4백자 원고지 20매 분량의 소설을 무조건 제출하게 한다. 물론 스토리도 완전히 학생들의 창작이다. 그러면 대부분의 학생이 완성된 작품을 내지 못한다. 어떤 식으로든 일단 끝은 나 있더라도 이야기가 마무리되지 않은 작품이 태반이다. 태어나서 지금까지 한 번도 소설을 써본 적이 없는 학생도 있으니 어쩔 수 없다. 그런 학생들에게 어느 정도까지 '이야기를 쓰는 기술'을 습득시킬 수 있을지 일종의 실험을 하는 셈인데, 지금까지 가르쳐본 바에 의하면 의외로 일정한 수준까지 쓰게 되는 학생들이 많았다.

무라카미 류의 소설 도작하기

나는 학생들에게 『도로로』의 구조를 '도작'하게 함으로써 이야기의 구조에 따라 이야기를 쓴다는 것을 깨닫게 한다. 아무리 머리로 이야기의 구조를 이해한들 무의미하다. 학생들은 문예 비평이나 현대사상을 공부하고 싶은 것이 아니라 '소설가가 되고 싶을' 뿐이니까. 그러므로 어디까지나 응용 가능한 이론 외에는 가르치지 않는다.

첫 번째 과제인 『도로로』 도작에서는 『도로로』의 이야기 구조를 차트로 제시한 후 구체적으로 완성된 만화 작품을 보여준다. 그런 다음 ① 매뉴얼 없이 이야기의 구조를 자력으로 파악하여 ② 그 이야기를 이야기 구조 단계에서 도작한 다음 ③ 자신만의 새로운 이야기를 만들어내는 순서로 학생들을 이끈다. 이 과정은 다음과 같은 실습을 통해 이루어진다.

우선 학생들에게 무라카미 류의 소설을 읽게 한다. 왜 무라카미 류인가 하면 그의 소설이 일본 소설 중에서도 압도적으로 이야기의 구조를 추출하기 쉽기 때문이다. 학생들이 읽은 것은 『코인로커 베이비스』와 『5분 후의 세계』였다. 이렇게 말하면 무라카미 류에게 실례인지 모르겠지만, 주니어소설을 지향하는 학생들에게 무라카미 류의 문학 기법만큼 이해하기 쉬운 것도 없다. 호사카 카즈시[27]나 폴 오스터, 시마다 마사히코[28]의 작품도 읽혀보았지만 무라카미 류를 소재로 삼았을 때 제출된 과제의 수준이 압도적으로 높았다. 즉, 무라카미 류는 매우 도작하기 쉽도록 소설을 쓰는 데에 능하다는 말도 된다.

그럼 무라카미 류의 소설 『코인로커 베이비스』의 스토리를 2천자 정도로 요약해보자.[29]

매우 더운 여름날, 기쿠와 하시는 코인로커 안에서 첫 울음을 터뜨렸다. 고아원에서 만난 둘은 어린 시절 정신병원에서 인공적이고 정교하게 만들어진 심장 소리를 듣는 치료를 받고 세상이 바뀌었다고 생각한다.

이후 그들은 구와야마, 가즈요 부부에게 입양되어 쌍둥이 형제처럼 자란다. 그 집에서 기쿠는 장대높이뛰기와 '다투라(독성이 있어 자백제나 환각물질로 사용되는 풀)'를 배우고, 하시는 병원에서 들은 것 이외의 소리를 알게 된다.

고등학교에 입학한 해, 하시는 생모를 찾고 가수가 되기 위해 도쿄로 상경한다. 그해 여름 기쿠도 하시를 찾으러 가즈요와 섬을 나섰는데, 가즈요가 죽게 되고, 악어 왕국을 가지고 있는 미소녀 아네모네를 만난다. 그리고 기쿠는 폐허에서 트랜스젠더가 된 하시와 재회한다.

도쿄의 야쿠 섬. 폐허가 된 그곳에서 두 사람의 인생은 갈라진다. 사랑하는 아네모네와 함께 살던 기쿠는 우연히 '다투라'의 행방을 알게 된다. 기쿠는 아네모네와 함께 '다투라'를 찾기로 마음먹는다.

하시는 미스터D 밑에서 데뷔한다. 불가사의한 노래를 부르는 가수. 신인 가수로 성공한 하시는 연상의 매니저 니바와 사랑에 빠져 약혼한다.

크리스마스, 하시가 만나려고 했던 어머니는 이미 없었고, 거기엔 기쿠의 어머니가 있었다. TV 카메라 앞에서 하시를 도우려고 뛰쳐나온 기쿠는 친어머니와 재회한다. 밀폐된 그 공간을 파괴하려던 기쿠는 어머니를 향해 방아쇠를 당긴다.

징역을 받은 기쿠는 소년형무소에서 나카쿠라, 야마네, 하야시를 만나게 된다. 그리고 그곳에서 어머니를 이해하고 심장 소리를 떠올리면서 자신을 해방한다.

아네모네는 모델 일과 아파트 등 모든 것을 버리고 기쿠를 쫓아 하코다테로 떠난다. 한편 가수로서 큰 성공을 거둔 하시는 니바와 정식으로 결혼한다. 그때부터 하시의 상태가 이상해진다. 콘서트 투어를 성공시키기 위해, 어느 누구에게도 버림받지 않기 위해 혀를 자른다. 목소리와 노래가 바뀌면서 투어는 성공했지만, 하시는 노이로제에 걸린 듯이 미쳐간다.

선박과에 편입한 기쿠는 첫 항해 실습을 하러 바다로 나간다. 항구에서 야마네가 폭동을 일으킨 틈을 타 기쿠, 나카쿠라, 하야시는 탈주하고, 따라온 아네모네와 함께 파워보트를 타고 '다투라'를 찾으러 간다.

자기가 미쳤다는 사실을 알게 된 하시는 심장 소리를 듣기 위해 사랑하는 사람을 죽이지 않으면 안 된다고 생각한다. 마침내 아무도 하시를 필요로 하지 않게 되자, 하시는 임신한 니바를 부엌칼로 찌른다.

카라기 섬에서 '다투라'를 손에 넣은 기쿠와 아네모네는 헬리콥터와 바이크를 타고 단숨에 폐허 도쿄를 향해 달려간다. 모든 것을 새하얗게 만들기 위해.

정신병원에 갇힌 하시는 떨면서 울고 있는 자신을 발견하고, 아무것도 바뀌지 않았음을 깨닫는다. 그리고 '다투라'가 된 폐허 도쿄에서 심장 소리를 찾아낸 하시는 새로운 목소리로 첫울음을 터뜨린다.

(요약자 : 와가쓰마 다케오)

그러면 이 플롯을 도작하여 같은 분량의 새로운 플롯을 만들어보자.

『유구한 흐름에 몸을 맡기며』 (와가쓰마 다케오)

아기가 들어 있는 수납캡슐 2개가 처리장으로 들어온다. 길러줄 부모가 없어서 버려진 초능력자 쿠온과 토와. 둘은 가공할 만한 초능력을 발휘해 구조된다.

쿠온과 토와를 맡게 된 연구자 노부부는 그들에게 오감 각성과 정신 공감 능력이 있다는 걸 알게 된다. 그리고 그들이 감당할 수 없는 능력이라고 판단하여 봉인시킨다.

상냥한 성격은 아니지만 배려심 많은 쿠온과 내성적인 토와는 형제처럼 자란다. 노부부가 죽자 토와는 집을 나가고 쿠온은 동생을 찾기 위해 무기질 느낌의 거리로 나선다.

천리안을 가진 소녀 아스카는 거리에서 만난 쿠온에게 매력을 느낀다. 그녀는 쿠온이나 애완동물인 포치랑 있을 때에만 진정한 자신으로 돌아갈 수 있었다. 쿠온은 아스카의 천리안을 통해 세상 어딘가에 '판도라'라는 파괴 능력이 있다는 것을 알고 흥미를 갖는다. 능력의 봉인이 풀린 토와가 겁을 먹은 채 도시 한구석에 앉아 있을 때 그의 능력에 관심을 가진 사업가 세나가 그를 데려간다. 신사인 척 하는 세나와 입담 좋은 그의 비서 에튜를 전적으로 믿게 된 토와는 그들을 위해 자신의 능력을 사용한다.

유명해진 세나 밑에 토와가 있다는 사실을 알게 된 쿠온은 계속 시비를 건다. 세나는 쿠온을 따돌리고자 그의 어머니를 찾아내 인질로 삼는다. 얼굴도 모르는 여자와 대면하게 된 쿠온의 봉인이 풀려 능력이 폭주하자 그 자리에 있던 사람들이 전멸한다.

위험인물로 찍힌 쿠온은 무법지대로 내쫓긴다. 빠져나갈 수도 없는 상황에서도 동생 토와를 걱정할 따름이다.

세나는 상업, 군사, 정치 등 여러 면에서 토와의 능력을 이용하여 국가를 쥐고 흔들 만큼 엄청난 경제력을 손에 넣는다. 한편 무리한 능력 사용으로 토와의 심신은 무너질 대로 무너진다. 그래도 토와는 사람들을 위하는 길이라고 생각하면서 자신의 능력을 계속 사용한다.

무법지대에서 살아남기 위해 쿠온도 계속 능력을 사용한다. 그리고 토와와 마찬가지로 몸에 무리가 온다. 두 사람의 능력은 양날의 검이었다.

아스카의 도움을 얻어 살아난 쿠온은 토와의 상황을 알게 되고, 파괴의 능력을 손에 넣으려 한다. 두 사람이 자란 연구소가 있던 섬, 그 섬의 거대 지하시설에 '판도라'가 있다는 사실을 알게 된 쿠온과 아스카는 섬으로 간다. 지하시설에서 '판도라'가 들어 있는 상자를 손에 넣은 쿠온과 아스카는 토와를 찾아 지상으로 돌아온다. 그들이 지상에서 목격한 광경은 토와의 능력에 휘말린 사람들의 모습이었다. 토와의 정신은 이미 붕괴해 있었다.

세나와 에튜를 죽인 토와는 캡슐에서 태어났을 때처럼 능력을 최대치로 끌어올려 폭주하고 있었다. 모든 것을 무無의 상태로 만들기 위해 '판도라'를 사용하는 쿠온과 아스카. '판도라'는 토와의 능력을 비롯해 모든 능력을 파괴하기 시작했다.

한계에 다다라 대지에 쓰러지는 쿠온과 토와. 마지막으로 제정신을 찾은 토와는 쿠온과 아스카, 그리고 남겨진 사람들을 위해 마지막 능력을 쥐어짜낸다. 폐허가 된 땅에 남은 사람들에게 마지막 '희망'을 주기 위하여……

『코인로커 베이비스』는 코인로커에 아기가 버려진다는, '영웅신
화'와 동일한 구조로 시작한다. 그러나 이 작품에는 아버지가 없다는
특징이 있다. 핫키마루나 마다라가 쓰러뜨리고자 하는 적인 '아버지'
가 존재하지 않는 대신 어머니의 이미지가 비대한 상태다. '다투라'
라는 키워드에 대한 집착은 사실 자궁 회귀 본능인데, 영웅신화로 출
발했으면서도 어머니를 그리는 이야기인 것은 일본 신화의 스사노오
노미코토[30] 이야기와 유사하다.

와가쓰마는 『코인로커 베이비스』를 잘 요약했다. 다만 도작한 플
롯은 좀 더 대담하게 쓰는 게 좋았을 것이다. 코인로커를 수납캡슐
로, 다투라를 판도라로 꼼꼼하게 바꿔놓았지만 전체적으로 근미래를
무대로 너무 세세하게 정리해놓는 바람에 무라카미 류와의 차이점
이 없어 보인다. 만약 이대로 만화 스토리를 만든다면 오토모 가쓰히
로의 『AKIRA』 같은 내용이 될 것이다. 플롯만으로는 도작의 대상인
원작과의 차별성을 드러내는 게 힘들 수도 있다. 하지만 도작 연습의
모범 답안으로서는 잘 만들었다. 도작할 때는 무대나 시대 배경을 완
전히 바꾸는 게 요령이다.

무라카미 류의 소설 『5분 후의 세계』를 도작한 작례를 하나 더 살
펴보자.

『손바닥 위에 놓인 지구본』 (다카이 고즈에)

그곳은 어른이 없는 거리다. 겉보기엔 도쿄 교외의 조용한 거리와
아무런 차이가 없지만 그곳의 주민은 20명의 아이들뿐이다.

어느 수요일 오후, 유이히코는 교실에 앉아 졸고 있었다. 눈을 뜨자 본 적 없는 몇 명의 아이들이 둘러싸고 있었다. 그들은 유이히코를 이상하다는 듯이 내려다보고 있었다. 그 거리에 살고 있는 20명 외에 다른 아이를 본 것은 처음이었던 것이다.

유이히코는 아버지와 함께 살고 있던 집으로 갔다. 거리의 풍경은 다른 게 없었다. 하굣길에 들르던 서점도, 문방구도, 그저께 불꽃놀이 도구를 샀던 편의점도, 여러 가지 과일이 늘어서 있는 채소가게도, 바이올린 선생님이 사는 커다란 집도, 전신주도, 가로등도, 자동판매기도, 신호등도, 쓰레기장도 모든 것이 똑같았다. 다만 사람들이 전부 사라졌다. 유이히코가 살던 하얀 집에도 아버지가 없었다.

20명의 아이들은 학교 뒷산에서 캠핑을 하고 있었다. 나이는 제각각 달랐다. 10살에서 15살인데 모두 담배를 피운다. 유이히코는 하루히라는 나이 많은 소년을 따라 캠핑에 참가한다. 아이들은 처음에 유이히코를 경계했다. 그들은 매우 순수하고, 순진무구한 영혼을 갖고 있다.

아이들은 낮에는 거리에서 놀고 밤에는 캠프로 돌아왔다. 놀이 방식은 제각각이었는데, 술래잡기와 숨바꼭질은 물론, 돌멩이를 차거나 전쟁놀이를 하기도 했다. 비가 오면 트럼프, 실뜨기를 했다. 유이히코는 시오라는 소년과 친해졌다. 시오는 유이히코가 원래 있던 세계에 흥미를 느꼈다. 시오는 20명의 아이들 중 유일하게 '가족'에 관한 기억을 갖고 있는데, 여동생이 있다고 했다. 그는 유이히코가 있던 세계로 가게 되면 여동생을 만날 수 있을 거라 생각한다.

어느 날 린리의 담배가 원인이 되어 산불이 난다. 갑작스런 폭우 덕분에 간신히 불은 꺼졌지만, 캠프는 완전히 타서 무너져버렸다. 유이히코는 아이들을 거리의 자기 집으로 데리고 간다.

그제서야 아이들은 유이히코를 믿는다. 하지만 이 마을의 주민은 20명. 그 이상도 그 이하도 안 된다. 유이히코를 받아들이려면 다른 누군가를 추방해야만 한다. 하루히는 그 누군가로 린리를 선택하고, 유이히코에게 린리를 죽이라고 말한다. 그러지 못하면 돌아갈 수밖에 없다.

유이히코는 원래 있던 세계에서 아버지의 성적 학대를 당했다. 몇 번이나 반복되었던 견딜 수 없는 강간. 절대로 돌아가고 싶지 않았다. 하지만 유이히코는 린리를 좋아하고 있었다.

유이히코는 원래 있던 세계로 돌아가는 방법을 찾아냈다며 시오를 꾄다. 시오는 여동생을 만나고 싶다는 마음을 억누르지 못하고, 유이히코가 말한 대로 학교 옥상에서 뛰어내린다. 그렇게 하면 또 하나의 다른 세계로 갈 수 있다는 믿음을 갖고.

그곳은 조용한 거리다. 푸른 수풀이 우거져 있고, 아이들의 웃음소리가 퍼진다. 20명의 아이들이 살고 있다. 10살부터 15살 정도. 투명하고 순수한 채로 그들은 멈춰 있다.

『5분 후의 세계』는 어떤 계기로 현실과는 조금 어긋난 시공으로 주인공이 빨려 들어간다는, 약간 흔한 플롯이다. 일본의 전후사戰後史가 실제 현실과는 다른 방향으로 흘러간다는 것도 서브컬처 소설이나 만화에서는 자주 볼 수 있는 설정이다. 나 또한 '쇼와 천황이 죽지 않고 지금까지도 쇼와 시대가 이어지고 있다'는 설정을 소설이나 만화에서 자주 사용했다.[31] 예전에 여자아이용 주니어소설 중 '아침에 일어나보니 이집트인이 되어 있었다'는 괴상한 내용으로 시작하는 작품이 있었는데, 『5분 후의 세계』도 그와 마찬가지다. 별다른 이유 없이 다른 세계로 가게 되는데, 가게 된 본인은 물론이고 그 사람을 받아들인 쪽에서도 그런 상황을 순순히 받아들이고 있다는 점에서 별 차이가 없다. "나는 5분 후의 세계에서 왔다"고 말하는 사람이 정말 눈앞에 나타난다면, 제정신인가라고 생각하는 것이 보통 아닌가. 그런 일반적인 반응은 전혀 없이 주어진 상황에 적응한 상태로 플롯이 진행된다는 점이 무라카미 류의 '서브컬처스러움'이라고 생각한다.

다카이가 만든 플롯에서 주인공은 갑자기 어른이 없는 거리로 가게 된다. 나도 그런 설정을 만화 스토리로 쓴 적이 있다. 주인공이 방과 후 눈을 떠보니 그곳은 17세의 소년 소녀밖에 없는 상태의 도쿄이고, 그들이 탈출할 수 없도록 도시 전체가 거대한 벽으로 둘러싸여 있다는 설정이었다.[32] 사실 아이들이 마을 안에 갇혀 있다는 설정은 오에 겐자부로의 『봉오리 따기, 아이 쏘기』[33]를 도작한 것이지만, 나중에 니혼TV의 〈미만 도시〉라는 드라마가 나의 그 설정을 표절하기도 했다. 표절이란 원래 그렇게 돌고 도는 법이다.

다카이가 만든 플롯은 요즘 식으로 살짝 내용을 바꾼, 고베의 14세 소년이 등장하는 『봉오리 따기, 아이 쏘기』라는 느낌이 든다. 와가쓰마처럼 원작의 구조를 치밀하게 바꾸지 않아 오히려 결과가 더 좋았다. 다만 구조를 여러모로 바꿔보는 연습도 충분히 하는 편이 좋겠다.

앞에서 살펴본 세 작품 모두 꽤 재미있다는 느낌이 들 것이다. 전문학교에 입학하자마자 만든 플롯치고는 훌륭하다. 이야기의 구조를 도작함으로써 이 정도의 플롯은 누구나 그리 어렵지 않게 쓸 수 있다는 사실을 실감했을 것이다.

이제 실천이 남았다. 우선 『도로로』를 도작하여 영웅신화의 구조를 익힌 다음 무라카미 류의 소설을 도작해보라. 순식간에 이야기를 만들 수 있게 된 자신을 보고 깜짝 놀랄 것이다. 한 가지 덧붙이자면, 이 방법은 아이가 부모의 말을 따라하면서 언어를 습득하는 것과도 같다. 그러므로 반복 연습으로 '이야기의 구조'를 머릿속에 집어넣고 몸에 배게 하는 것이 중요하다.

3강

행위자 모델을 활용해
탐정·모험소설을
써보자

하스미 시게히코[1]는 문예평론집『소설에서 멀리』에서 1980년대를 대표하는 개성 있는 일본 장편소설들이 작가의 세대나 방법론에 있어서는 다르지만, 마치 일부러 짜고 만든 것처럼 '동일한 이야기 구조'를 가지고 있는 것에 곤혹스러움을 토로했다. 그가 제시한 소설은 이노우에 히사시[2]의『키리키리 인』, 무라카미 류의『코인로커 베이비스』, 마루타니 사이이치[3]의『가성으로 불러라 기미가요』, 무라카미 하루키의『양을 둘러싼 모험』 등이었다. 하스미 시게히코에게는 이 소설들이 "마치 하나의 이야기를 다양하게 변주한 것처럼" 보였다는 것이다.

2강의 내용을 떠올려보면 하스미 시게히코의 이러한 지적이 상당히 흥미롭게 느껴질 것이다. 하스미 시게히코의 지적에 따르면 1980년대 장편소설 작가들이 동일한 이야기의 구조에 서로 다른 표층을 갖다 붙임으로써 결국 '도작'이란 기술을 실천한 셈이나 다름없기 때문이다. 하스미 시게히코도 말했지만 그것은 결코 작가들이 일부러 맞춘 것도 아니고, 다른 작가의 작품을 의도적으로 도작한 것도 아니다. 하지만 결과적으로는 그들의 소설이 동일한 이야기 구조를 가지고 있다는 말이다.

하스미 시게히코의 지적은 소설에만 국한된 것이 아니다. 하스미 시게히코의 영향을 받은 것은 아니었지만(나는 머리가 나빠서 하스미 시게히코의 평론이 무슨 말인지 잘 이해가 가지 않는다), 나는 다카하시 루미코[4]의 『메종 잇코쿠』, 아다치 미쓰루[5]의 『터치』, 하기오 모토[6]의 『토마의 심장』 등 1980년대 일본 만화의 대표작이 "겉으로 보기에는 공통점이 없는 발상에서 출발했지만, 작중 인물이 이야기에서 맡고 있는 기능 및 행위의 세부적 측면에서는 많은 점을 공유"(이 표현은 『소설에서 멀리』에서 인용)하며 동일한 이야기 구조로 수렴한다는 사실을 깨닫고 매우 신기했던 기억이 있다. 물론 1980년대 일본 소설에서 하스미 시게히코가 뽑아낸 구조와 내가 1980년대 일본 만화에서 뽑아낸 구조는 전혀 다르다. 같은 1980년대라고 해도 소설과 만화가 내포하고 있던 문제의식이 근본적으로 달랐기 때문일 것이다.

만약 어떤 시대의 훌륭한 작품들이 동일한 이야기 구조를 가지고 있는 게 사실이라면, 그것을 깨달은 누군가 그 작품들의 동일한 이야기 구조를 정밀하게 추출한 뒤 새로운 표층을 덧붙여 새로운 이야기로 만들어낸 다음 시치미를 뚝 떼고 동시대 문학의 일각을 점유할 수도 있을 것이다. 막말이 아니라, 문예지의 '문학'을 통시적으로 살펴보면 실감할 수 있는 부분이다. 1980년대의 마루타니 사이이치, 이노우에 히사시 혹은 양대 무라카미(무라카미 하루키와 무라카미 류)만큼 대대적이진 않더라도, 좀스러운 '미니 구조'라고 할 만한 것이 항상 유행하고 있는데 그런 유행을 제대로 타고 있는지 아닌지가 의외로 소설가에 대한 당대의 문학적 평가를 좌우하는 경우가 자주 있다.

하스미 시게히코가 1980년대 장편소설에서 추출해낸 동일한 이야기 구조는 아래와 같다.

천애고아란 단어가 아주 잘 어울릴 듯한 한 남자가 난데없이 허둥지둥 여행 준비를 시작한다면, 우선은 경계하는 게 좋다. 누군가에게 어떤 용건을 '의뢰'받으면서 잠깐 여행을 떠나야 할 것 같다는 말이 흘러나오면, 더더욱 경계를 강화해야 한다. 그는 아마추어임에도 불구하고 탐정 흉내를 내는 것임에 틀림없다. 그리고 세상에서 탐정인 척하는 아마추어만큼 성가시고 민폐를 끼치는 존재가 없기 때문이다.

이 아마추어 탐정은 타인이란 존재를 일체 믿지 않는다. 수수께끼를 해결할 수 있는 것은 자기뿐이라고 확신하며, 선택받았다는 특권을 남몰래 자랑스럽게 여긴다. 이 모험을 도와주는 것은 피를 나눈 형제나 자매에 국한되어 있다. 그렇게 중얼거리면서 몰래 연락을 취하는 이 콤비는 남이 아닌 만큼 협력 관계에 있어서도 얕볼 수 없을 정도로 긴밀함을 발휘하여 도저히 외부인이 끼어들 여지가 없을 것 같다.

당신들은 우리의 모험에 가담할 권리가 없다고 아마추어 탐정은 중얼거린다. 이것은 철저히 개인적인 이야기다. 앞으로 시작될 모험에서 의미 있는 역할을 맡는 것은 우리 둘뿐이고, 목적이 달성된 후 무사히 돌아온 자의 권리로서 내가 말해주는 이야기에 귀를 기울이는 것만이 당신들에게 허락된 유일한 즐거움이다. 다만 그것을 단순히 오락이라고만 생각해서는 안 된다. 왜냐하면 이 '보물 찾기'는 오롯이 개인적인 동기에서 출발한 모험이라고는 해도 여러분 모두 붙들려 있는 세계의 은유로서 의미를 띠고 있으니까. 그 점을 단단히 각오하고 들어야 한다. 이것은 단순한 변덕이나 거짓말이 아니라, 현실감 있는 교훈적인 이야기다. 실제로 그렇지 않은가라고 그는 말한다. 사람들이 아무 의심도 없이 하루하루를 보내는 이 세계의 정치 제도 뒤에는 숨겨진 권력 기구가 있고 사람들의 일상을 조종한다. 그야말로 '흑막'스러운 책략가나 빨치산이라고 부를 만한 투사들은 평소에는 남의 눈에 보이지 않도록 수면 아래에서 치열한 갈등을 펼치고 있다. 주인공이 선택받은 자의 특권으로서 '보물 찾기'를 하러 여행을 떠나는 이유는 그런 보이지 않는 투쟁이 결정적인 파국을 맞아 권력 유지에 중대한 위기가 발생했기 때문이다.

(『소설에서 멀리』, 하스미 시게히코 지음, 가와데쇼보신샤, 1994)

주인공은 "천애고아"인데 누군가에게 "의뢰"를 받아 "보물 찾기"를 하러 여행을 떠난다. 그는 특정 인물의 '도움'을 받아 "흑막"과 싸우며 여행의 목적을 달성한다. 하스미 시게히코가 논한 이야기 구조로부터 정치적이고 답답한 수사법을 빼고 나면, 남는 것은 이처럼 매우 단순하다. 또한 이것은 단순할 뿐더러 귀종유리담과도 거의 일치하는, 상당히 오래된 역사의 지층에 뿌리 내리고 있는 이야기이기도 하다.

그러나 1980년대 소설가들이 '일부러' 그런 고전적인 이야기 구조를 가지고 와서 무언가를 시도했던 것인지, 아니면 그들이 가진 소설을 쓰는 힘이 근본적으로 약해져서 이런 낡은 이야기가 지닌 힘에 맡겨버린 것인지는 여기선 중요하지 않다. 오히려 1980년대에 일본의 훌륭한 이야기 작가들이 '일부러'든 '자각하지 못했'든, 이런 고전적인 이야기 구조를 자유자재로 써먹을 수 있는 사람들이었다는 점이 중요하다. 말하자면 그들은 '이야기'를 모국어로 삼고 있던가, 혹은 모국어처럼 유창하게 사용할 수 있는 사람들이었다는 말이다. 그러나 지금 우리는 중학교 1학년 때부터 영어를 배우는 일본인처럼, 문법이란 틀부터 배우지 않으면 언어를 습득할 수 없는 외국인 입장에 서 있다.

이 책의 목적 중 하나는 소설가가 지닌 특권을, 일반인들이 학습 가능한 것으로서, 어디까지 자유롭게 할 수 있는지를 검증하는 것에 있다고 여러 번 얘기했다. '이야기'를 모국어처럼 사용하는 사람과 외국어로 대하는 사람 두 종류가 있다는 사실을 부정하진 않는다. 그렇다고 '이야기'를 모국어로 사용하는 사람이 특권층이라는 의미는 아니다. 예를 들어, 소설가 중에서도 나카가미 겐지[7]나 무라카미 하루키는 부단한 노력 끝에 '이야기'라는 외국어를 습득한 사람이 아닌가 싶다. 적어도 그들은 태어나면서부터 뛰어난 '이야기' 작가였던 것은 아니라고 본다.

나카가미 겐지가 노년에 집필한 극화劇畫[8]의 원작이 말할 수 없이 진부한 이야기 구조에다가 공허하기 이를 데 없는 매우 재미없는 작품이었다는 사실은 다른 곳에서 이미 이야기했기 때문에 더 이상 다루지 않겠다. 문학의 영역에서는 '스토리텔러'라고 칭찬받았던 나카가미 겐지가 '이야기'의 상품화 경쟁이 치열한 만화라는 영역에서 얼마나 허약한 스토리텔러였는지가 드러나버렸다는 사실은 아이러니가 아닐 수 없다. 그에 비해 요시모토 바나나[9]는 처음부터 무척 세련된 이야기 구조를 가지고 쉽게 스토리를 펼쳐나가는지라 나같은 사람은 그야말로 압도될 뿐이다. 역시 '이야기'를 모국어처럼 다루는 가와카미 히로미[10]는 이야기 구조를 자유자재로 뒤흔들면서 기묘한 문학을 성립시키기도 했다. 이처럼 '이야기'에 대해 모국어로 출발했는지, 외국어로 출발했는지에 따라 소설가의 '이야기'에 대한 태도가 매우 다른 점이 흥미롭다.

이야기의 기본 요소인 '의뢰와 대행' 활용하기

하스미 시게히코가 1980년대의 소설에서 추출해낸 이야기 구조는 지극히 고전적인 것이었다. 그는 무엇보다도 이런 이야기 구조들이 '의뢰와 대행'으로 구성된 '보물 찾기'라는 점에서 매우 곤혹스러워 했다. 돌려서 말하긴 했으나 이 '의뢰와 대행'으로 구성된 '보물 찾기'가 현대에는 추리소설이나 모험소설 등의 몇몇 특수 장르에서만 살아남았다고 했다. 그런 관점에서 보면 현대 문학가들이 모두 특수 장르에 무릎을 꿇었다는 게 되어 곤혹스러웠던 것이다.

'의뢰와 대행'으로 구성된 이야기는, 간단히 말하자면 주인공이 제3자에게서 '의뢰'를 받고 그를 대신하여 '보물 찾기'를 한다는 내용이다. RPG나 미스터리 소설 팬이라면 무슨 말인지 알 수 있을 것이다. 용사는 왕의 의뢰를 받아 보물을 찾거나 드래곤을 쓰러뜨리기 위한 퀘스트[11]를 수행하러 출발한다. 탐정은 의뢰인으로부터 사건을 해결해달라는 부탁을 받고 실종자나 범인을 찾기 시작한다. 가지와라 잇키는 만화 분야에서 '의뢰와 대행' 구조에 충실하게 이야기를 만드는 작가였다. 그의 작품 『거인의 별』에서 호시 휴마[12]는 아버지 호시 잇테쓰에게 '거인의 별'이 될 것을 '의뢰'받고서 '대행'한다. 로봇 애니메이션도 마찬가지다. 아버지는 거대 로봇을 몰래 만들어놓고서 느닷없이 거기 타서 싸우라는 '의뢰'를 하고, 주인공은 그 의뢰를 받아들여 아버지의 싸움을 '대행'한다. 〈신세기 에반게리온〉은 주인공 신지가 전편에 걸쳐 아버지가 한 '의뢰'의 '대행'을 거부한다는 점에서 획기적이었다고 할 수 있겠다.

러시아의 옛날이야기인 마법민담의 구조를 31가지 최소 단위로 정리한 프로프의 연구를 보면 이러한 '의뢰와 대행' 이야기의 기원이 얼마나 오래되었으며, 이야기에 있어서 어느 정도 기본적인 요소인지 이해할 수 있을 것이다. 프로프는 이야기의 구조를 구성하는 최소 단위를 '기능'이라고 불렀다. 프로프의 말에 따르면 러시아 마법민담은 31가지 기능으로 구성되어 있다.

프로프가 말한 31가지 기능이란 다음과 같다. 참고로 지금부터 인용할 프로프의 연구에 대한 부분은 프로프의 저서 『민담 형태론』이 아니라 『프랑스 민담』(미셸 시몬센 지음)에서 재인용하면서 약간 수정을 가했다. 『프랑스 민담』이란 책은 제목과 달리 프랑스 민담에 대한 내용은 거의 없으며, 이야기 구조론에 대해 짧게 잘 정리한 입문서이다.

러시아 마법민담의 31가지 기능

α 시작할 때의 상황을 결정하는 프롤로그

β 가족의 일원이 집을 비운다. (부재)

γ 주인공에게 무엇인가가 금지된다. (금지)

δ 금지가 깨진다. (위반)

ε 적이 정보를 요구한다. (정보 요구)

ζ 적이 미래의 희생자에 관한 정보를 입수한다. (정보 입수)

η 적이 희생자를 속여 그 또는 그의 소중한 것을 빼앗고자 한다. (책략)

θ 희생자는 덫에 걸려, 원치 않으면서도 적을 돕게 된다. (방조)

A 적이 가족의 일원에게 해를 가한다. (가해 혹은 결여) [혹은 소중한 무언가가 결여된다.]

B 불행을 깨닫는다. 주인공이 불행한 상황에서 벗어날 것을 의뢰받거나 명령받는다. (파견)

C 주인공은 불행한 상황에서 벗어나야 한다는 사실을 받아들이거나 자발적으로 결의한다. (임무 수락)

↑ 주인공이 집에서 출발한다. (출발)

D 주인공은 마법도구를 얻기 위해 준비된 시련을 겪는다. (증여자의 첫 번째 기능)

E 주인공은 미래의 증여자의 시련에 부응한다. (반응)

F 주인공은 마법도구를 손에 넣는다. (획득)

G 주인공은 목표로 하는 목적 가까이에 도착한다. (공간 이동)

H 주인공과 적은 미리 결정되어 있던 싸움에 돌입한다. (투쟁)

I 적이 패배한다. (승리)

J 주인공이 표식 혹은 상처를 입는다. (표식)

K 가해 행위가 회복된다. (가해 혹은 결여의 회복)

↓ 주인공의 귀환 (귀로)

Pr 주인공이 추적당한다. (추적)

Rs 주인공이 살아난다. (탈출)

O 주인공은 몰래 또 하나의 왕국 혹은 자신의 집에 도착한다. (은밀한 귀환)

L 가짜 주인공이 공적을 세운 것은 자신이라고 주장한다. (거짓 주장)

M 주인공에게 난제가 부여된다. (난제)

N 주인공이 난제를 해결한다. (해결)

Q 주인공 본인으로 인정받는다. (인지)

Ex 가짜 주인공 혹은 가해자의 정체가 발각된다. (폭로)

T 주인공이 변신한다. (변신)

U 가짜 주인공 혹은 가해자가 벌을 받는다. (처벌)

W 주인공은 결혼하거나 왕위를 잇는다. (결혼 혹은 즉위)

자세히 세어보면 32가지 기능이다. 'α 시작할 때의 상황을 결정하는 프롤로그'라는 것은 "옛날 옛날 어느 곳에 어떤 젊은이가 살고 있었습니다"처럼 이야기의 출발점에 해당하는 최소한의 정보를 전달하는 부분을 가리키는데, 프로프는 그 부분은 '기능'이 아니라고 생각했다. 왜냐하면 프로프가 말하는 기능이란 어디까지나 등장인물의 구체적인 행위를 뜻한다. 즉, '주인공은 ○○한다'에서 '○○'의 부분에 해당하는 것을 이야기의 최소 단위라고 상정하는바, "옛날 옛날 어느 곳에"는 '기능'이 아니다.

여기서는 31가지 기능을 자세히 설명하진 않겠다. 하지만 이 책의 독자라면 『도로로』를 도작했던 방식으로 이 31가지 기능을 골격 삼아 적당한 표층을 가미하여 초창기 TV게임 수준의 판타지 스토리 정도는 순식간에 만들어낼 수 있을 것이다. 실제로 예전에 TV게임 시나리오를 맡게 된 한 애니메이션 각본가에게 프로프의 『민담 형태론』을 복사해서 빌려줬던 기억이 있다. 그때 그가 시나리오를 쓴 게임은 제목만 대면 누구나 알 수 있는 RPG이다.

프로프는 모든 러시아 마법민담이 이 31가지 기능의 연속으로 환원된다고 주장했다. 참고로 하스미 시게히코가 말한 '의뢰와 대행'은 'B 파견'과 'C 임무 수락'에 해당한다.

'의뢰와 대행'은 생각보다 중요한데, 앞의 31가지 기능을 7명의 행위자에 따라 분류한 표를 보면 알 수 있을 것이다.

등장인물(행위자)	행위의 영역(기능)
(1) 적	· 가해 행위 A · 주인공과의 투쟁 H · 추적 Pr
(2) 증여자	· 마법도구를 양도할 준비 D · 마법도구를 양도함 F

(3) 조력자	· 주인공의 공간 이동 G · 가해 혹은 결여의 회복 K · 추적 도중에 구조 받음 Rs · 난제 해결 N · 주인공의 변신 T
(4) 공주(=탐색의 대상)와 왕	· 난제 해결 요청 M · 표식 부여 J · 가짜 주인공 발각 Ex · 진짜 주인공 인지 Q · 제2의 적(가짜 주인공) 처벌 U · 결혼 W
(5) 파견자	· 주인공의 파견 B
(6) 주인공	· 탐색을 위한 출발 C · 증여자의 시련에 부응 E · 결혼 W
(7) 가짜 주인공	· 탐색을 위한 출발 C · 증여자의 시련에 응답(항상 부정적) E · 거짓 주장 L

프로프는 마법민담이란 7명의 등장인물로 구성된 이야기라고 말했다. 그중 주인공에게 퀘스트를 부여하는 인물은 그 역할 하나만을 가지고 있다. 이처럼 7명의 등장인물을 중심으로 마법민담을 정의하면, '주인공'이 '파견자'에게 '공주'를 구출하거나 '왕'을 돕는 퀘스트를 받고, '증여자'로부터 마법도구를, 그리고 '조력자'로부터 도움을 얻어 '적'을 쓰러뜨리고 '가짜 주인공'의 책략을 물리친다는 이야기

가 된다.

러시아 마법민담을 바탕으로 만들어진 이 모델은 가짜 주인공이 존재한다는 점이 아무래도 불편하기도 하고(그냥 적이라고 하나로 묶어버려도 되지 않을까?), 공주와 왕의 '난제 해결 요청'이란 것은 경우에 따라 '파견'으로 묶어도 될 것 같다거나 증여자와 조력자의 차이점(『스타 워즈』에서 루크에게 요다는 증여자, 한 솔로와 C-3PO는 조력자라고 한다면 일단은 구별이 가능하다. 마법도구(포스)를 증여해주는 것은 오직 요다의 역할이기 때문이다) 등 의문점이 몇 가지 있다. 그것을 좀 더 일반적이랄까, 보다 폭이 넓은 모델로 대체한 것이 1강에서 잠깐 다룬 그레마스의 행위자 모델(33쪽 〈그림 6〉 참조)이다.

프로프의 등장인물을 행위자 모델에 대입하면 주인공은 주체, 왕은 발신자, 공주는 대상, 증여자는 조력자가 된다. 주체(주인공)가 발신자(왕)에게 퀘스트를 부여받아 대상(공주)을 구출하러 떠나고, 조력자의 도움을 받아 적을 물리친다. 그 결과 주체(주인공)는 대상(공주)과 결혼한다. 이런 경우 주인공은 공주를 최종적으로 '받는 사람＝수신자'이기도 하다.

어떤 종류의 이야기든 등장인물은 이 행위자 모델 중의 한 가지 혹은 몇 가지 역할을 동시에 담당한다고 일단 이해해두길 바란다. '발신자', '수신자'는 특정 종류의 스토리에서만 필요하기 때문에 카드 배치 도식에서는 뺐지만, 하스미 시게히코에 따르면 그 역할이 모험소설이나 탐정소설에 있어서는 오히려 불가결한 요소라고도 한다. 참고로 하스미 시게히코가 1980년대 소설에서 추출해낸 이야기 구조는, '발신자'(파견)와 그것을 '대행'하는 '주체'가 '대상'을 찾아 헤매는(보물 찾기) 그레마스의 행위자 모델과 동일한 너무도 보편적인 이야기의 구조이다.

그런데 이런 이야기 모델에서 주인공의 행위는 자신의 내적 동기가 아니라 제3자의 의뢰를 대행하는 데서 이루어지기 때문에 상당히 골치 아프다. 나 또한 작품을 쓸 때 무심코 주인공으로 하여금 '의뢰와 대행' 모델에 따라 움직이게 하곤 한다. 주인공이 다른 누구의 욕망을 대행하지 않고 자기만의 욕망에 따라 행동하는 이야기를 쓰는 것은 의외로 어렵다. 가지와라 잇키가 만든 주인공들은 타인의 의지에 따라 야구나 권투를 하는데, 그런 자신의 모습에 의문을 가진다. 말하자면 '이야기의 구조에 저항'하는 것인데, 결국 뜻을 이루지 못하고 도중에 쓰러지고 만다. 일종의 이야기의 구조에 패배한 주인공인 셈이다. 어쩌면 이런 '이야기의 속박'에서 이탈하여 '주체'로서의 '나'를 발견하는 것이 문학의 한 가지 형태인지도 모르겠다.

하지만 우선 외국어로서의 이야기를 배우는 입장인 여러분은 이야기를 해체하거나 다르게 만들기 전에 먼저 그레마스의 행위자 모델을 이야기 만들기 방정식으로 익히는 것부터 시작하자. 하스미 시게히코도 지적했듯이 '의뢰와 대행'을 포함한 모델은 적어도 모험소설과 탐정소설에는 끌어다 쓸 수 있으니까. 이 두 가지 장르에서 통하는 모델이라면 적어도 엔터테인먼트 영역에서 소설을 쓰고 싶은 사람들의 요구는 충분히 만족시킬 수 있을 것이다.

『구로사기 시체 택배』와 행위자 모델

이 방정식을 어떻게 활용하면 좋을까. 내가 있는 전문학교에서는 행위자 모델을 전체적으로 쭉 한 번 설명한 다음, 〈그림 7〉 같은 캐릭터 표를 나눠준다. 이것은 실제로 내가 만화 원작이나 소설을 쓸 때 미리 준비해두는 캐릭터 표이다. 만화 원작을 집필할 때 시나리오와 함께 이런 캐릭터 표를 만들어 만화가에게 보내곤 한다. 소설을 쓸 때도 캐릭터의 용모를 묘사한 시트를 미리 만들어 그에 따라 집필한다(이번 강의의 주제와는 상관없지만, 소설을 쓸 때 이런 식으로 등장인물을 그림으로 그려두면 여러 가지로 편리하다. 괜찮다고 생각하는 분은 한번 시도해보길 바란다).

이 캐릭터 표는 사실 행위자 모델 학습용으로 만든 것으로『구로사기 시체 택배』[13]에 등장하는 주인공들이다.『구로사기 시체 택배』는 불교대학 학생이면서도 본가가 절이 아니라서 취직난에 고생하던 가라쓰 구로와 그의 기묘한 친구, 후배들이 개업한 시체 전문 택배업자의 이야기다.

가라쓰와 누마타는 대학 시절, 자원봉사로 후지산 수해樹海[14] 등에서 변사체를 찾아 매장하는 일을 하곤 했다. 그때 누마타는 시체의 위치를 정확히 맞추는 다우징 능력, 가라쓰는 시체의 목소리를 듣는(박수무당으로서의) 능력을 갖고 있다는 사실을 알게 된다.

어느 날 가라쓰는 우연히 누마타가 발견한 시체로부터 자신의 몸(유체)을 어떤 남자에게 전달해달라는 부탁을 받는다. 가라쓰는 학교 후배 다니타 등의 협력을 받아 무사히(?) 임무를 완수한다. 시체를 배달받은 남자는 횡령한 돈의 분배를 놓고 대립했던 살인범이었다. 시

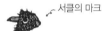

서클의 마크

KUROUSAGI

→ 이쪽에서 보면 까마귀

학생 시절에
회사를 창업할 것 →
같은 타입

가라쓰 구로／25세／♂

- 박수무당
- 시체와 대화할 수 있다.
- 동생이 죽었을 때 화장터에서 동생
  의 비명을 들은 것이 계기.

누마타 마코토／24세／♂

- 다우저
- 다우징[15]으로 시체를 찾아낼 수 있다.
- 어린 시절 시체를 제일 먼저 발견한 적
  이 있는데 그때부터 산이나 바다 등 방
  방곡곡으로 시체를 찾아 헤매게 되었다.

그림 7 『구로사기 시체 택배』의 인물들

사사키 아오／21세／우

- 해커
- 옛날 남자친구가 컴퓨터 중독이었는데 시체 사이트만 찾아 돌아다녔다.
- 그후 본인도 빠져들게 되어 스스로 막대한 규모의 시체 사이트를 개설했다.
- 그룹의 리더격 인물

평소엔 멍하게 있다.

케레에레스와 교신할 때는 시원시원한 성격이다.

야타 유지／20세／♂

- 채널러[16]
- 500만 광년 바깥에 있는 OO별의 케레에레스라는 우주인과 교신한다.
- 과학자로 추정되는 케레에레스는 지구인의 시체에 흥미를 갖고 있다.
- 전부터 높은 곳에 오르는 것을 좋아했는데 중학교 때 송전선에 걸려서 감전된 이후 케레에레스와 교신이 가능해졌다.

마키노 게이코／19세／우

- 엠버머[17]
- 부모가 골격 표본 가게를 운영해서 어릴 적부터 인형보다 인체 모형을 가지고 놀았다.
- 시체의 메이크업 및 복원 수리를 담당한다.
- 엠버머 자격을 갖고 있다.

그림 7-1 『구로사기 시체 택배』의 인물들

체는 그 남자의 범행을 밝히기 위해 가라쓰에게 부탁했던 것이다. 시체는 가라쓰에게 횡령한 돈을 감춘 장소를 알려주는데, 그 돈이 '택배'의 배송료인 셈이다.

이게 장사가 되겠다고 생각한 가라쓰는 누마타와 함께 그 돈을 밑천 삼아 유한회사 구로사기 택배를 설립해 영업을 시작한다. 겉보기엔 무면허 택배업자이지만, 실체는 시체로부터 의뢰를 받아 원하는 상대방에게 배달하는 시체 전문 택배업자다.

이야기의 느낌은 오에 겐자부로의 『기묘한 사업』에 이이다 조지[18]의 TV드라마 『기프트』를 섞은 다음 오카노 레이코[19]의 『팬시 댄스』를 양념한 맛 같다. 앞서 제시한 것은 TV드라마나 시리즈물 소설의 제1화에 해당하는 부분인데, 학생들에게 2화 이후의 이야기를 만들어보게 했다. 매회 누마타가 다우징을 써서 시체를 발견하고, 가라쓰가 시체와 대화하여 구두계약을 하고 원하는 대상에게 배달한다. 수취인의 소재가 불명이거나 침입 불가능, 수령 거부, 오배달 등의 문제가 벌어지면서 그 과정에서 이야기의 재미를 이끌어낼 수 있는가가 포인트이다. 그리고 배달은 무사히 마쳤지만 뜻밖의 형태로 배달료를 받거나, 혹은 받지 못하기도 한다. 그 부분이 라스트 신이 되는 경우가 많을 것이다.

어떻게 하면 이 시체 택배업자 대학생들의 에피소드를 구성해봄으로써 행위자 모델이라는 '이야기 만들기 방정식'을 익힐 수 있을까? 다시 한 번 행위자 모델의 각 항목을 모험소설 및 탐정소설에 국한해 설명해보겠다.

1. 주체 : 탐정과 조수, 혹은 용사와 용사의 무리 멤버
2. 조력자 : 아이템(모험소설)이나 정보(탐정소설)를 제공해주는 등 특정 사건에만 등장하는 인물
3. 적 : 주인공의 목적을 방해하는 인물
4. 발신자 : 주인공에게 임무나 사건을 의뢰하는 인물
5. 대상 : 임무나 사건에 있어서 주인공이 찾아야 하는 대상
6. 수신자 : '대상'을 보내줘야 하는 상대. 공주와 주인공이 결혼하는 경우에는 1번 인물과 겹치기도 한다. 탐정소설에서는 4번 인물과 일치하는 경우가 많다.

이제 이해가 가리라 생각한다. 『구로사기 시체 택배』는 행위자 모델의 각 항목에 구체적인 캐릭터를 대입하면 플롯이 쑥쑥 만들어지도록 구성되어 있다. 1~6에 대입되는 캐릭터는 다음과 같다.

1. 주체 : 캐릭터 표에 있는 가라쓰 구로를 포함한 전 멤버
2. 조력자 : 캐릭터 표의 멤버 이외에 사건의 해결에 도움을 주는 인물
3. 적 : 사건 해결을 방해하는 인물
4. 발신자 : 시체의 목소리(잔류사념)
5. 대상 : 시체
6. 수신자 : 시체를 배달받을 상대

'주체'란 주인공이니까 가라쓰 이하 학생 멤버들을 가리킨다. 그중에서도 메인은 가라쓰와 누마타 콤비다. 하지만 일단 택배 그룹 전원을 주인공으로 해두자. 특정 캐릭터를 한 회의 주체로 삼아도 좋다. 주체를 콤비나 그룹으로 만든 이유는 초심자에겐 유니트unit형 주체가 쓰기 편하기 때문이다. 가라쓰와 누마타를 개그 듀오의 '보케'와 '쓰코미'[20](어느 쪽을 보케로 할지는 각자 창의적으로 생각해보자)적인 관계로 활용하면 그 둘의 만담만으로도 시나리오를 움직이기가 꽤 쉬울 것이다. 또한 주체 캐릭터가 그룹으로 이루어진 형태는 RPG의 '파티party'라는 형식과 통하는 부분이 있다. 즉, 특정 젊은층에게는 익숙한 주체의 형태라고 할 수 있다.

이런 주체 중의 한 사람인 누마타가 어딘가에서 시체를 발견하고, 가라쓰가 시체로부터 '의뢰와 대행'을 위탁받는다. 그리고 의뢰를 행하는 영혼 같은 잔류사념이 '발신자'가 된다. 그리고 가라쓰 그룹이 배송을 대행하는 '대상'은 '시체'라고 할 수 있다. 즉, 이 작품에서 시체는 발신자와 대상을 겸하고 있다.

처음에는 행방불명자의 시체를 찾아내 의뢰자(당연히 살아 있는 사람)가 바라는 상대에게 배달하는 내용으로 생각했다(예를 들어 A는 B라는 남자에게 살해당한 것이 분명한데, 확증이 없는 C의 의뢰를 받아 A의 시체를 찾아내고 B에게 배달한다는 내용). 그럴 경우 발신자, 대상, 수신자가 모두 다른 사람이다. 하지만 이런 내용으로 만들게 되면 아무래도 스토리가 너무 암울해진다. 시체를 택배로 배달하는 내용인데 그렇게까지 가면 너무 심한 게 아닌가 싶었다. 그래서 약간 독자를 우롱하는 듯한 내용으로 만드는 편이 낫겠다는 생각이 들었고, 그렇게 시체에게 의뢰를 받는 무당 대학생이란 가라쓰 캐릭터가 탄생했다. 그 결과 발신자와 대상이 시체로 일치된 이야기로 바뀌었다.

여기서 '수신자'는 시체를 배달받는 사람이 된다. 그 사람은 아무래도 시체를 시체로 만든 인물, 즉 범인이라는 설정을 기본으로 하게 된다. 하지만 자살이나 사고사인 경우도 생각할 수 있으니 수신자가 천차만별, 그야말로 다양한 인간관계를 그릴 수 있을 것이다.

그리고 대행 업무를 방해하는 '적', 그가 범인일 경우에는 수신자를 겸하게 될 것이고 그의 부하가 등장하는 경우도 있을 것이다. 또한 범인(＝수신자) 탐색을 도와주거나 적으로부터 가라쓰 그룹을 지켜주는 인물도 필요하다. 그것이 '조력자'이다. 가라쓰 그룹의 멤버가 직접 조력자 역할을 맡는 경우도 있겠으나 원칙적으로는 각 에피소드마다 일회성으로 조력자 캐릭터를 등장시킨다는 규칙을 두고자 한다.

자, 이제 행위자 모델에 대입한 『구로사기 시체 택배』 인물 관계도(〈그림 8〉)의 2~6번에 당신이 생각해낸 인물을 대입한 다음 이야기를 만들어보자. 그러면 그 내용이 그대로 『구로사기 시체 택배』 한 회분의 플롯이 된다.

그럼 작례를 살펴보자.

『잠입, 나가타초』 (와카야마 사토루)

눈이 비로 바뀐 어느 겨울 밤, 가라쓰의 사무실에 누마타가 찾아와 가라쓰를 데리고 간 곳은 지저분한 개천이었다.

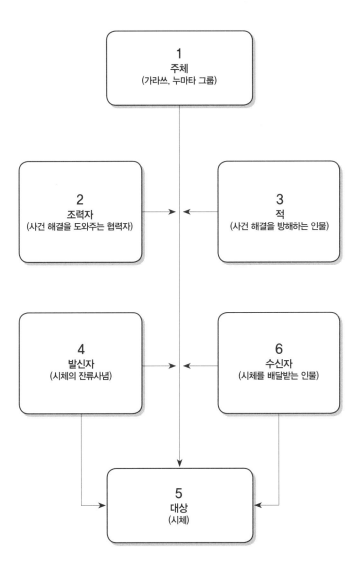

그림 8 행위자 모델에 대입한 『구로사기 시체 택배』 인물 관계도

개천을 뒤지다가 발견한 썩은 시체(5 대상)의 사연을 들어보니 자기가 요즘 떠들썩한 사건의 주인공인 기리스기 의원의 비서(4 발신자)라고 한다. 반신반의하던 가라쓰가 마키노에게 맡겨 복원한 결과 진짜로 의원 비서인 오가와였다. 오가와는 기리스기 의원(6 수신자)에게 데려가 주면 사례금으로 자기 생명보험의 10%인 1천만 엔(약 1억 원)을 주겠다고 한다. 기왕 데리고 갈 거 주변을 떠들썩하게 만들고 싶은 가라쓰는 기리스기 의원이 증인 소환을 받고 있는 도중에 만나게 해주자고 마음먹고 일반 방청권을 받아 국회의사당 안으로 잠입하기로 한다.

다음날 의뢰인 오가와를 포함한 전원을 불러모아 작전 회의를 연다. 회의 끝에 가라쓰는 '증인 소환 중에 시도하는 것은 무리'라는 판단을 내린다. 멤버들은 오가와가 알려준 "기리스기는 담배를 피우기 위해 특정한 시간에 혼자 사무실로 온다"는 정보를 바탕으로 의원 회관에 잠입하는 것으로 작전을 변경한다.

가라쓰는 양복에 배지를 달아 기리스기의 새로운 비서로, 야타는 지방 회사의 사장, 마키노는 그 사장의 비서로 각각 변장한다. 누마타는 자동차에서 대기하고 있기로 했다. 입구까지는 문제없이 통과했지만, 사무실 앞에서 고참 경위(3 적)에게 제지당한다. 그러나 기리스기가 담배를 피운다는 이야기(일부 몇몇 사람 밖에 모르는 내용)를 해서 간신히 빠져나올 수 있었다.

사무실에 들어가보니 아무도 없었다. 가라쓰는 기리스기의 의자에 오가와의 시체를 앉혀 놓고 목에 스피커를 달았다. 의자에는 CCTV 카메라를 설치했다. 그리고 세 명은 수신기와 마이크를 가지고 화장실에 숨는다.

오가와가 말한 시간에 맞춰 기리스기가 들어섰다. 기리스기는 자기가 죽인 남자가 아무 일도 없었다는 듯이 자기 의자에 앉아 있는 모습을 보고 깜짝 놀라, 심리적으로 동요한 탓인지 야타의 질문에 '뇌물을 받은 것은 오가와였으며, 오가와가 그 돈을 가지고 도망쳐 행방불명이 되었다는 것으로 하려고 살해한 사실'을 실토한다. 기리스기는 화가 나서 가방을 집어던졌는데, 그걸 맞은 썩어 문드러진 오가와의 머리(2 조력자)가 날아가자 밖으로 뛰쳐나간다.

가라쓰는 테이프를 복사하여 국회의장, 기리스기와 대립 중인 후보, 경찰, 매스컴 등에 뿌린다. 이로써 더 이상 변명을 할 수 없게 된 기리스기는 의원직을 박탈당하고, 경찰에 체포된다. 기리스기가 체포된 다음날, 가라쓰는 보수를 받으러 오가와의 집으로 찾아갔지만 이미 이사한 뒤였다.

『구로사기 시체 택배』가 1회로 완결되는 TV드라마 시리즈였다면 이것이 가장 일반적인 스토리 전개일 것이다. 주인공 그룹이 살해된 오가와란 남자의 시체를 배달하는 방법에 대해 여러 가지로 신경을 쓰는 내용이 플롯의 중심에 배치되어 있는데, 작자는 바로 그 부분이 이 시리즈의 주된 요소라는 점을 제대로 이해하고 있다. 그러나 국회의원의 방에 잠입하는 과정이 너무 쉽게 그려진 점이(적이 국회 경위뿐) 약간 아쉽다. 좀 더 수상쩍은 정계의 인물들을 등장시켰다면 보다 재미있었을 것이다.

그에 반해 조력자 역할은 꽤나 고민한 흔적이 보인다. 정치인이 시체(라고 본인은 생각하지 않은 것이지만)를 향해 가방을 집어던지자 시체의 머리 부분이 터져서 날아가고, 그걸 본 정치인이 깜짝 놀라 도망친다는 내용. 즉, 시체의 머리 부분이 조력자 역할을 하고 있다는 의미이다. 하지만 의원실에 숨어들어 진상을 캐려고 한 누마타와 친구들이 의원에게 들킬 뻔하여 궁지에 몰린 상황에서 '시체의 머리'가 굴러떨어지는 우연으로 벗어날 수 있었다는 식이었다면 조력자에 관한 아이디어가 보다 돋보였을 것이다. 와카야마의 플롯은 발신자와 수신자의 축, 그리고 주체와 대상이라는 축은 확실하게 구성되어 있지만 조력자와 적의 축이 약하기 때문이다.

앞서 언급한 행위자 모델을 다시 한 번 살펴보자. 거기에는 사실 플롯을 구성하는 세 가지 축이 이미 제시되어 있다.

1. 주체 → 대상
2. 발신자 → 수신자
3. 조력자 ↔ 적

와카야마의 플롯에서 '주체 → 대상' 축은 주인공 그룹이 시체를 배달하는 방식을 고민을 하는 데서 충분히 드러난다. '발신자→ 수신자' 축도 살해당한 비서와 살인범인 정치인의 인간관계를 약하게나마 그려내고 있다. 하지만 이 두 가지 흐름에 감칠맛을 더해주는 '조력자 ↔ 적'의 축이 너무 약하다. 예를 들어 의원의 배후에 정계의 흑막 따위를 배치했다면 스토리에 상당한 깊이를 줄 수 있었을 것이다 (참고로 1980년대 소설에 이런 '흑막'이 필수 요소처럼 나왔다는 사실은 하스미 시게히코도 놀라고 있는 부분이다). 이처럼 이야기의 세 가지 축을 조합함으로써 비로소 입체감이 발생한다.

그럼 한 가지 작례를 더 소개하겠다.

『손의 여자』 (가미무라 야스히로)

여름방학이 한창이던 어느 날, 숙부가 운영하는 해수욕장 휴게소에서 아르바이트를 하게 된 가라쓰와 누마타. 마키노도 그들을 따라간다.

가라쓰는 관광객으로 붐비는 해안에서 열심히 일하지만, 마키노는 사촌동생인 초등학생과 바다에서 놀고 있다. 누마타는 인적이 드문 돌밭에 가 있다. 또 시체를 찾고 있는 듯하다.

가라쓰가 뒷정리를 하고 있는 저녁 무렵에 돌아온 누마타는 웬일인지 약간 흥분한 모습이다. 일단 방으로 올라가 이야기를 들어보기로 했다.

누마타는 평소처럼 다우징으로 시체를 찾아다니고 있었다. 인적이 없는 돌밭에서 반응이 있어 살펴보니, 여자의 것으로 보이는 왼손(5 대상)이 포르말린으로 가득 찬 병에 담겨 있었다. 형태를 유지하고 있는 것으로 보아 얼마 되지 않은 것 같았다. 가라쓰가 말을 걸어보자 손밖에 없어서 그런지 확실한 목소리는 들리지 않았지만, 토막살해당한 자신의 몸을 찾아달라는 여성의 마음만은 느낄 수 있었다(4 발신자). 더 이상 손이 썩지 않도록 마키노가 처리를 하여, 희미하지만 목소리를 들을 수 있는 상태를 유지했다.

호기심과 약지에 낀 비싸 보이는 반지의 위력에 무릎을 꿇은 가라쓰와 누마타는 시체의 다른 부위를 찾아주기로 한다.

가라쓰와 누마타는 '손'의 희미한 목소리를 따라 차례차례 토막난 몸을 찾아내지만, 머리는 도저히 찾을 수 없었다. 아무래도 머리는 계속해서 이동하고 있는 듯했다. 아마도 그녀를 죽인 범인이 버릴 장소를 찾아 아직 갖고 다니는 것 같았다. 그렇다면 범인을 직접 찾을 수밖에 없다.

실마리는 손의 지문이었다. 사사키에게 경시청 데이터 뱅크를 이용해 지문에 해당되는 인물이 누구인지 알아봐줄 것을 부탁했다. 아니나 다를까 결혼 사기 전과로 지문이 등록되어 있었다. 그렇게 시체의 신원과 결혼 사기 피해자의 신원을 알아냈다.

먼저 피해자 남성(2 조력자)을 만나보기로 했다. 그는 고등학교 생물 교사로 매우 평범한 인물이었다. 하지만 여자 이야기를 꺼내자 가라쓰와 누마타를 경찰이라고 착각했는지 이런저런 이야기를 늘어놓기 시작했다.

미친 듯이 웃어 젖히며 자신의 컬렉션을 보여주는 남자. 생물 실험실에서 가라쓰와 누마타가 본 것은 자물쇠가 달린 캐비닛 안에 가지런히 놓여 있는, 포르말린에 담긴 인체였다. 게다가 전부 여성의 신체였다. 손과 발은 물론 머리도 있었다. 그중에는 의뢰자 여성의 머리도 있었다(6 수신자).

그때 남자(3 적)가 갑자기 달려들었다. 그러나 의외로 약해빠져서 바로 제압당한다. 누마타가 발견한 왼손은 남자가 이 방에서 다른 여자를 죽이려고 했을 때 저항하는 여자에 의해 바깥으로 날아가 바다까지 흘러간 것이었다.

　다음날 약지에 끼워져 있던 반지를 팔러 갔지만 유리로 만들어진 이미테이션이었다.

　여름방학에 해수욕장에서 아르바이트를 하며 시체를 찾는다는 서두 부분은, 시체 찾기가 그들의 '일상'이 되었다는 암시를 주기 때문에 상당히 좋은 도입부이다. 혼자서 묵묵히 돌밭에 나가 다우징을 하는 누마타의 모습은 코믹한 분위기로 캐릭터를 잘 살리고 있다. 다우징은 진자를 써서 땅 속에 묻혀 있는 무언가를 찾아내는 오컬트 기술의 일종이다. 수도 공사할 때에 2개의 쇠로 된 봉을 써서 수도관이 어디 묻혀 있는지 찾아내는 독특한 방법으로 유명하다. 누마타는 이 방법으로 시체를 찾아내는데, 시체에 접근하면 누마타가 들고 있는 2개의 봉이 격렬하게 진동한다. 이번에 누마타가 발견한 시체는 포르말린에 담겨 있는 '손'이다. 그리고 그 시체는 손밖에 남아 있지 않아서 목소리가 확실히 들리지 않는다. 그 손은 흩어진 자신의 몸을 찾고 싶어 한다.

　악취미라는 말을 들을 수도 있겠지만,『구로사기 시체 택배』는 말하자면 각 시체가 얼마나 재미있는(?) 변사체인가 하는 부분이 연출 요소의 하나가 된다. 해수욕장에 포르말린에 담긴 손이 떠내려 왔다는 것만으로도 독자는 흥미를 가질 것이다. 즉, '주체 → 대상' 축은 누마타와 가라쓰가 그 손을 발견한 단계에서 이미 완벽하게 구성되었다고 할 수 있다.

남은 두 가지 축은 어떻게 만들어져 있을까. 우선 발신자인 잔류사념이 희미해서 손이 바라는 대로 흩어진 시체가 있는 장소를 찾기가 어려운 상황이다.『구로사기 시체 택배』캐릭터 설정을 그대로 따르자면 시체는 자신을 죽인 범인에 대해 가라쓰에게 온갖 설명을 한다. 이 부분이 내가 애초에 노리고 있던 재미였는데, 가미무라는 오히려 그 반대로 갔다. 시체가 말을 하지 못하기 때문에 '발신자 → 수신자' 축은 블랙박스가 되어버렸다. 즉, 수신자에게 대상을 배달하기 위해서 먼저 수신자를 찾지 않으면 안 되는 상황이다. 게다가 수신자는 살아 있는 인간이 아니라 손의 본체인 '시체'이다. 이 작례는 이 '발신자 → 수신자' 축을 블랙박스화함으로써 손이 돌아가고 싶어 하는 원래의 시체에 대한 흥미가 일어나도록 구성되어 있다.

마지막 '적 ↔ 조력자' 축은 어떨까. 여기에도 약간 특이한 장치가 있다. 우선 가라쓰와 누마타는 간신히 찾아낸 실마리인 결혼 사기 피해자 남성을 찾아간다. 이 시점에서 남자는 조력자로 여겨진다. 그런데 실은 그가 살인범이었고, 가라쓰와 누마타를 공격한다. 즉, 조력자가 적으로 돌변한 것이다. 플롯 작성에 있어 상당히 고도의 기술을 쓴 것이다.

다만 이 행위자 모델을 뒤집어 엎는다는 아이디어를 살리고 싶었다면, 가라쓰와 누마타가 남자를 찾아간 이후에 한두 가지 에피소드를 추가해서 남자가 조력자인 척 행동하는 과정이 필요했을 수도 있다. 거기에다 아주 수상쩍은 인물이 가라쓰와 누마타 주변을 어슬렁거리게 해서 적인 것처럼 보이다가, 실은 그 인물이 남자의 범행을 눈치채고 저지하려던 인물이었다는 식으로 몰아가면 적으로 보이던 인물과 조력자로 보이던 인물이 완전히 정반대 역할로 바뀌는 형태가 되어 딱 맞아떨어지게 된다.

결국 범인처럼 보이던 인물이 범인이 아니고, 도저히 범인이라고는 생각할 수 없던 인물이 범인이라는 것은 미스터리물에서 아주 상투적인 설정이 아닌가 생각할 수도 있다. 지금 바로 그 기본 구조가 어떤 근거에서 만들어진 것인지를 논리적으로 설명한 것이다.

가미무라는 세 가지 축 각각에 이런 여러 가지 궁리를 덧붙여 플롯을 만들어냈다. 결과적으로 미스터리의 정석을 재현한 것뿐이었지만, 그레마스의 행위자 모델을 활용해 자력으로 정석에 도달한 것은 충분히 평가할 만하다. 미스터리에는 이런 식의 여러 가지 '정석'이 존재하지만, 그 정석들을 참고서로 알게 된 것과 스스로 공부해 알게 된 것 중 어느 쪽이 피가 되고 살이 될지는 더 말할 나위도 없다.

가미무라의 작례를 통해 알 수 있듯이, 행위자 모델이란 방정식을 이리저리 다루다 보면 모험소설이나 미스터리의 각종 정석을 스스로 발견할 수 있을 것이다.

그럼 이와 같이 방정식에 맞춰 『구로사기 시체 택배』의 플롯을 만들어보시라.

4강

무라카미 류가
됐다는 생각으로
소설을 써보자

후쿠다 가즈야[1]의 제자 세키구치와 이야기를 나누던 중 '2차 창작'이라는 용어가 나왔을 때 약간 당황스러웠다. 그는 본래 걸게임[2] 캐릭터를 차용한 동인지 소설을 썼고, 내 사무소의 판권물 한 작품을 노벨라이즈novelize[3]한 바 있다(지금은 한 사람 몫의 게임 시나리오 작가가 되었다). 그가 '2차 창작'이라고 표현한 것은 동인지에서 '기존의 애니메이션, 게임의 설정이나 캐릭터를 무단으로 차용하여 소설이나 만화를 만드는 행위'다. 그런 식의 동인지 활동은 최근에 생긴 게 아니라 20년 전에도 이미 활발했다. 다만 그런 방식을 '2차 창작'이라고 표현하는 게 다소 거슬렸다. 세키구치가 만든 조어가 아니라 요즘 동인지 관련 창작자들이 공통으로 사용하는 표현 같았으나 아무래도 좀 도착적인 단어가 아닌가 싶었다.

'2차'라는 것은 '1차', 즉 오리지널이 별도로 존재한다는 사실을 인정하는 것이다. 그럼에도 불구하고 '창작'이란 말을 붙여 자신의 오리지널리티를 암묵적으로 주장하는 듯하다. 우리 세대는 세키구치가 말하는 '2차 창작'을 '패러디'라고 불렀는데, 오리지널에 대한 팬들의 애정 표현 같은 것이었다. 세키구치가 그렇다는 게 아니라, 지금

대부분의 동인지 작가들은 '2차 창작'의 대상(원작)을 "요즘 이 작품이 코미케'에서 대세니까, 메이저니까"라는 식으로 선택하는 듯하다. '패러디'라는 표현에는 원작에 대한 존경 내지 비평적인 자세가 있었다. 그런데 '2차 창작'이란 표현은 오리지널이 그저 소재일 뿐 창작의 주체는 본인이라는 요즘 동인지 작가들의 사고방식이 선명하게 드러난다. 나는 '오리지널'의 특권성을 의심하지만, 그렇다고 해서 '2차 창작'을 특권화하려는 생각은 없다. 그 점은 확실히 못박아두겠다.

이런 '2차 창작'은 그들이 아무리 창작이라고 주장하더라도 저작권법상 명백한 위법이다. 바로 얼마 전 〈포켓 몬스터〉[5] 캐릭터를 사용한 동인지를 판매한 여성이 판권자로부터 고발당해 체포된 사건이 있었다. 또한 '2차 창작'을 발표하는 동인지 작가에게 판권자가 경고메일을 보내는 일도 흔하다.

솔직히 일본의 게임 중 태반이 기존 애니메이션이나 만화, 영화, 그밖의 서브컬처에서 슬쩍 베껴왔다고 해도 무방할 정도의 '인용'의 집적물이다. 『포켓 몬스터』에 나오는 '윤겔라'라는 몬스터가 유리 겔러'한테 "이거 나 아냐?"라는 말을 듣고서도 "전혀 아닙니다. 완벽한 창작입니다"라고 딱 잡아떼는 것은 말도 안 된다. '2차 창작'을 하는 사람들도 스스로 문제가 있다는 것을 알고 있지만 너무 좋아서 그만둘 수 없는 수준이라면, 먼저 프로가 된 작가도 과거 선배들 작품을 베끼면서 성장했던 것을 생각하며 묵인해주는 것이 양쪽에 있어 바람직한 관계가 아닌가 싶기도 하다.

하지만 동인지 중에는 코믹마켓의 팸플릿에 세금 정보가 게재될 정도로 상업지에 맞먹는 금전이 움직이는 곳도 꽤 많다. 또한 인터넷이라는 새로운 공간의 등장으로 이젠 더 이상 웃으면서 넘길 수 없게 된 것도 사실이다. 심지어 '2차 창작 동인지의 해적판'[7]이라는 복잡한 문제도 있었다. 좋건 나쁘건 '패러디'가 '2차 창작'으로 이름을 바꾸면서 더 이상 '팬들의 장난'으로 봐주기는 힘든 영역으로 접어든 것은 분명하다.

저작권법상 '2차 창작'은 '2차적 저작물'에 해당한다. 저작권법은 2차 저작물을 "저작물을 번역, 편곡, 혹은 변형하거나 또는 각색, 영화화, 기타 변안함으로써 창작한 저작물"로 정의한다. 어쩌면 '2차 창작'이란 단어 자체가 저작권법상의 이 문장을 의식해서 만들어진 것일지도 모르겠다. 하지만 동인지의 '2차 창작'은 저작권법의 '2차적 저작물'과는 조금 사정이 다르다. 물론 게임 등을 원작으로 한 '2차 창작' 만화나 노벨라이즈가 상업 출판물로 간행된 경우 그것을 '2차적 저작물'로 보는 것은 당연하다. 하지만 동인지에서 이루어지는 것이 진짜 창작일까? 나는 오랫동안 이 문제에 의문을 가지고 있었다. 이번 강의에서는 그 부분에 관해 좀 더 생각해보면서 '2차 창작'을 이용해 이야기 만들어보자.

무라카미 류의 소설과 창작 기술의 분화

소설가 무라카미 류에 관해 생각해보자. 나는 어떤 문예지에 쓴 평론에서 그의 창작 기술을 '서브컬처적인 기법'이라고 약간 비아냥거린 바 있다. 이상하게 들릴지 모르겠지만, 무라카미 류 같은 기법으로 소설을 쓴다는 것은 TV게임처럼 소설을 쓰는 거라고 생각한다. 무라카미 류는 지금까지의 문학과는 완전히 다른, 게임이나 만화에 가까운 기술론으로 독자적인 문학을 만들고 있는 것으로 보인다.

무라카미 류라는 기묘한 소설가에 대해 나는 두 가지 모순된 태도를 가지고 있다. 하나는 그런 기법을 써서 문학을 하는 것은 문제가 있지 않은가 하는 비판적인 입장이다. 다른 하나는 문학인지 아닌지는 상관없으니 아무튼 소설 비슷한 것을 쓸 수 있는 능력을 갖고 싶다고 진심으로 바라고 있는 학생들을 가르치는 교사로서의 입장이다. 이 교사로서의 입장에서 보자면 무라카미 류만큼 소설 쓰는 방법을 가르치는 데에 걸맞는 교재도 없다. 왜 무라카미 류는 요즘 젊은 세대가 소설을 배우는 데에 가장 유용한 교재일까. 조금 추상적인 말이 되겠지만 참고 들어주기 바란다. 아까 말한 '2차 창작' 문제와도 연관된 내용이다.

나는 만화잡지 편집자로 시작해 20년 가까이 일해왔다.[8] 지금은 만화 '원작자'[9]가 되었지만, 만화가 만들어지는 현장에 임하는 업무의 형태는 본질적으로 바뀌지 않았다. 그동안 해를 거듭할수록 만화가의 만화 그리는 기술이 후퇴하고 있다는 느낌을 받았는데, 나뿐만 아니라 많은 만화 편집자가 느끼고 있는 부분이다. 나는 그 이유가 스토리텔링의 힘, 그러니까 이야기를 만드는 힘이 약해졌기 때문이 아닐까 생각한다. 몇 년 전 청년 대상 잡지에서 "요즘 만화는 재미가 없다"라는 특집을 대대적으로 다루었던 적이 있다. 그즈음부터 젊은 독자들이 문고판이나 혹은 헌책방에서 그림체나 아이디어가 낡았다는 것을 보완하고도 남을 만큼 스토리의 힘이 압도적으로 강한 쇼와 40년대[10] 만화를 찾고 있다는 느낌을 받았다.

그러나 최근에는 생각이 다시 바뀌었다. 만화의 기술에서 특정 부분이 후퇴했다기보다는 만화가가 만화 전체를 혼자서 창작하고 관리하는 일이 불가능해진 게 아닌가 싶다. 그러니까 만화를 그린다는 행위가 전체성을 상실하고 해체되면서 한 작가가 만화 전체를 그리는 기술을 가지기 힘들어졌다. 대신 신인 작가 사이에서 만화의 세부 분야 한두 가지 기술을 기묘할 정도로 특화시키는 경향이 두드러지고 있다. 실제로 캐릭터 디자인이나 한 장짜리 일러스트는 그릴 수 있지만 컷을 분할해서 만화를 그리는 것에 익숙하지 않은 '만화가'가 많다. '아티스트'라고 칭하면서 화집을 내고 있는 사람들 중 몇십 퍼센트 정도가 그에 해당된다. 또 만화가는 아니지만 〈기동전사 건담〉[11]의 로봇디자인 리뉴얼이나 일러스트만으로 팬들 사이에서 권위를 인정받고 있는 사람이나, 작품의 무대나 배경을 설정하는 데 탁월한 사람도 있다. 이런 재능을 가진 사람들 중에 기존 작품의 캐릭터나 무대를 사용해 소설이나 만화를 나름대로 잘 그릴 수 있는 '2차 창작' 능력을 가진 사람들도 있다. 이런 식으로 만화를 그리는 재능의 분화 방식에는 일정한 방향성이 있으며, 경험상 다음과 같은 5가지 정도로 나뉜다.

1. 캐릭터나 메카닉 같은 디자인 워크 및 한 장짜리 일러스트레이션을 만들어내는 기술

2. 세계관 설정이나 배경background의 디테일을 구축하고 완성하는 기술

3. 스토리를 법칙대로 구축하는 기술

4. 컷을 분할하고, 스토리를 만화로서 연출하는 기술

5. 기존 작품의 설정이나 캐릭터를 차용하거나 각색하는 기술

요즘 만화가들 중 1, 2, 5번에 특출난 능력을 가진 사람이 많고, 3, 4번 능력이 뛰어난 사람은 적기 때문에 이야기를 만드는 기술이 후퇴했다는 인상을 받았던 것 같다. CLAMP(클램프)[12]처럼 그룹을 지어 만화를 그리는 유니트는 특화되고 분화된 재능을 가진 사람들이 서로의 장점을 살려 공동작업을 하는 체제다. 또 〈소년 매거진〉 같은 잡지는 주로 4번 능력을 가진 만화가를 기용하고, 마치 TV드라마처럼 편집자가 기획부터 각본까지 프로듀서 역할을 맡아 작업을 진행하기도 한다.

이런 재능의 분화는 기존의 만화가와 어시스턴트, 만화가와 원작자의 관계와 다르다. 혼자서도 만화를 창작할 수 있는 만화가가 작업 분량 때문에 아무나 맡아도 상관없는 부분을 어시스턴트에게 맡긴다거나, 보다 훌륭한 작품을 만들어내기 위해 원작자와 콤비를 이루는 것(예를 들어 지바 데쓰야[13]와 가지와라 잇키처럼)과는 조금 다르다는 말이다.

만화계에서 이런 만화 기술과 재능의 분화는 이미 불가피한 상황이다. 만화뿐만 아니라 만화에서 파생된 게임, 애니메이션, 주니어소설의 창작지망생들에게도 마찬가지 현상이 일어나고 있다. 앞에서

말한 '2차 창작'을 하는 사람들 중에는 5번 각색 능력만 특출난 경우가 많다. 게임이나 야오이 계열 동인지 소설가 중에 이런 사람들이 많은데, 세게 말하자면 노래방에서 노래를 부르는 것과 같다. 노래방에서 노래를 부르는 것과 뮤지션이 무대나 녹음실에서 노래를 부르는 것은 현실적으로 다르다. 전자는 소비 행위이지만 후자는 저작권법에서 일컫는 '실연實演'이다. 물론 둘 다 녹음된 반주를 배경으로 노래를 부른다는 행위 자체는 똑같지만.

그렇다면 둘의 차이는 무엇일까? 결국 '노래의 원곡'에 해당하는 기존 작품이나 캐릭터, 혹은 배경이 없더라도 독자를 매료시킬 수 있는 소설을 쓸 수 있느냐 없느냐 하는 점이다. 실제로 자신만의 오리지널 작품을 집필해서 프로가 되는 동인지 소설가도 있는 한편, '2차 창작'에서는 그야말로 프로를 뛰어넘을 만큼 재미있는 소설을 쓰지만 정작 자기만의 순수 창작 작품은 전혀 쓰지 못하는 사람도 있다. 노래방에서 노래를 잘 따라 부르는 재능과 카피밴드를 거쳐서라도 자신의 오리지널 곡을 만들어 연주할 수 있는 재능의 차이가 음악계에서도 분간하기 힘들어졌는지 모르겠지만, 동인지 만화나 동인지 소설 분야에서는 더욱 애매한 상황이다. 내가 소설을 쓰는 기술을 매뉴얼화하여 '아마추어'에게 개방하려는 것과는 또 다른 차원에서 소비 행위로서의 '2차 창작'이 창작자와 수용자의 경계를 희미하게 만들고 있다는 것은 분명한 사실이다.

아직까지는 어디까지나 만화와 그 주변 문화에서 벌어지고 있는 사태일 뿐 문학 애호가들이 평소 접하는 문학 계열 소설과 그 지망생들 사이에는 없는 현상일지도 모르겠다. 하지만 얼마 전까지 'J문학'[14]이라고 불리던 소설 중에는 이상할 만큼 디테일 묘사만 뛰어나거나 랩처럼 단어의 리듬에만 특출난 재능을 보이는 작품들이 꽤 있지 않았는가. 그 작품들은 소설 전체 이야기 구조를 구축할 수 있는 재능을 가진 작가가 어떤 문학적 의도를 가지고 특정 기법을 구사했다기보다는, 젊은 개그맨이 유행어를 노리고 만든 개그 같은 느낌이 강했다. 결국 문학을 구성하는 재능도 마찬가지로 잘게 쪼개져 파편화되고 있는 게 아닌가 싶다. '문학'이란 말만 붙으면 어린애 응석 받아주듯 그런 파편화까지 허용되는가 하는 생각도 들지만, 이건 서브컬처 장르에서 '문학'에 대해 가지고 있는 비뚤어진 편견이라고 생각하고 넘겨들어도 상관없다.

하지만 십여 년 전 에토 준[15]이 어느 문예지 신인상 심사평에서, 소설가 지망생들이 이젠 더 이상 소설이 아니라 만화 같은 서브컬처에서 이야기를 배우고 있으며, 소설이 살아남기 위해서는 극화로부터 이야기를 탈환해야 하는 것이 아니냐고 논했던 기억이 난다. 일본에서 '문학'이 사실상 20년 이상 서브컬처보다 '하위문화'로 존재해온 이상, 만화 장르에서 진행된 이런 재능 분화는 곧 소설이나 문학에도 발생할 것이라고 추측할 수밖에 없다.

이때 비로소 큰 의미를 갖게 되는 것이, 너무 일찍 등장했던 '서브컬처 문학자' 이시하라 신타로[16]를 제외하면, 전후 일본 문학사 안에서 지금까지 유일하게 '서브컬처 수법'을 구사하고 있는 무라카미 류라는 소설가의 존재이다. 무라카미 류가 흥미로운 건 소설 쓰는 행위가 놀랄 만큼 분화되어 있다는 점이다. 그리고 분화 방식이나 방향이 만화의 창작 기술이 분화된 방식과 매우 비슷하다. 그렇지만 어떤 기술 하나만 특화해서 갖고 있는 게 아니라 필요한 기술은 전체적으로 확실하게 갖추고 있다는 인상을 받았다. 게다가 분화시킨 소설 기술들을 각각 철저히 매뉴얼화하여 방법론적으로 다듬고(바꿔 말하자면 '기법'화시켜서), 그것들을 다시 구성하여 하나의 소설로 만든다는 느낌이다. 나는 무라카미 류가 언젠가 소설이 도달할지도 모르는, 작법이 개별화되고 특화되는 소설의 운명을 앞질러 가서 자기 나름의 테크닉으로서 구체화시킨 다음 소설이라는 '전체' 속에 확실하게 수렴시키고 있다고 생각한다. 본인이 원하든 원하지 않든 기술이나 재능을 미분화시킨 상태로 가지고 있는 학생들이 무라카미 류의 소설에서 무엇을 배우길 바랐는지 이제 이해가 갈 것이다.

이야기 · 세계관의 분리와 미디어 믹스

이제 무라카미 류의 소설 기술이 어떻게 '분화'되어 있는지 구체적으로 살펴보자. 가장 큰 특징은 '이야기'와 '세계관'의 분리다. 예를 들어『5분 후의 세계』의 속편인『휴가 바이러스』서두에는 아래와 같은 개요가 실려 있다.

현재로부터 5분의 시공 차이가 있는 지구에는, 또 하나의 일본이 2차 세계대전 이후의 역사를 이어오고 있다. 일본은 태평양전쟁에서 오키나와 전투 이후 히로시마, 나가사키, 고쿠라, 니가타, 마이즈루에 원폭을 맞으면서도 미군과 결전을 치렀다. 전투와 공습으로 일본 전역은 초토화되었고 연합군의 통치를 받게 되었다. 홋카이도, 도호쿠를 옛 소련, 그 외 혼슈와 규슈의 대부분을 미국, 시코쿠를 영국, 중국이 서 西규슈를 분할 통치했다. 인구는 8천만 명에서 2천 3백만 명으로 줄어들었다. 본토에서의 결전 직전에 칙령으로 발표된 전 국민을 징집하는 '의용병역법'과 구 소련군에 의한 학살, 그리고 전역에 만연한 기아와 전염병 때문이었다. 그리고 군 지도부는 전원 체포, 처형되었다. 대일본제국은 완전히 붕괴되었다.

제국 붕괴 후 얼마 되지 않아 버마, 뉴기니아에서 귀환한 일부 장교단이 옛 나가노에 집결했다. 국가 소멸의 위기에서 새로운 일본을 일으켜 세우자는 목표로 모인 그들은 지하로 숨어들었다. 일본 지하사령부의 탄생이었다. 훗날 '언더그라운드'라고도 불리게 된 일본은 지하에 무수히 많은 터널을 뚫어 국가를 형성했다.

수백 미터 지하에 26만 명의 인구를 가지게 된 일본은 냉전이라는 정세를 이용하여 매우 기능적이고도 강력한 전투적 소국가로 재탄생했다. 일본군(UG군)은 본토에 주둔한 국제연합군을 상대로 게릴라전을 펼쳤고, 반反제국주의를 내세우는 용병으로서 외국의 내란이나 분쟁, 혁명에도 참가했다. 1959년 쿠바 혁명에서도 피델 카스트로의 요청을 받은 UG군은 다케우치 겐지 대위가 이끄는 소대를 파견하여 혁명군에 협조했다.

한편, 분할 통치되면서 해외로부터 '기술 이민'을 받아들인 일본 본토에서는 올드 도쿄, 오사카 등 대도시를 중심으로 거대한 슬럼화가 진행된다. 이민정책은 실패로 돌아가고 세계대전 이후 슬럼에서 태어난 혼혈아의 상당수는 국제연합군 주둔에 따른 패배감과 불안감으로 폭동과 약탈로 날을 지새운다. 이들은 강자인 국제연합군에 철저히 항전하는 '언더그라운드'를 존경하고 동경한다.

1972년 지하사령부를 방문한 만년의 알베르트 아인슈타인으로부터 "어떤 의미의 차별도 없는 나라는 UG뿐"이란 상찬을 받은 언더그라운드는 전투 국가이면서도 높은 수준의 문화, 예술, 과학을 가지고 있었다. 전 세계가 항상 주목하는 음악가 와카마쓰는 바로 그런 일본의 상징이며, UG생화학연구소가 개발한 '코겐向現'은 부작용이 없는 완벽한 향정신성 약품으로 전 세계 블랙마켓에서 화폐와 동일하게 거래된다.

(『휴가 바이러스: 5분 후의 세계 Ⅱ』, 무라카미 류 지음, 겐토샤)

개요 부분에서 가장 이상한 점은 전편인『5분 후의 세계』주인공 오다기리에 대한 언급이 전혀 없다는 점이다.『5분 후의 세계』는 야쿠자 비슷한 인물로서 '강간 비디오로 번 돈이 넘쳐나던 시절'에 사들인 별장 근처에서 조깅하던 오다기리가 '5분 후의 세계', 즉 현실 속 일본과는 전혀 다른 세계로 빠져든다는 내용이다. 그런데『휴가 바이러스』서두의 개요에는 오다기리의 존재가 완전히 무시되어 있다. 언더그라운드 잠입 취재를 강행하는 미국인 저널리스트 캐서린 코리의 시점으로 구성된 이 이야기는 배경은『5분 후의 세계』와 같지만 '오다기리 이야기'의 속편이 아니다. 즉, 『5분 후의 세계』의 배경인 지하국가 일본을 둘러싼 또 다른 전후사戰後史와 개별 작품의 스토리가 명확히 구분되어 있다.

TV게임에 빗대면 이해가 좀 쉬울 것이다. 주인공은 한 번 게임을 할 때마다 플레이어가 입력하는 이름이라고 할 수 있다. 임의로 입력된 캐릭터는 프로그래밍된 게임 세계 안에서 임무를 수행하거나 적을 쓰러뜨린다. 그 1회분의 게임이 무라카미 류의 소설에선 한 작품 분량의 스토리에 해당된다. 참고로 『5분 후의 세계』를 TV게임으로 만들려는 기획도 있었다고 한다. 게임이 발매되었다면 유저가 1회분 게임을 한 내용과 소설 한 작품이 동등한 위치를 갖게 되었을 것이다. 이를테면 '문학의 노래방화'라고 할 수 있다. 실현되었다면 나따위가 '문학'에 대해 회의론을 펼치는 것보다도 훨씬 더 근본적으로 문학이 가진 특권을 해체하는 사건이 되었을 것이다. 작가들이 자각을 하고 있다는 전제 아래 가능한 말이겠지만 말이다.

만화계 특유의 용어인 '세계관'이란, 게임에 비유하자면 프로그래밍된 게임상에 설정된 세계를 말한다. 플레이어는 프로그래밍된 '세계'의 규칙을 따르는 한도 내에서는 자유롭게 움직일 수(＝플레이할 수) 있다.

이러한 관점에서 보면 앞서 언급한 '2차 창작' 문제도 훨씬 정리하기 편해진다. 즉, '2차 창작'이란 어떤 게임을 한 번 플레이하는 것과 완전히 동일한 행위이다. 초기 PC게임 가운데, 게임을 끝내면 플레이어가 지나온 여정을 소설 형태로 보여주는 게임이 있었던 것으로 기억한다. 『5분 후의 세계』가 게임으로 만들어졌다면 그런 기능을 달지 않았을 것이다. 이처럼 '2차 창작'은 저작권법상의 '2차적 저작물'과 본질적으로 성격이 다르다.

무라카미 류의 『5분 후의 세계』에는 '세계관'이 명료한 형태로 존재한다. 다른 소설에도 이야기의 배경이 되는 세계가 막연하게나마 존재한다. 하지만 그것을 스토리텔링과 분리하여 개별적이고도 치밀하게 설계한다는 발상은 일반적인 다른 소설가에게는 찾아보기 힘들다. 특히 문학에 있어서는 더더욱 드물다. 반면, SF소설가나 판타지 소설가라면 그런 식으로 가공의 세계를 만드는 데 심혈을 기울인다. 『반지의 제왕』 저자인 톨킨이 언어학자 및 신화학자로서의 지식을 총동원하여 가상 세계인 '중간계'를 만들어낸 것은 유명한 사실이다. 일본 서브컬처에서는 〈기동전사 건담〉을 전후하여 작품 배후에 확고한 '세계관'을 설계하는 풍토가 자리 잡았다. 한 번 '세계관'을 설계해 두면, 그 다음부터는 마치 게임을 하듯 얼마든지 그 위에서 스토리를 만들어갈 수 있기 때문에(실제로는 그 정도로 단순하진 않지만) 얼마든지 시리즈를 이어갈 수 있다. 〈건담〉이 주인공을 차례차례 바꿔가며 20년 이상 이어올 수 있었던 것은 바로 '세계관'이 있었기 때문이다.

일본 대중문화의 역사를 보면 '세계관'을 미리 만들어두고 그 위에서 임의의 스토리를 만들어가는 TV게임적 창작 방식이 이미 확립되어 있었다. 가부키에서는 '세계관'에 해당되는 것을 '세계', 그리고 1회분의 게임(=스토리)에 해당하는 부분을 '취향趣向'이라고 불렀다. 나는 『보이지 않는 이야기』란 에세이집에서 이렇게 설명한 적이 있다.

'세계'와 '취향'은 가부키 용어로서, 에도시대 중반부터 자주 사용되기 시작했다. 핫토리 유키오(『가부키의 키워드』, 이와나미쇼텐)에 의하면 '세계'란 '1일의 긴 교겐狂言[17]이 무대에서 펼쳐질 때 그 허구의 이야기 세계, 그 연기가 만들어내는 코스모스(전우주)의 틀을 가리킨다'고 한다. 예를 들어 '요시쓰네義經기記의 세계', '소가曾我 이야기의 세계'라고 할 때의 '세계'란, 작품이 반복해서 공연되어 대중에게 친숙해지면서 발신자와 수신자 사이에 이 이야기의 '배경이 되는 시대, 사건(스토리), 등장인물의 이름(배역명)과 기본적인 성격(캐릭터), 입장, 행동 패턴, 주요 장면 설정 등 모든 면에 걸쳐 큰 변화를 허용하지 않는 작품의 전제가 되는 틀'로 공유된 것을 말한다. 기승전결이 있는 한 편의 구체적인 '이야기 콘텐츠'(이 경우에는 개개의 희곡 및 공연)가 아닌, 그 '이야기 콘텐츠'가 만들어내는 곳을 '세계'라고 한다. 그러니까 예를 들면 〈가나 데혼 주신구라〉는 〈태평기〉[18]의 세계'에서 펼쳐지는 '이야기'이다. 〈가나 데혼 주신구라〉에서는 아사노 다쿠미노카미(아사노 나가노리)는 엔야 판관, 기라 고즈케노스케(기라 요시히사)는 고노 모로나오로서 등장한다. 엔야 판관이나 고노 모로나오는 실화인 다쿠미노카미 상해 사건에 〈태평기〉의 시대 배경이나 인간관계를 집어넣어 만든 이야기이다. 따라서 동일한 사건을 '〈오구리·데루테〉[19]의 세계'에서 전개시킨 〈오니카게무사시아부미〉란 교겐도 존재한다.

또 반대로 '〈태평기〉의 세계'를 틀로 삼은 '이야기'로 〈고다이고 천황 오키 섬 유배지〉[20]라든지 유이 쇼세쓰[21] 사건을 〈태평기〉의 세계'로 치환한 〈태평기 기쿠스이노마키〉 같은 작품이 있다. 이들 '세계'에서 창안된 각각의 '이야기'를 가부키에서는 '취향'이라고 부른다.

(『보이지 않는 이야기』, 오쓰카 에이지 지음, 유다치샤)

〈그림 9〉를 참조하길 바란다. 〈태평기〉나 〈오구리·데루테〉 같은 '세계'에서는 가부키의 희곡 작가와 관객이 공유하는 그 '세계'를 기반으로 어떤 '취향'(=1회분의 이야기)을 '2차 창작'해낼 수 있는지가 희곡 작가의 오리지널리티였다. 관객 또한 각 '취향'의 오리지널리티를 평가할 수 있는 시선을 확실하게 갖추고 있었다.

다만 가부키의 '세계'와 '취향'의 관계와, 오늘날 원작과 동인지의 '2차 창작' 사이의 결정적인 차이는 그것이 창작자(가부키라면 희곡 작가)에 의해서만 이루어지는 것이 아니라 수용자, 즉 팬이기도 한 동인지 작가에 의해서도 이루어지고 있다는 점이다. 〈건담〉의 속편을 만들고 있는 신인 스태프들은 '취향'으로서의 '2차 창작'을 행하는 것이고, 다른 한편에서 팬들은 노래방에서 노래를 부르고 게임을 하는 것과 마찬가지로 '2차 창작'을 하고 있는 셈이다. 그러나 그것은 외견상 완전히 동일한 행위인 데다가, 가끔은 게임의 플레이어에서 '취향'을 만들어내는 쪽으로 올라가는 사람도 있다 보니 점점 더 복잡해진다.

무라카미 류가 가부키 기법으로 돌아가려고 한 것은 아닐 것이다. 에토 준은 무라카미 류의 데뷔작을 서브컬처의 반영에 불과한 소설이라고 혹평했지만, 다르게 보면 무라카미 류야말로 서브컬처의 운명을 충실히 반영하여 '세계관'을 자신의 소설 안에서 특화시켰다고

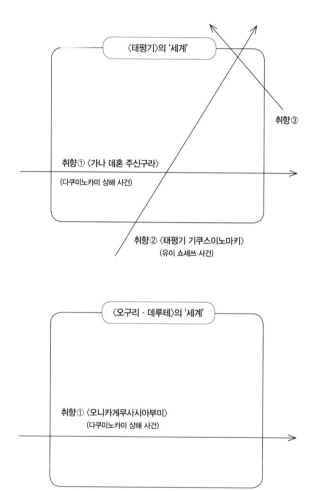

그림 9 가부키 작품의 '세계'와 '취향'

할 수 있다.

이처럼 소설이나 만화에서 스토리와는 별개로 '세계관'을 특화시켜 구축하는 작업은 미디어 믹스를 위한 필수 요소이기도 하다. 만화의 게임화, 게임의 애니메이션화처럼 하나의 이야기를 다른 장르로 '이식'할 때에는, '세계관'이 분명하게 설계되어 있으면 작업이 쉽다. 이야기의 표면만을 기계적으로 다른 미디어로 옮기는 것이 아니라, '세계관'이라는 '장場'에다가 그 미디어에 가장 적합한 '취향'을 성립시키는 것이다.

무라카미 류가 '세계관'이라는 개념을 자연스럽게 가질 수 있었던 것은 그가 하나의 소재를 가지고 소설과 영화라는 서로 다른 영역에서의 상품화를 염두에 두었기 때문이라는 지적도 있다. 그런 의미에서 무라카미 류는 서브컬처 계에서도 충분히 통할 만큼 단련되어 있는 문학자일 뿐만 아니라, 그 공정 전부를 혼자 할 수 있다는 점에서 세분화된 재능만 가지고 있는 사람이 많은 만화와 주니어소설 분야에는 위협적이다. 그야말로 '외적外敵'이라고 할 수 있다. 스스로 '세계관'을 만들고 그러한 '세계관' 위에서 스스로 '2차 창작'을 하여 소설을 쓰는 데다 영화화 같은 미디어 믹스까지 맡고 있으니 위협적인 존재가 아니겠는가. 학생들에게 무라카미 류의 기법을 가르쳐온 이유는 바로 이 때문이다.

세계관과 이야기는 하나의 전체로 수렴된다

이제 무라카미 류를 교재로 어떻게 가르쳐왔는지 구체적으로 살펴보겠다.

첫 번째 방법은 『5분 후의 세계』의 세계관을 토대로 '2차 창작'을 해보는 것이다. 먼저 『5분 후의 세계』, 『휴가 바이러스』를 숙독한 다음 그 '세계관'을 토대로 임의의 캐릭터를 만들어 30쪽짜리 단편소설을 쓴다. 그러면 그 작품은 〈그림 10〉의 취향③에 위치하게 되는 것이다.

'2차 창작'은 노래방 같은 것이고, '세계관'이 없으면 아무것도 못 쓰는 동인지 작가 이야기를 하지 않았느냐고 의문을 가질지도 모르겠다. 그 말이 맞다. 하지만 소설을 쓴다는 행위를 '세계' 작성과 '취향' 작성으로 나누고 양자를 통합하는 것이 무라카미 류의 작법이라고 한다면, '취향'을 만드는 데에는 그의 작품을 '2차 창작'하는 방법이 유용하다. '취향'만이 아니라 '세계'도 스스로 만들어내지 못하면 소설가라고 할 수 없겠지만, '취향' 만드는 기술을 능숙하게 익혀서 어떤 '세계'를 가지고도 소설을 쓸 수 있게 되면 적어도 주니어소설 분야에서는 굶어죽을 일이 없다. 서점에 가보면 알겠지만, 주니어소설의 상당수는 게임이나 애니메이션의 노벨라이즈, 즉 타인이 고안한 '세계'를 토대로 만들어낸 '2차 창작'이다. 마찬가지로 게임이나 애니메이션의 시나리오 작가에게도 기존의 '세계'에서 '취향'(=오리지널리티)을 발굴하는 능력이 요구된다.

나는 이런 작업에 종사하는 사람을 '블루칼라[22] 이야기 작가'라고 부른다. 화이트칼라가 더 훌륭한 작가라는 말은 아니다. 다만 콘텐츠 산업이 커질수록 소설이나 만화, 게임 개발 공정의 일부를 확실하게

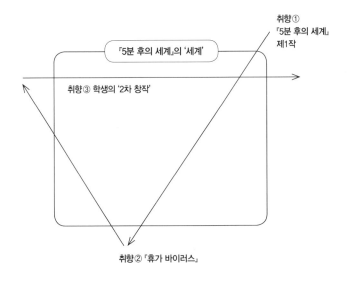

그림 10　무라카미 류의 소설과 2차 창작

책임져주는 기술자가 필요해질 수밖에 없다. 현재 콘텐츠 산업에서 가장 부족한 인재는 '이야기'를 담당하는 기술자인 것이다.

『5분 후의 세계』를 게임으로 만든다면, 시나리오 분량이 방대해서 불가능하다고까지는 할 수 없겠지만 아무래도 무라카미 류 혼자서는 힘들 것이다. 그때 필요한 사람이 만들어진 '세계' 안에서 '이야기를 만드는' 공정을 확실하게 책임질 수 있는 기술자다. 노벨라이즈에 있어서도 마찬가지다. 물론 내가 가르친 학생들이 스스로 오리지널 소설을 쓸 수 있는 작가가 되길 바라 마지않지만, 현실적으로 불가능한 일이다. 그래서 나는 꼭 주니어소설이나 게임업계에서 살아가고 싶다는 학생들에게는 블루칼라 이야기 작가를 목표로 하는 것도 방법이라고 말하곤 한다. 그러한 진로를 염두에 둔다면 이런 식의 '2차 창작' 또한 유용한 연습이 된다.

수업이 이 정도 진행되었을 때쯤이면 학생들의 머릿속에 '이야기의 구조'라는 개념은 확립되어 있다. 무작정 게임을 하는 것이 아니라 공략본이나 정석은 어느 정도 익힌 상태인 셈이다. 이 과제를 시켜보면 고등학교를 졸업한 지 1년도 지나지 않은 학생들이 무라카미류 소설 비스무레한 작품을 써오는 것에 놀라게 된다. 한 작품 전체를 보여주고 싶지만 여기서는 소설 집필에 들어가기 직전 학생들이 제출한 플롯만 소개하겠다.

『폴 포트의 심장』 (야쿠시지 겐지)

태평양전쟁이 끝난 후, 급속한 사회 발전과 더불어 두 번 다시 전쟁을 하지 않겠다는 선언 아래 일본에는 기나긴 평화 시대가 이어졌다. 하지만 인간이란 생물이 존재하는 이상 전쟁의 불씨가 사라지는 일은 있을 수 없고, 현재의 시점에서 약간 어긋난 시공 속에서 일본은 새로운 전쟁을 시작했다.

몇몇 종교 파벌에서 작은 항쟁이 발생하여, 총을 사용한 살육으로까지 발전했다. 항쟁이 멈추지 않자 마침내 자위대가 군사력으로 진압하기에 이른다.

무슨 일을 하고 있었는지는 명확하지 않다. 하야사카는 정신을 차려보니 모르는 방에서 자고 있었다. 비틀비틀 걷다가 무장한 일본인 부대에게 끌려간다.

하야사카가 끌려간 곳은 지하 깊숙한 곳의 거대 지하 시설의 일각이었고, 카지노 바 같은 느낌이었다. 그곳에서는 종교의식의 일환이란 명목으로 캄보디안 룰렛(폴 포트의 심장) ─ 네 명이 한 조가 되어 신호와 함께 총알이 한 발만 들어 있는 권총으로 서로 죽고 죽이는 것 ─ 이라 불리는 게임이 열리고 있었다. 살아남은 자는 보수를 받고, 그 보수로 약물이나 자유를 사는 것이다.

하야사카는 그곳에서 자신과 마찬가지로 끌려온 사람들이 일본인뿐 아니라 여러 나라 관객이 지켜보는 와중에 죽어가는 것을 목격하고, 처음으로 사람을 죽인다.

그곳에서는 캄보디안 룰렛에서 살아남을 때마다 주어지는 보수와 다섯 번 살아남은 자는 해방된다는 희망을 가지고 집요할 정도로 서로 속고 속이는 각종 거래가 매일 일어난다. 불운한 자는 죽거나 미치고, 탈주하려다가 사살당했다. 하야사카는 그곳에서 세 명을 죽였다.

하야사카는 네 번째 게임에서 팔과 복부에 총을 맞고 수술실로 실려간다. 그때 하야사카는 가까이 있던 메스로 의사를 덮쳐 권총을 손에 넣는다. 그리고 캄보디안 룰렛을 처음 시작했다고 하는, 교주라 불리는 남자를 인질로 붙잡는 데 성공한다. 탈주하고자 출구로 향하던 도중, 하야사카는 자신의 상처가 너무 깊다는 것을 깨닫고 교주에게 총을 쏜다. 그리고 총알이 한 발밖에 남지 않은 권총을 교주에게 넘겨주면서, 더 이상 고통스럽지 않도록 자살을 할지, 아니면 하야사카 자신을 쏘고 교주 본인은 고통 속에서 괴로워하며 죽어갈지 선택하게 한다.

하야사카는 빛이 비치는 방향으로 걸어가면서 등 뒤에서 총성을 듣는다.

제목이 없어서 내 마음대로『폴 포트의 심장』이라고 붙여보았다. 살인 게임이란 설정과 함께『5분 후의 세계』의 오다기리와 마찬가지로 '현재'의 일본에서 슬립[23]한 하야사카라는 청년이 캄보디안 룰렛에 강제로 참가하게 된다는 전개, 그리고 "하야사카는 빛이 비치는 방향으로 걸어가면서 등 뒤에서 총성을 듣는다"라는 엔딩. 거의 완벽한 무라카미 류다.『5분 후의 세계』시리즈 제3부의 개요라고 해도 아마 믿을 것이다.

이 플롯은 전형적인 빌둥스로망(성장소설) 형식을 띠고 있다. 주인공이 다른 세계로 빠져든 다음 그 세계에서 '죽음'에 가깝게 근접함으로써 '삶'을 확인하고 다시 원래 있던 세계로 돌아온다는 이야기 구조를 제대로 답습했다. 이러한 이야기 구조는『고사기』[24]에서 이자나기가 죽은 이자나미를 찾으러 황천에 가는 이야기나, 소년들이 숲으로 시체를 찾으러 갔다가 유년시절의 막을 내리는 스티븐 킹[25]의 단편「스탠 바이 미」처럼 동서고금의 명작에 공통적으로 나타난다. 많은 학생들이 성장 이야기를 과제로 제출하곤 하는데, 약 1년에 걸친 '이야기 체조'의 성과이기도 하지만 무라카미 류의『5분 후의 세계』가 갖고 있는 '세계관' 그 자체에 영향을 받은 게 아닌가 싶다. 말하자면 성장 이야기를 이끌어내기 쉬운 '세계관'이라는 것이다.

주인공이 사투를 벌이지 않고는 도저히 스토리를 만들 수가 없는 (즉, 이야기가 성립되지 않는) 가혹한 세계로 설정되어 있기 때문인데, 현실의 세계와 허구의 '세계관' 사이의 결정적인 차이점이 아마도 그 부분일 것이다. 즉, 훌륭한 작품의 '세계관'은 그 '세계관'을 토대로 성립되는 '이야기'를 일정한 방향으로 유도한다. 물론 이론상으로야 '세계관' 위에 어떤 이야기도 만들어낼 수 있다. 그것은 현실의 '세계'에서도 마찬가지다. 하지만 소설 창작의 기술로서 '세계관'은 항상 일정한 방향성을 지닌 이야기를 유발해야 한다. 그리고 연습을 위해 '2차 창작'을 행하는 입장에서는 그런 '세계관'에 올바르게 유도되는 이야기를 만들 수 있어야 한다. 그런 의미에서 '세계관'과 '이야기'는 불가분의 관계이다.

무라카미 류는 문학의 영역에서 '세계관'을 '이야기'로부터 분리해 설계한 최초의 전후 문학가였다. 하지만 무라카미 류의 '성장 이야기를 유발하는 세계관' 속에는 '세계관'과 '이야기'는 결코 관계없이 분리된 것이 아니라 하나의 전체로 향하는 존재라는 사실이 명쾌하게 드러나 있다. 나는 이런 방법이 존경받을 만하다고 생각한다. 바로 그것이 무라카미 류의 소설을 하나의 '전체'로 만들고 있는 힘이기도 하다.

자, 이제 『5분 후의 세계』를 읽어보고 무라카미 류가 됐다는 생각으로 소설을 써보자.

5강

'갔다가 돌아오는
이야기'에 몸을 맡기고
'주제'가 찾아오길
기다린다

아즈마 히로키[1]는 〈소설 트리퍼〉 2000년 봄호에서 히라노 게이치로의 『일식』[2]에 나타난 서브컬처적인 상상력에 대해 언급했다.

아즈마 히로키가 지적한 『일식』의 '서브컬처스러움'이란, "중세, 기독교 신학, 연금술, 호문클루스Homonculous(인조인간), 거인 등의 아이템"이나 "지나치게 많은 한자 사용" 등 『베르세르크』[3]나 교고쿠 나쓰히코[4]의 소설에 공통적으로 나타나는 '작품의 배경이 되는 당대의 분위기'에 작가의 상상력이 강하게 자리하고 있다는 점이다. 그것은 사토 아키[5]가 〈아사히신문〉에선가 『일식』이 〈신세기 에반게리온〉과 겹친다고 주장했던 것과도 비슷하다.

주니어소설 작가 양성이 목적이었던 전문학교 학생들 사이에서도 히라노 게이치로에 대한 반응이 꽤 좋았는데, 과제물을 보면 한 학년에 두세 명씩은 꼭 리틀 히라노 게이치로가 있었다. 내 말에 반감을 가질 사람이 있겠지만, 그런 친구들을 보고 있자면 그들이 교토대에 입학할 정도의 '학습 능력' — 히라노 게이치로 타입의 소설은 똑같이 연금술을 소재로 삼더라도 그에 관한 자료나 문헌을 모으고 독파할 만한 학습 능력에 의해서 그 질이 크게 좌우된다 — 이 있었다면 어땠을까 생각하지 않을 수가 없다.

소설 쓰는 법을 가르치면서 느끼는 점은 소설을 쓰는 기술 중 어느 정도는 학습 능력이 좌우한다는 사실이다. 따라서 '수능 7등급에서부터 시작하는 대학 진학'이란 캐치프레이즈를 걸고 중학생 수준에서 도쿄대 합격까지의 과정을 100인지 200인지의 단계로 구분해 가르치는 걸로 화제가 된 입시학원의 방식을 소설 분야에도 적용할 수 있다. 저출산으로 인해 앞으로의 경영이 불안한 전문학교나 학생 정원이 줄어들어 걱정인 전문대학이 있다면, 속은 셈 치고 나한테 커리큘럼을 맡겨줬으면 좋겠다. 앞에서도 썼지만 기술자로서의 이야기 작가는 콘텐츠 산업으로 먹고 살지 않으면 안 될 이 나라에는 필수적인 인재다. 그런 의미에서 이야기의 기술자를 키워낼 학교는 꼭 필요하다.

『일식』은 그런 의미에서 매우 '학습 능력'이 높은 소설이다. 문제가 된 〈신세기 에반게리온〉스러운 소재, 즉 연금술이나 기독교 신학처럼 서브컬처 측에서 소비재로 만들어버린 지식의 영역을 '문학' 측에서 다시금 탈환한 걸로 본다면 크게 기분 나쁠 것도 없다. 나 또한 대학에서 배운 지식을 게임이나 만화 작품의 소재로 활용했다. 어떤 의미에서 내가 전공했던 민속학은 이 업계에서 매우 써먹기 좋은 학문이었던 셈이다.

『일식』의 '서브컬처적 상상력'에는 소재나 용어 같은 표면적인 동일성보다는 이야기 구조에 흥미로운 문제가 감추어져 있다.

『일식』에 대한 아즈마 히로키의 비평이 게재된 것과 같은 시기에 다른 잡지에도 나카니시 스스무의 다음과 같은 비평이 실렸다.

> 또 마을에 도착하더라도 연금술사가 있는 지역에는 금방 진입할 수가 없다. 시냇물이 마을을 나누고, 다리가 그 양쪽을 잇고 있다. 마을 전체는 마치 '비스듬하게 금이 간 꽃조개 같은 모양'이라고 한다.
>
> 연금술사를 만나러 가는 과정에서 먼저 상스러운 대장장이를 만난다. 그의 아내는 주교와 내연관계에 있다. 주교와의 사이에서 생긴 것 같은 소년도 한 명 있다. 대장장이는 양쪽 발이 기형이고, 소년은 벙어리이다. 그들은 항상 묵묵히 그네를 타고 있다. 그네라는 물건은 창녀가 타는 것이라는 유럽의 전통도 배후에 엿보인다. (중략)
>
> 독자는 약간 난잡한 이 통과의례를 거치고서야 비로소 연금술사의 집에 도착하지만, 중심인물은 그 안쪽 숲에 있다. 독자가 그 숲 깊숙이 있는 동굴에 들어가게 될 때까지 우리는 소설의 5분의 3 정도를 읽어야만 한다.
>
> 나는 우선 이 구상의 지속력에 감탄했다.
>
> 〈제군!〉 2000년 5월호

나카니시 스스무의 글은 최근 논단지에서 화제가 되었던 대학생의 학습 능력 저하에 관한 특집 중 하나로 게재된 논문인데, 지식이나 학습 능력을 지닌 대학생도 있다는 비유로서 히라노 게이치로를 논하고 있다. 칭찬 같지만 실은 비아냥거리는 듯한 느낌이 든다.

이 글을 읽으면서 뭔가 묘한 기시감이 들지 않는가. 이런 종류의 답답함을 어딘가에서 체험한 적이 있는 것 아닌가 하는 말이다. 내가 가르치는 학생들이 히라노 게이치로의 소설에 빠지기 쉬운 것도 아마 이 '기시감'과 관련이 있을 것 같다.

돌려 말할 것 없이 그 기시감의 정체는 TV게임에서 RPG를 할 때 느끼는 감각이다. 즉, 탐색하는 대상이 무엇인지 이미 알고 있는데, 목적지에 닿을 때까지 계속해서 빙빙 돌아가며 누군지도 모를 캐릭터를 계속 만나야 하고, 마을에 들어가서도 구석구석 돌아다니지 않으면 안 되는 그 느낌. 그렇게 해서 목적했던 인물을 만나더라도 또 숲이나 동굴 속으로 더 들어가야 한다. 이것을 나카니시 스스무는 위의 인용 부분 바로 다음에서 "지연시키는 구성력"이라고 표현했는데, 사실 그 정체는 'TV게임스러움'이 아닌가 싶다. 나카니시 스스무의 이 논문이 게재된 문맥을 생각해보면 아이러니가 아닐 수 없다.

히라노 게이치로가 TV게임의 직접적인 영향을 받아 『일식』을 썼다는 주장을 하려는 건 아니다. 아즈마 히로키의 지적도 마찬가지일 것이다. 다만 좋든 싫든 히라노 게이치로의 상상력도 위로는 안노 히데아키'로부터 아래로는 나의 제자들에 이르기까지 어쩔 수 없이 동일한 '시대의 분위기' 위에 서 있다는 것이다. 그 자체가 특별히 히라노 게이치로의 가치를 낮추지는 않는다. 하지만 게임 체험이 문학과 문단이 만들어왔던 상상력을 다시 흥하게 하는 상황에 관해서, 문학 측에서 좀 더 그 의미에 대해 제대로 숙고하지 않으면 아즈마 히로키가 또 시끄럽게 지적할 것 같으니 뭔가 대처를 해야 할 것이다.

'갔다가 돌아오는 이야기'를 유발하는 세계관

문학의 문제는 일단 제쳐두고, 히라노 게이치로가 이야기를 쓰는 기술이 RPG적이라는 사실이 '수능 7등급에서부터 시작하는 소설 교사'인 내게는 어떤 의미일까.

나카니시 스스무가 히라노 게이치로론﷼에서 이 이야기 구조를 '난잡한 통과의례'라고 표현했다는 사실에 나는 주목한다. 『일식』의 이야기 구조가 RPG적이다, 즉 TV게임에서 기원하고 있다거나 '난잡'하다는 말의 의미는 둘째치고, '통과의례'적이다, 라는 말은 대체 어떤 관련이 있을까.

바로 여기에 이번 강의의 중요한 문제가 숨어 있다. 먼저 작례를 읽어보고 시작하도록 하자. 이번 작례는 무라카미 류의 『5분 후의 세계』의 세계관을 기초로 하여 만든 플롯이다.

『타이라』 (무라카미 아키코)

슬럼가 한구석에 가족이 없는 어린아이들이 몇 개의 그룹을 만들어 일정한 규칙에 따라 서로 협력하면서 살아가고 있다. 타이라는 가족이 없어서 어느 자산가에게 입양된 13살 소년이다. 풍족한 생활을 보장받았지만 왠지 만족할 수 없는 그는 슬럼과 양아버지 사이를 오가며 하루하루를 보낸다. 그런 타이라가 30명 정도 되는 아이들 그룹의 리더가 된 것은 반년 전의 일이다.

온화하면서도 강하고, 두뇌 회전이 빠른 타이라는 완벽하게 그룹을 이끌었다. 그중에서도 어린아이들과 리즈는 특히 타이라를 신뢰하고 따랐다. 리즈는 11살이 되는 소녀였는데 나이에 비해 행동이 느리고 머리가 나빠서 '쓸모없는 녀석'이라고 또래 친구들한테 따돌림을 당하고 있었다.

그룹 내에서 타이라 다음으로 신뢰받는 15살의 류타는 이상적인 리더처럼 보이는 타이라가 실은 '어설프다'는 것을 유일하게 알고 반발하는 소년이었다.

류타는 드러내놓고 그룹의 친목을 깨는 행동은 하지 않았고, 타이라도 아무 문제 없이 리더를 맡고 있었다. 하지만 그런 타이라에게 변화가 일어난다. 양아버지 집에서 우연히 듣게 된 어떤 대화 때문이다.

양아버지와 정체를 알 수 없는 남자들의 대화는 대부분 코겐向現, 문, 그리고 타이라에 관한 것이었다. 터부라는 단어도 몇 번이고 반복해서 나왔다.

자세한 건 알 수 없었지만 타이라는 양아버지와 남자들의 대화가 자신의 뿌리에 관련된 내용이라고 확신했다. 평소와 다름없는 생활을 하면서도 타이라의 의식은 일상으로부터 멀리 떨어지기 시작한다.

그 미묘한 변화를 눈치챈 류타의 충고로 타이라는 그때까지 자신을 지탱해주던 것이 무엇인지 비로소 깨닫게 된다. 자신이 본래 있어야 할 장소는 여기가 아니라는 느낌. 눈앞에 있는 현실을 외면하고 있었기에 타이라는 양아버지 밑에서 살며, 친구들의 좋은 리더로 있을 수 있었다.

타이라는 점점 더 방황한다. 타이라가 양아버지한테 직접 부딪혀보기로 결심한 다음날 이른 아침, 광장에서 피투성이가 되어 쓰러져 있는 리즈가 발견된다.

류타는 사고를 막지 못한 타이라를 비난한다. 다른 아이들은 리더 탓이 아니라며 타이라를 감싸지만, 타이라는 사고의 기운을 느꼈으면서도 그냥 넘겨버린 자신을 깨닫고 있었다. 한편 어린아이들은 타이라를 비난하는 류타를 보고 '타이라를 함정에 빠뜨리려고 한다'고 착각하게 된다.

더 이상 그룹에 남아 있어서는 안 된다고 느낀 타이라는 류타에게 리더의 자리를 넘기고 슬럼가를 벗어난다. 또 양아버지 곁을 떠나기로 결심하고 그동안 품고 있던 궁금증을 묻는다.

그러자 양아버지는 타이라가 '다른 세계'에서 흘러 들어왔을 가능성이 높다고 이야기한다. 느닷없는 말에 당혹스러웠지만, 타이라는 내심 그 말을 믿는다. 양아버지가 원래 있던 곳으로 돌아가고 싶진 않냐고 물었을 때 타이라는 고개를 끄덕였지만, 이야기를 듣다가 양아버지가 자신을 이용하려는 것이라는 사실을 깨닫는다.

아무리 시간이 지나더라도 태어난 세계와 이어진 실의 힘은 약해지지 않는다. 양아버지는 또 하나의 세계에 코겐을 보내기 위해 타이라를 곁에 뒀던 것이다. 오랜 시간에 걸쳐 UG와 교섭을 시도했지만, 잘 되지 않았던 것 같다.

"그 녀석들이 도와주지 않는다면, 더 이상 기다릴 필요는 없다"고 웃는 양아버지에게 타이라는 겉으로만 고개를 끄덕여 보인다.

다음날 아침 일찍 타이라는 집을 나선다. 자신의 힘으로 '고향'을 찾기 위해.

미리 말해두겠는데 무라카미 아키코는 이어지는 강의를 들은 후이 플롯을 만든 게 아니다. 그녀는 앞선 강의에서 제시한 과제 및 이 책에서 다루지 못한 세세한 연습 과정을 1년 가까이 꾸준히 수행했다(참고로 60명이 넘었던 수강생 가운데 3분의 2 이상이 과제를 제출하지 못해서 반년도 되지 않아 탈락했다). 내 수업은 어디까지나 트레이닝 방법을 지도하는 것일 뿐이라서, 본인이 열심히 팔굽혀펴기든 배팅 연습이든 해내지 못하면 소설을 쓰기 위한 체력이 몸에 붙지 않는다고 일찌감치 학생들에게 말한다. 말하자면 야구 이론을 귀로 듣는 것만으로는 야구 실력이 늘어나지 않는 것과 똑같은 이치다. 무라카미 아키코는 과제라는 트레이닝을 제대로 마친 학생이었다.

이 플롯은 몇 가지의 '세계'를 내포하고 있다. 『5분 후의 세계』는 주인공이 전후 일본의 평행세계Parallel World랄까 가능세계랄까, 아무튼 지금의 일본과는 또 다른 '현실' 속으로 빨려들어가는 것으로 시작한다. 이 플롯은 무라카미 류를 충실하게 좇아 주인공 타이라를 '다른 세계'에서 온 아이이며 언젠가 이 세계에서 '다른 세계'로 돌아갈 운명을 가진 아이로 설정해놓았다. 이전 강의에서도 살펴보았듯이 학생들 중 대부분은 이처럼 '다른 세계'에서 갑자기 '5분 후의 세계'에 들어온 사람을 주인공으로 삼는 경향이 있다. 주인공의 내력을 그렇게 규정짓는 순간 필연적으로 주인공은 본래 있던 세계로 돌아가고자 하기 마련이다. 물론 '현실'에서 벗어난 것을 다행이라고 생각하는 주인공도 있겠지만, 그런 경우에도 원래 자신이 있던 '현실'을 의식하지 않기는 어렵다.

이 점은 『5분 후의 세계』의 세계관을 교재로 삼아 플롯을 만들게 하는 이유 중 한 가지이다. 무라카미 류의 『5분 후의 세계』의 세계관에 따라 플롯을 만들다 보면, 자연스럽게 일정한 리듬을 탈 수밖에 없다. 주인공은 전혀 본 적도 들은 적도 없는 세계로 갑자기 이동한다. 따라서 원래 있던 장소로 돌아가려고 한다. 그런 '왕복 운동' 위에 주인공은 놓이게 되는 것이다.

주인공에게 내재된 '갔다가 돌아온다'고 하는 '운동'의 정체는 무엇일까. 훌륭한 아동문학 작가이자 번역가, 평론가로 알려져 있는 세타 데이지는 이에 대해 이렇게 논한 바 있다.

유치원에 다니는 정도의 아이들이 좋아하는 이야기에는 일종의 형식이라고 할까, 지극히 단순한 구조적 패턴이 있는 것 같다는 생각을 이리저리 해보게 되었습니다. 오늘은 그 이야기를 해보겠습니다. 그 구조적 패턴의 핵심은 '갔다가 돌아온다'는 게 제 가설입니다.

'갔다가 돌아온다'—나는 그것을 영어로 'there and back'이라고 은밀하게 부르기도 하는데요. 사실 'there and back'은 톨킨의 소설 『호빗』의 부제이기도 합니다. 그 책의 원제는 『The Hobbit』이고, '갔다가 돌아오는 이야기or There and Back Again'라는 부제가 달려 있습니다. '갔다가 돌아온다'는 것은 톨킨이 체험을 통해 얻은 하나의 철학적 결론인 것 같다는 생각을 오랫동안 해왔습니다.

인간이란 존재는 대개, 갔다가 돌아오는 법입니다. 유년 시절의 기억 속으로 갔다가 돌아오기도 하고… 여러 종류가 있지만, 어린아이의 경우에는 단순히 몸을 움직여 갔다가 돌아오는 동작이 매우 많습니다. '하나이치몬메'[7] 같은 아이들의 놀이를 보아도 계속 갔다가 돌아옵니다. 그런 형태의 단순한 놀이가 꽤 많지 않습니까?

계속 몸을 움직여 갔다가 돌아오는 것을 반복하는 어린이들에게, 즉 막 발달하고 있는 두뇌나 감정의 움직임에 걸맞는, 가장 받아들이기 쉬운 형태의 이야기라면 역시 한 군데에 가만히 있는 내용이어서는 안 됩니다. 뭐든 해야죠. 친구한테 가든지 모험을 하든지……. 그리고 나서 다시 돌아오는 겁니다. 아이들이 그런 이야기를 선호하는 것은 당연하지 않겠어요.

(『어린이 문학』, 세타 데이지 지음, 추오코린신샤, 1980)

『5분 후의 세계』의 세계관은 그것을 바탕으로 이야기를 만드는 사람으로 하여금 교묘하게 그 이야기의 가장 핵심적인 플롯인 '갔다가 돌아오는 이야기'를 쓰게 만든다. 학생들에게 '갔다가 돌아오는 이야기'를 만들어보라고 하는 것은 매우 간단하다. 제시한 이야기의 구조에 따라 이야기를 만드는 연습을 1년 가까이 반복했으니 '갔다가 돌아오는' 구조를 제시하고 쓰게 해도 상관없지 않겠냐고 생각할 수도 있다. 하지만 나는 이 '갔다가 돌아오는 이야기'의 근본적 구조만큼은 학생들 스스로 자연스럽게 구사하길 바랐다. 구조를 따라간다는 것을 의식하지 못한 채 무의식 중에 익히게 하고 싶었다.

물론 그것을 가능하게 만드는 기술을 몸에 익히는 포석은 미리 깔아놓았다. 앞선 강의에서 이야기한 데즈카 오사무의 『도로로』를 '도작'해보는 수업이다. 『도로로』는 일종의 귀종유리담으로 '갔다가 돌아오는 이야기' 구조를 갖고 있다. 프로프가 정리한 러시아 마법민담의 구조에도 '출발'과 '귀환'이 포함되어 있다. 학생들은 『도로로』의 스토리나 프로프의 31가지 기능을 순서대로 따라가면서, 이야기를 만들기에 급급해 깨닫지 못하지만 사실은 자기도 모르는 사이에 '갔다가 돌아오는 이야기'를 쓰는 경험은 충분히 쌓은 셈이다.

여기에 '갔다가 돌아오는 이야기'를 만들어내기 쉬운 무라카미 류의 세계관을 제시함으로써, 그동안 학생들을 옭아맸던 '구조'에 맞춰 글을 쓴다는 것에서 일단 자유롭게 해준 것이다. 이때 세계관은 제시하지만 구조 따윈 잊어버린 채 마음대로 쓰게 한다. 이렇게 해서 완성된 스토리가 바로 앞에서 소개한 무라카미 아키코의 플롯이다.

무라카미 아키코의 플롯을 좀 더 살펴보면 내가 왜 학생들이 '갔다가 돌아오는 이야기'를 자연스럽게 익히는 데 집착했는지 알 수 있을 것이다.

주인공 타이라는 '다른 세계'와 '지금의 세계'라는 두 세계를 '갔다가 돌아오는' 운명을 가진 존재로 설정되어 있다. 이러한 왕복 운동에는 그의 행동이 미리 결정되어 있다. 하지만 타이라 입장에서 보면 수동적이 아니라 스스로 선택한 행동이다. 자기 나름의 갈등을 거쳐 마침내 '혼자' 원래 있던 장소를 찾아 떠나는 것이다. 그렇다면 누가 시킨 게 아니라 타이라 스스로 '자신의 힘'으로 '고향'을 찾아 떠나기로 결심했다는 말이 되는데, 무라카미 아키코는 어떻게 주인공이 그런 결의를 하도록 이야기를 만들었던 것일까?

플롯의 마지막 부분에서 타이라가 찾아 떠나는 장소를 '다른 세계'가 아닌 '고향'이라고 표현한 부분에 주의할 필요가 있다. '다른 세계'와 '고향'은 과연 같은 장소일까? 그저 돌아갈 뿐이라면 '다른 세계'라고 써도 된다. 그런데 굳이 '고향'이라는 단어를 사용한 것에는 작가조차 의식하지 못한 의미가 있는 듯하다.

그것은 타이라가 '본인의 의지'로 '갔다가 돌아오는 이야기'를 완성하고자 결심한 것과 관계가 있다. 즉, 본인의 의지로 집을 떠나기로 결심한 그 시점에서 타이라는 '성장'했다고 할 수 있다. 그렇다면 그가 '성장'해서 돌아가는 '고향'은 어린 시절 그가 있던 '원래 세계'와 같은 곳일지 몰라도 '어른'이 되어 귀환한다는 점에서 차이가 있다. 같으면서도 다른 장소가 되는 것이다. '갔다가 돌아오는 이야기'의 핵심은 주인공이 이쪽과 저쪽을 왕복함으로써 새로운 자신을 발견해내는 과정에 있다.

'갔다가 돌아오는 이야기'의 가장 원초적인 형태는 아기한테 '엄마 없다' 놀이[*]를 할 때처럼, 엄마가 있는 '일상'으로부터 아주 조금 떨어졌다가 금방 돌아와 '일상'의 탄탄함을 다시금 확인하는 과정이다. 그것을 조금 더 진화시키면 이 '왕복 운동'은 새로운 주체의 탄생 과정이 된다. 세타 데이지는 마저리 플랙Marjorie Flack의 『앵거스와 두 마리 오리』라는 그림책으로 '갔다가 돌아오는 이야기'를 설명한 바 있는데, 이 그림책은 앵거스라는 개가 밖에 나갔다가 오리를 보고 깜짝 놀라 집으로 돌아온다는 아주 단순한 내용이다. 거의 '엄마 없다' 수준이다. 하지만 '갔다가 돌아오는 이야기'라는 부제가 붙은 『호빗』에는 주인공의 '성장'이 제대로 그려져 있다.

즉, 무라카미 아키코가 쓴 '갔다가 돌아오는 이야기'는 그 원초적인 운동 과정을 통해 주인공이 '성장'하는 이야기이다. 그런 관점에서 다시 내용을 살펴보자.

플롯 초반, 타이라가 '다른 세계'에서 이 세계로 온 소년이라는 사실은 감춰져 있다. 작가가 어떤 사실을 감춤으로써 그 지점에서 또 하나의 '갔다가 돌아오는 이야기'를 발동시켰다는 점에 주의하자.

타이라는 슬럼가 아이들의 리더였다. 그는 자산가의 양자가 되었지만 여전히 슬럼가와 양아버지 집 사이를 '왔다 갔다' 하며 살고 있다. 하지만 그 운동은 무라카미 아키코 본인도 표현하고 있듯 '어설픈' 상태다. 옛날 친구들이 타이라를 환영하지 않는 것은 그가 부잣집에 양자로 들어가서가 아니다. 타이라가 다른 누군가로 변하기 시작했기 때문이다. '다른 누군가가 된다'는 것은 '어른이 된다'거나 '새로운 자기자신을 발견한다'는 의미로 생각하면 된다. 류타는 타이라의 변화를 가장 먼저 눈치챈다. 여기서 류타를 배치함으로써 타이라가 내면에 품고 있는 '운동'이 더욱 선명해진다. 류타는 타이라보다 나이가 많지만 리더 자리를 물려받는다.

이 이야기가 타이라의 '성장' 이야기라고 할 때, 그럼 류타는 '성장'할 수 없는 것인가 하면 그렇지는 않다. 류타는 '이쪽'(=슬럼가)에서 소년들의 리더가 되는 형태로 '성장'한다. 류타는 '갔다가 돌아오는 이야기'대로 살아가지 않는다. 어쩌면 이미 다른 곳에서 다른 형태로 체험했을지 모르겠다.

타이라와 류타가 어른이 되기 위해 도달하는 장소는 다르다. 이처럼 '갔다가 돌아오는 이야기'의 주인공이 되는 인물과 같은 경험을 했지만 저쪽으로 가지 못하고 결국 '이쪽'에서밖에 어른이 될 수 없는 캐릭터가 등장하는 사례로 스티븐 킹의 단편 「스탠 바이 미」가 있다. 당시 수업 과제로 무라카미 아키코를 포함한 학생들에게 「스탠 바이 미」를 읽힌 적이 있었는데, 아마도 그 독서 경험이 남아 있던 게 아닌가 싶다.

「스탠 바이 미」는 소년들이 숲속으로 시체를 찾으러 갔다가 돌아오는 말 그대로 '갔다가 돌아오는 이야기'이다. 하지만 그 여행을 통해 소년들은 유년기에서 벗어나고, 나중에 소설가가 되는 화자 외에는 그들이 경멸하던 형들처럼 고향에서 주정뱅이 어른이 되거나 혹은 죽어버린다. 어른이 되는 여행을 똑같이 겪었지만 누구는 제대로 어른이 되고, 누구는 잘 안 된다는 사실이 무척 씁쓸하다. 참고로 주인공이 제대로 된 '어른'이 될 수 있었던 스토리상의 '장치'는 여러분이 스스로 찾아보라. 분명히 장치가 배치되어 있다. 아무튼 어른이 되지 못한 친구들을 배치함으로써 「스탠 바이 미」의 주제는 명료해진다.

통과의례와 성장이라는 주제

앞에서 무심코 '주제'라는 말을 썼는데, 내가 '갔다가 돌아오는 이야기'를 학생들이 자연스럽게 쓰도록 만들고 싶다는 생각을 하게 된 이유는 이와 관련이 있다. 갔다가 돌아오는 이야기를 통해 주인공이 처음에 비해 성장했다든가 어른이 되었다는 것이 바로 학생들 내면에 자연스럽게 생겨났으면 하고 바랐던 주제다.

소설이나 만화 작법서 가운데는 우선 주제를 정하고, 플롯을 짠 다음 집필해야 한다고 가르치는 책들이 꽤 많다. 하지만 그런 식으로 만화나 소설을 쓰는 사람은 거의 없다. 게다가 주제라는 사고방식은 너무 고전적이기에 문학계에서도 주제를 중심에 둔 소설에 회의적인 입장을 가진 사람들도 있다. 흔해빠진 '의미'를 의심하고, 해체하고, 다르게 하거나, 탈구축하거나 무화無化시키는 것이 '문학'이라고 말하는 사람들에게는 굳이 이의를 제기하지 않겠다. 하지만 개인적으로 소설이나 만화에는 나름의 '의미'가 있는 편이 낫다고 생각한다. 그리고 여러 사건이 마무리 된 뒤 약간이라도 낙관적이고 건전한 '의미'를 전달하는 작품을 선호한다. 물론 그렇지 않은 작품을 인정하지 않을 수는 없고, 나 또한 그런 작품을 만드는 경우도 많다. 어찌 보면 불건전한 '의미'를 담은 작품만 써왔던 것 같기도 하다.

하지만 '이야기'를 상품으로 만드는 입장에 있는 사람이라면 본인이 의식하지 못하더라도 그런 건전한 주제를 써서 읽는 이들에게 전달할 수 있는 '작가 정체성'을 조금이라도 갖췄으면 한다. 말로 표현하긴 힘들지만, 아무리 쓰잘데기 없는 서브컬처 소설이라도 돈 주고 산 사람에 대한 최소한의 '책임'이란 생각이 든다.

작가가 이 작품의 주제는 이것이라고 단정 짓는 '이야기'는 그다지 건전하다고 할 순 없다. 정치적인 프로파간다나 설교투로 작가가 특정한 주제를 자각한 채 작품을 만들면 폐해가 크다. 따라서 자연스럽게 '건전한 주제'가 본인들의 내면에서 흘러나올 수 있도록 학생들을 이끌고 싶다고 생각했던 것이다.

무라카미 아키코는 여러 번의 연습과 무라카미 류의 '세계관'으로 이야기를 만드는 과정에서 자신의 내면에 있는 그런 '건전한 주제'를 이끌어냈다.

다시 무라카미 아키코의 플롯을 보며 '성장'이란 주제에 대해 좀 더 생각해보자. '갔다가 돌아오는 이야기'가 '성장의 이야기'로 변화하는 이야기 구조상의 장치는 어디에 숨겨져 있을까.

타이라는 슬럼가에서 양아버지의 집으로 '갔다가' 다시 '돌아가'려고 한다. 하지만 돌아갈 곳이 슬럼가 소년들의 그룹은 아니라는 걸 타이라도 알고 있다.

그럼 타이라는 어디로 가야 하는가. 타이라 자신이 그 부분을 자각해가는 과정이 이 이야기의 주제와 직결되는데, 여기서 주의할 점은 타이라가 슬럼가를 떠나 처음으로 간 곳이 '양아버지의 집'이란 사실이다. 타이라는 여기에서 류타가 말하는 '어설픈' 시간을 살았다. '양아버지의 집'을 작중에 배치한 것은 타이라를 성장시키는 구조적으로 중요한 장치로서 이 플롯을 한층 높게 평가할 만한 부분이다.

그렇다면 '양아버지의 집'은 대체 어떤 의미를 갖고 있을까?

옛날이야기 연구의 대가였던 세키 게이고의 논문을 살펴보겠다. 세키 게이고는 옛날이야기란 '성인식', 즉 어린아이가 어른이 되기 위한 통과의례의 반영이라는 점을 주장했다. 그가 특히 반복적으로 말했던 것은 옛날이야기 주인공이 "부모한테 의절당하거나 혹은 계모한테 쫓겨나 집을 떠난" 후에 이어지는 다음과 같은 요소였다.

2. 젊은이는 집에서 쫓겨나 숲 속의 오두막에 묵는다

이 오두막에는 노인 혹은 노파가 있다. 노파는 도깨비의 어머니이거나 야만바[9]인 경우가 많은데, 그들은 젊은이에게 친절히 대해준다. 그리고 소데나시[10], 기모노, 우바카와[11], 고양이 가죽, 빗자루 등을 준다.(중략)

민족 연구지에 보고된 사례를 보면 성인식은 산속의 격리된 오두막에서 치러지는 경우가 많다. 이러한 성인식이 노인이나 연장자 입회하에 치러진다는 사실은 자세히 다룰 필요조차 없다. 일본에서는 성인식이 청년집단의 우두머리에 의해 진행되고 마을 유력자들이 성인이 된 젊은이와 부자 관계를 맺어 후견인 역할을 하는 풍습이 널리 퍼져 있었다.

오두막의 초자연적인 노인은 보호자의 의미를 가지는 것으로 보인다. 수렵사회에서 가면을 쓴 노인은 신비한 존재로서 숲 속에서 젊은이를 교육시키고 돌봐주며, 젊은이 역시 성인식에서 동물의 가죽을 쓴다.

(「성인식의 반영으로서의 옛날이야기」, 『세키 게이고 저작집 4』,
세키 게이고 지음, 도호샤출판)

세키 게이고는 살던 곳에서 떨어진 임시 거처에 일정 기간 머무르는 것은 성인식의 중요한 과정이며, 옛날이야기에 산속에 있는 노파의 집이 자주 등장하는 것은 민속학적으로 '타가他家 습관이 반영된 것'이라고 주장한다.

세키 게이고의 학설이 민속학적으로 맞는지는 중요하지 않다. 하지만 어린아이가 어른이 된다는 '주제'가 '진짜 집이 아닌 임시 거처'와 관련되어 있다는 것이 민속과 옛날이야기에서 동일하게 나타난다는 점에 주의할 필요가 있다. '저편'에 잠깐 동안 머무를 장소를 구하는 감정은 '갔다가 돌아온다'고 하는 것과 유사한, 어쩌면 그 다음 정도의 단계에서 느끼는 감각과 같을 것이다. 어린 시절 만들었던 비밀 기지처럼 틀어박힐 장소와 마찬가지인 것이다.

옛날이야기는 그렇다 쳐도 요즘 소설에서도 '임시 거처' 같은 게 필요할까 의문을 가질 수도 있겠다. 그렇다면 다음 소설을 한번 보자.

여기에도, 언제까지나 있을 순 없다. 잡지로 눈길을 돌리면서 나는 생각했다. 현기증이 날 정도로 괴롭지만, 그것은 분명한 사실이다.

언젠가 전혀 다른 곳에서 이곳을 그리워하게 될까.

아니면 언젠가 또 같은 부엌에 서는 일도 있을까.

하지만 지금, 이 실력파 엄마와, 저 다정한 눈동자의 남자아이와, 나는 같은 곳에 있다. 그것이 전부다.

더 어른이 되면, 많은 일이 있고, 몇 번이고 바닥까지 가라앉는다. 몇 번이고 괴로워하고 몇 번이고 제자리로 돌아온다. 절대 지지 않는다. 힘을 빼지 않는다.

「키친」, 요시모토 바나나 지음, 가도카와쇼텐, 1988)

너무나도 유명한 소설의 마지막 부분이다. 이 소설을 적당히 요약하면 이렇다. 할머니가 죽고 혼자가 되어 침울해진 미카게가 여러 일을 겪으며 우연히 알게 된 남자아이 유이치의 집에 머물게 되는데 그 집에는 남자아이의 '여장 남자 어머니'가 있었다. 문제는 미카게가 잠시 머무르게 되는 '여장 남자 어머니'가 있는 '집'이란 존재다. 이것 역시 세키 게이고가 말하는 '타가 습관이 반영된 것'이 아니겠는가. 물론 이 소설을 썼을 때 요시모토 바나나가 세키 게이고의 논문을 읽거나 '타가 습관'에 대한 지식을 갖고 있던 것은 아니었을 것이다. 옛날이야기를 전하는 사람도 '야만바의 집'이 '타가 습관의 반영'이라는 지식을 갖고 있진 않았을 것이다. 그런데도 옛날이야기와 요시모토 바나나의 소설에는 '임시 거처'가 등장한다. 게다가 요시모토 바나나는 '임시 거처'를 소설의 가장 중요한 지점에 배치했다.

　요시모토 바나나는 일본에서 가장 단정한 구조를 가진 이야기를 쓸 수 있는 작가다. 이 말은 '깔끔하게 일본어를 쓴다'는 표현과 느낌이 비슷하다. 깔끔하고도 정확한 '이야기'를 쓴다는 점은 그녀의 소설이 세계적으로 유명해질 수 있던 최대의 이유다. 과거 가라타니 고진[12]은 요시모토 바나나의 소설을 포함하여 세계화된 일본문화(예를 들어 게임)에는 전부 "구조밖에 없다"는 식의 발언을 한 적이 있다. 비판적으로만 받아들이지 않는다면, 상당히 본질을 꿰뚫고 있는 말이다. 적어도 구조는 언어나 문화의 벽을 넘어 전달된다는 것을 가라타니 고진도 인정한 것이니까.

　다시 '임시 거처' 이야기로 돌아가자. 「키친」의 '임시 거처'에는 야만바의 현대판이라고 할 만한 '여장 남자 어머니'까지 있다. 「키친 2」라는 부제가 붙은 단편 「만월」에서는 '여장 남자 어머니'의 아들이자 미카게의 남자친구인 유이치가 침울해져서 이즈의 여관에 틀어박힌다. 그런 유이치를 돕기 위해 미카게가 간다. 왠지 모르겠지만 돈까스덮밥을 갖고 간다.

이번에는 한발 먼저 위기를 헤치고 '성장'한 미카게가 유이치의 성인식 장소인 '임시 거처'에 찾아와서 야만바의 역할, '여장 남자 어머니'의 역할을 하게 되는 것이다. 요시모토 바나나의 소설에는 그밖에도 계속해서 이런 '임시 거처'가 등장하고, 남자아이와 여자아이가 그때그때 서로에게 서로의 야만바 역할을 해준다. 그 관계를 나는 상당히 좋게 본다.

요시모토 바나나와 달리 무라카미 하루키는 '임시 거처'가 있는 '저편'으로 주인공이나 등장인물이 '가기'는 하지만 좀처럼 쉽게 '돌아오'지 못하거나 돌아오더라도 제대로 '성장'하진 못했다는 식으로 이야기를 써왔다. 이야기가 잘 풀리지 못하는 느낌이 상당히 리얼하다. 그렇기 때문에 『스푸트니크의 연인』에서 '저편'에 가버린 여자아이가 무사히 돌아온 것을 보았을 때, 드디어 무라카미 하루키도 '갔다가 돌아오는 이야기'를 쓰게 되었구나 하고 진심으로 감동했다.

내가 '갔다가 돌아오는 이야기'의 근간에 있는 '운동'을 학생들의 내면에 심어주려고 했던 이유는 사실 무라카미 하루키의 '제대로 돌아오지 못하는 느낌'을 오랫동안 염두에 두었기 때문이다. 요시모토 바나나처럼 처음부터 완벽하게 갔다가 돌아오거나, 무라카미 류처럼 그런 것을 전혀 고민하지 않는 것보다는 역시 무라카미 하루키처럼 '잘 돌아오지 못하는' 데에서 출발하여 언젠가는 '무사히 돌아올 수 있게' 되는 식의 재활 훈련이 중요하다. 물론 무라카미 하루키의 재활 훈련은 훨씬 더 깊이 있는 것이다.

무라카미 하루키 소설의 작중 인물들이 '잘 돌아오지 못했던' 이유는 작가가 이야기의 구조를 제대로 관리하지 못했기 때문이 아니라 무라카미 하루키의 문학이 문학이기 위한 보다 본질적인 '좌절'이라고 생각한다. 그에 비하면 내가 가르치는 학생들의 좌절은 그보다 훨씬 더 이전의 문제, 애초에 이야기를 제대로 써내지 못한다는 지극히 초보적인 좌절이다. 하지만 학생들이 언젠가 그럴듯한 '이야기'를 쓸 수 있게 된 후에 다시금 '무라카미 하루키처럼 좌절'하리라 기대한다. 언젠가 간단히 '갔다가 돌아올' 수 있는 것이 아니라는 사실을 문득 깨닫고, 글을 쓰기 힘들어지면 비로소 '문학'이 무엇인지를 실감할 수 있을지도 모르겠다. 하지만 그 부분은 내가 가르칠 수 있는 영역이 아니다.

무라카미 아키코는 전문학교에 입학한 지 1년이 조금 더 지났을 때쯤 '갔다가 돌아오는 이야기'를 내면에서 이끌어낼 수 있게 되었다. 또 옛날이야기와 요시모토 바나나의 소설에도 나타난 '임시 거처'를 의미하는 상징적 공간을 자연스럽게 이야기에 배치할 수 있게 되었다.

다시 말하지만 그녀를 비롯한 모든 학생들에게 과제를 받기 전에는 세타 데이지의 '갔다가 돌아오는 이야기'에 관해서도, 세키 게이고의 논문에 관해서도 가르치지 않았다. 과제를 평가하는 수업에서 무라카미 아키코의 플롯에 대해 설명했을 때 그녀는 어리둥절한 표정이었다. 자신이 무엇을 썼는지 전혀 자각하지 못하고 있었는데, 오히려 그게 더 좋다고 생각한다.

전설이나 신화, 옛날이야기를 전해온 이들이 이야기의 구조론을 알았을 리가 없다. 그럼에도 불구하고 그들은 '갔다가 돌아오는 이야기'나 '임시 거처'를 통과하여 어른이 되는 이야기를 만들었다. 거기엔 그들이 자각하지 못한, 이야기를 이야기답게 만드는 '힘'이 작용하고 있었다. 나는 그것을 '이야기 형태론'이라는 문학이론에 따라 '구조'라고 불러왔다. 말하자면 그것은 문법과도 같아서 마치 영어를 배우는 것처럼 이야기의 기술을 배워야 한다.

무라카미 아키코는 1년간 구문이나 응용문제로 영어 작문을 하는 것처럼 반복 연습을 거쳐 어느샌가 '문법'을 의식하지 않고서도 이야기를 만들 수 있게 되었다.

의심에 가득찬 눈초리를 보낼 수도 있겠다. 하지만 무라카미 아키코뿐만 아니라 내가 가르친 학생들이 어느 정도 '이야기 비슷한 것'을 만들 수 있게 된 것은 사실이다. 특히 수업 마지막까지 살아남은 학생들 중에는 좀처럼 실력이 늘지 않아 잘할 수 있을까 걱정스러운 학생들이 더 많았다. 강의 초반에 작례를 소개하면서 칭찬했던 학생이었지만 도중에 탈락한 경우도 있다. 어쩌면 그 학생들에게 수업 수준이 너무 시시했을지도 모른다. 일반적인 소설 수업이라면 당연히 가르치는 '문장 기술'은 전혀 가르치지 않았으니 말이다. 하지만 이 강의는 소설 쓰는 기술을 얼마나 일반인에게 개방할 수 있는지, 그리고 가능하다면 소설의 되도록 중요하고 정통적인 부분을 보통 사람들에게도 기술로서 전달할 수 있는지에 대한 질문에서 출발한 것이다. 그 목적은 어느 정도 달성된 것 같다.

주제를 발견했다면 이제 작가로서의 '나'를 찾아야 한다. 아마도 여기에서 아마도 '문학'과 '소비재로서의 소설'의 결정적 차이가 드러날 것이다. 즉, '나'를 쓰는 소설을 쓸지, 아니면 '캐릭터'를 쓰는 소설을 쓸지 말이다.

여러분은 어느 방향으로 가고 싶은가?

6강

만화·영화를
노벨라이즈해보자

드디어 마지막 강의다.

　이번 강의에서는 먼저 만화 한 편을 제시하겠다. 쓰게 요시하루[1]의 「심심한 방」이라는 작품이다. 20여 쪽짜리 단편인데 신초문고판 『무능한 사람·해의 장난』에 수록되어 있다.

　과제는 간단하다. 만화 「심심한 방」을 4백자 원고지 30매의 소설로 각색하는 것이다. 이른바 '노벨라이즈'이다. 기한은 1주일. 소설을 쓰기에는 적당한 시간일 것이다.

　쓰게 요시하루 작품의 소설화를 과제로 제시한 이유는 나중에 설명할 본래의 목적 외에도 몇 가지가 더 있다.

　첫째, 쓰게 요시하루 정도는 읽어뒀으면 하는 바람에서다. 젊은 소설가나 만화가 지망생과 대화를 하다 보면 오타쿠적 교양[2]의 붕괴라고 할 만한 상황에 놀라게 된다. 적어도 이 업계에서 먹고살려면 알아야 할 작가들의 작품을 단 한 권도 읽지 않은 이들이 많다. 만다라케[3] 같은 곳에 가보면 자기가 태어나기도 전에 나온 대본만화[4] 작가를 달달 외운 젊은 수집가들이 우글거리기도 하는데, 이런 현상은 오타쿠적 교양과는 아무런 관련이 없다. 만다라케가 오타쿠적 가치에 가격을 매김으로써 누구나 그 가치를 공유할 수 있도록 만든 결과일 뿐이다. 만화 전문 헌책방과 만화카페[5]가 많이 생기고, 각 출판사에서 만화 문고를 정비하여 고전이라 할 만한 만화를 구입하는 게 쉬워졌는데도 오히려 그런 작품을 찾아보는 사람들이 적어졌다는 느낌이다.

참고로 쓰게 요시하루라는 이름을 들어본 적이 있는지 물어보니 손을 드는 학생이 두세 명 정도에 불과했다. 대학에서 떠들고 있는 '교양의 붕괴'는 오타쿠나 서브컬처계에도 이미 일어나고 있다. 물론 그 책임은 그것을 하나의 역사로 다음 세대에 전달하는 일에 태만했던 우리 세대에게 있다. 콘텐츠 산업의 미래를 생각하면 심각한 문제다.

두 번째 이유는 쓰게 요시하루와 직접적인 관련은 없다. 단지 시각적 표현을 언어화하는 게 소설의 문장 기술을 늘리는 데 최적의 방법이기 때문이다.

나는 소설 몇 편을 출판했는데, 모두 내가 원작을 담당한 만화를 노벨라이즈한 작품이다. 처음부터 소설을 쓸 생각이 있었던 건 아니다. 기껏 원작을 써서 히트시킨 만화를 다른 사람이 노벨라이즈해서 인세를 받아간다는 게 아까워서 썼을 뿐이다. 그런데 생전 처음 소설을 쓰는 데도 의외로 어렵지 않았던 경험이 있어 이런 방법을 생각하게 되었다. 노벨라이즈는 이야기의 구조를 익힌 상태에서 자신의 의식을 문장으로 바꾸는 연습을 하는 데 상당히 효율적이다. 지금까지 학생들은 이야기의 구조에 맞춰 플롯이나 단편을 쓰는 연습은 해왔지만, 하나하나의 장면을 조합하고 그것을 어떻게 문장으로 만들지에 대해서는 훈련받은 게 없다. 만화든 영화든 훌륭한 영상 작품은 매우 효율적으로 장면이 구성되어 있다. 하나의 컷 안에 '쓰지 않으면 안 될 것'이 이미 정리된 채 제시되어 있다. 사실 머릿속으로 장면 하나를 구성하는 데 필요한 요소들을 조합하는 건 쉽지 않다. 상당수의 학생들이 소설을 쓰지 못하는 이유도 여기에 있다.

그렇다면 이미 필요한 정보가 제시된 영상 작품을 문장으로 바꿔보자는 것이다. 물론 만화나 영화의 한 컷에 담긴 정보를 그대로 문장으로 옮긴다고 해서 소설이 되는 것은 아니다. 취사선택이 필요하다. 하지만 그 결과로 만들어진 영상을 보고 소설용으로 취사선택하는 것은 그리 어렵지 않다. 예를 들어 이런 연습을 시켜본 적이 있다.

우선 학생들에게 안노 히데아키 감독의 영화 〈러브&팝〉(무라카미 류 원작)[6]을 보여준다. 영화를 보면서 미리 나눠준 영화 시나리오에 메모하게 한다. 그런 다음 메모와 시나리오를 가지고 영상을 떠올리면서 노벨라이즈해보라고 한다. 물론 영화 한 편을 노벨라이즈하는 것은 간단한 일이 아니므로 앞의 10분 정도만 가지고 한다. 그리고 완성된 노벨라이즈 원고를 무라카미 류의 원작 소설과 비교해본다.

또는 몇몇 학생들에겐 우치다 슌기쿠[7] 원작의 영화 〈파더 퍼커〉를 보여주고, 시나리오를 참고하여 노벨라이즈하도록 시킨다. 그 결과물을 우치다 슌기쿠의 원작 소설, 그리고 영화 〈파더 퍼커〉를 노벨라이즈한 다무라 아키라(시게마쓰 기요시)의 소설과 비교하는 것이다.

유명 작가의 소설을 필사하는 게 소설 쓰기에 도움이 된다고 가르치는 사람들이 꽤 있다. 아사다 지로[8]처럼 그렇게 해서 소설가가 된 사람도 있다. 하지만 인쇄회사의 활자 직공이나 식자 오퍼레이터는 동서고금의 명작을 그야말로 매일 활자로 '모사'하는 셈인데, 식자 오퍼레이터 출신 소설가가 있다는 말을 들어본 적은 없지 않은가. 이런 식의 '모사'는 도움이 되지 않는다. 오히려 소설가 시게마쓰 기요시가 초기에 영화나 TV드라마 시나리오를 다수 집필했던 것에서 알 수 있듯이, 노벨라이즈하는 편이 글을 쓰는 데 보다 현실적인 훈련일 것이다.

그리고 하나의 작품이 만화나 영화, 게임, 소설 등 다양한 미디어로 개발되는 시대인 만큼 작가 역시 노벨라이즈를 통해 미디어 믹스를 적절하게 활용하는 자세를 갖출 필요가 있다. 여담이지만 이시하라 신타로는 데뷔할 때부터 이런 생각을 가지고 있었다. 그는 『미친 과실』을 소설로 쓰기 전에 이미 영화화 판권을 팔았고, 그 다음에 소설과 시나리오를 직접 하루 만에 썼다. 게다가 친동생을 배우로 캐스팅하기도 했다. 내가 이시하라 신타로를 서브컬처 문학자의 선구자라고 보는 것은 그런 이유다. 미디어 믹스라는 단어조차 없던 1950년대에 이미 그는 미디어 믹스를 구사하는 작가로서의 행보를 보였다. 이런 이시하라적 마인드가 지금은 만화나 주니어소설 작가가 갖춰야 할 요건이 되고 있다. 예를 들면 만화를 소설화할 때에 표현할 수 없는 요소를 파악하고, 어떻게 보완할지 고려하는 것이 중요한 능력으로 여겨진다.

쓰게 요시하루의 만화 노벨라이즈 하기

쓰게 요시하루의 작품을 노벨라이즈하는 최대의 목적은 막연히 소설가가 되고 싶은 학생들에게 앞으로 자기가 쓰고자 하는 소설이 ─ 조금 과장되게 말하면 ─ 일본 문학의 전통에 비추어볼 때 어느 위치에 있는지를 재확인시키기 위해서이다. 만화를 노벨라이즈하는 연습용 교재라면 다른 작품도 얼마든지 있지만, 굳이 쓰게 요시하루를 교재로 삼는 이유는 바로 그것이다.

「심심한 방」이란 단편을 살펴보자. 아내와 둘이 사는 '나'는 아내 몰래 연립주택을 빌린다. 옛날엔 기생집이었다는 그 집에서 '나'는 별일 없이 혼자 시간을 보낸다. 그런데 이 비밀 공간의 존재를 금세 아내에게 들킨다. 아내는 재미있어 하며 그 집에 이런저런 물건을 갖다놓고…… 급기야 '나'의 어머니까지 데려다 놓는다. 그리하여 '심심한 방'에서 보내던 '나'의 비밀스런 시간은 깨끗이 끝나버린다.

읽는 이에 따라 다르겠지만, 그리 복잡한 플롯은 아니다. 그렇다면 이 만화를 노벨라이즈하는 과정에서 어떤 문제가 발생할까.

먼저 학생들의 작례를 소개하겠다. 전문을 게재할 수 없으니 만화의 맨 앞 세 쪽에 해당하는 부분만 소개하겠다. 〈그림 11〉을 참조하라.

작례 A (고바야시 준코)

고도성장기라고 불리던 시절, 나는 그럭저럭 산다. 물건이 넘쳐나는 시대가 되었고, 경기도 좋았고, 어떤 친구는 멋진 집을 지었다는 소문도 들린다. 뭔가 좋은 소식들도 들려왔다. 그때마다 나는 부러움과 박탈감을 누르며 예의상 미소를 지을 뿐이었다. 정말 못 해먹겠다.

고도성장기라고 해도, 아무리 주변이 풍족해져도, 그 흐름을 타지

그림 11 「심심한 방」,
『무능한 사람·해의 장난』, 쓰게 요시하루 지음

못하는 사람도 있다. 내가 그런 사람이다. 경기가 좋아봤자 내 책이 더 팔리는 것도 아니다.

데뷔 당시에는 아내 앞에서 어깨를 펼 수 있었지만, 데뷔 이후 원고 청탁이 거의 없었다. 물론 편집자한테 독촉받는 일도 없다. 그저 멍하니 원고를 앞에 두고, 누구의 눈에도 들지 못할 이야기를 그림으로 그리고 있을 뿐이다. 좋아서 시작한 일이지만, 요즘은 점점 지겹다. 정말 만화 그리는 일을 좋아했는지도 모르겠다. 편집자가 재촉하러 오는 일도 없었지만, 아내가 조용히 재촉하는 것이 몇 배나 더 괴로웠다. 결국 나는 도피처를 찾게 되었다.

"산보 다녀올게."

이것이 나의 핑계다. 산보라고 해도 정말 터벅터벅 걷는 것은 아니다. 아내는 아무 말도 하지 않는다. 쳐다보지도 않는다. 어차피 나 같은 건 아무래도 좋은 거겠지. 집 앞에 세워둔 자전거에 올라탔다.

나는 아내 몰래 방을 빌렸다. 조용한 주택가를 빠져나와, 아라카와 강가의 둑을 타고 가다가 건널목을 건너 길을 쭉 따라가면 그 집에 도착한다. 단순한 여정이다. 자전거로 10분 정도 밖에 안 걸린다.

한 작품 더 살펴보자.

작례 B (다니후지 쓰요시)

"산보 다녀올게."

남자는 그렇게 말하고 자전거를 끌고 밖으로 나갔다.

구겨진 와이셔츠와 수수한 바지를 입은, 실로 신통찮은 차림새의 남자다. 그리고, 그것을 강조하듯 그 뒤에 서 있는 연립주택 역시 신통찮은 건물이었다. 벽은 베니어합판처럼 얇고 지붕은 함석판을 대충 얹어놓은 것 같았다. 1층 지붕엔 아무 의미없는 텅 빈 화분이 거꾸로 놓여 있었다. 비가 오나 바람이 부나 그대로 놓여 있었지만 화분에 신경 쓰는 사람은 아무도 없었다.

2층에는 여자가 있다. 남자의 목소리를 듣지 못한 듯 빨래를 개고 있다.

남자는 자전거에 올라탔다. 차츰 바뀌는 풍경은 남자에게 아무런 감흥을 주지 않는다. 남자의 뇌리에 각인된 기억의 일부일 뿐이다.

남자는 빨래를 개던 여자, 그러니까 아내 몰래 방을 빌렸다. 남자에게는 별일이 아니었는데, 어쩌다 보니 딱히 설명할 수 없게 되었다. 갖다 붙일 만한 이유가 몇 가지 있긴 했지만, 근본적인 이유라고 할 만한 것은 아니었다. 단순한 변덕이라고 해두자. 이것도 나중에 갖다 붙인 이유에 불과할지도 모르겠다. 아니, 분명히 그렇다.

남자가 탄 자전거 옆으로 전차가 달리고 있다. 남자는 잠시 멈추고 전차가 달리는 모습을 멍하게 바라본다. 전차의 엄청난 굉음에 이미 익숙했기에 심심한 방으로 향하는 심심한 길, 남자는 그렇게밖에 생각할 수 없었는지도 모른다.

똑같은 만화를 노벨라이즈했는데도 문장이 상당히 다르다는 사실이 새삼 놀랍다. 플롯, 장면 구성, 등장인물의 대사 등에 신경 쓰지 않고 문장에 집중할 수 있어서 그런지 이 과정에서 학생들 각자의 '문체'가 만들어진 것이다. 프로 작가와 비교하면 아무것도 아니지만, 겨우 지어내던 수준의 문장이 소설 문장답게 변화했다. 가르치는 입장에선 꽤나 감동적인 일이었다.

앞에 인용한 작례들은 학생들 작품에서 흔히 볼 수 있는 두 가지 패턴을 보여준다. 〈작례 A〉는 1인칭 시점이고, 〈작례 B〉는 3인칭 시점이다. 원작에 없는 캐릭터를 만들어 그 인물의 시점으로 쓰거나 방을 의인화해서 1인칭 시점으로 쓴 작품도 있었다. 원작을 그렇게까지 바꿔놓는 것은 노벨라이즈의 룰을 위반한 것이기도 하고, 방을 의인화한다는 것은 좀 지나친 감이 있다. 연습 과정에선 이런 개성을 높이 사지 않는다. 이런 식으로 의표를 찌른 작품을 높게 사는 사람도 있지만, 그런 '기법'은 나중에 배워도 된다. 이 과제는 쓰려고 하는 소설이란 것이 무엇인지 진지하게 학습하기 위한 것이다.

쓰게 요시하루의 만화를 노벨라이즈하면 자연스럽게 1인칭이나 3인칭 소설이 된다. 여기서 1인칭 시점의 작례와 3인칭 시점의 작례가 가진 차이는 뭘까?

두 작례에는 시점 외에도 큰 차이가 있다. 바로 주인공의 눈에 비친 풍경에 관한 묘사다. 3인칭으로 쓰인 〈작례 B〉에서는 남자의 외양을 시작으로 남자의 눈에 비친 풍경을 남자의 주관이나 감정을 섞어가며 사실적으로 묘사했다. 그에 반해 〈작례 A〉에서는 풍경에 관한 묘사는 마지막 몇 문장뿐이고, 나머지는 '나'의 마음속 독백이다. 앞에서 말한 예외적인 경우를 제외하면 과제를 제출한 학생 중 80퍼센트는 1인칭으로, 20퍼센트는 3인칭으로 소설을 썼다.

여기서 몇 가지 의문이 생긴다. 왜 대부분의 학생들은 1인칭을 선택할까. 〈작례 B〉는 3인칭으로 쓴 소설 중에서도 비교적 잘 쓴 편에 속하는데, 전반적으로 3인칭보다 1인칭으로 쓰인 소설이 완성도가 있었다. 문체의 완성도 1인칭 소설이 높았다. 각자의 개성이 잘 드러난 문체가 돋보였다(굳이 무리하지 않더라도 개성은 그렇게 자연스레 생겨나는 법이다).

왜 1인칭 쪽의 문체 완성도가 높은지, 바꿔 말하면 소설다운 문장이 되기 쉬운지 생각해보자. 쓰게 요시하루의 작품은 '사소설' 같다는 평가를 많이 받았다. 작중의 '나'에 작가의 생활이나 체험이 비교적 직접적으로 반영되었다는 뜻이다. 그의 작품 속 주인공들은 대중성 없는 작품을 쓰는 터라 상업 잡지에서 외면당해 항상 일이 없고 가난에 허덕이는 것으로 그려진다. 특히 그의 작품의 플롯에는 사소설의 '법칙'이 포함되어 있고, 작중 인물들이 가사이 젠조[9]나 가와사키 초타로[10] 같은 '전형적' 사소설가 이름을 슬쩍 언급하기도 한다. 게다가 일기 등에 더욱 사소설적인 일상—아내에 대한 불만이나 신경증을 앓았다는 사실—을 공개하기도 하여, 독자가 사소설로 오해할 만한 장치를 해놓았다. 따라서 독자나 만화평론가는 쓰게 요시하루의 작품을 사소설로 읽게 된다.

하지만 쓰게 요시하루 작품을 접한 적 없는 학생들은 이런 장치에 대해 사전 지식이 없는데도 불구하고 〈작례 A〉처럼 '나'에 대해 수다

스러울 정도로 표현하고 있다. 〈작례 B〉와 비교하면 무척 대조적이다. 〈작례 B〉는 만화 속에 등장하는 풍경을 소설 언어로 치환하고, 그다음 그 풍경에 대한 인상을 묘사했다. 즉, 그림에 나타난 풍경에 끌려가고 있는 것이다.

두 가지 작례의 차이를 알아보는 단서로 다야마 가타이[11]의 「이불」의 한 대목을 살펴보자.

고이시카와의 기리시탄 언덕에서 고쿠라쿠스이로 뻗은 완만한 언덕을 내려가면서 그는 생각했다.

'이걸로 나와 그녀의 관계는 일단락됐다. 어쩌다 그런 생각을 하기도 했지만, 서른여섯 살이나 되었고, 자식도 세 명 있고, 한심하다는 생각도 든다. 하지만……, 하지만……, 정말 이게 사실일까? 내게 쏟은 것은 단지 애정일 뿐, 사랑이 아니었던 걸까?'

수많은 감정을 담은 편지―둘의 관계는 어떻게 보더라도 일반적이지 않았다. 아내가 있고, 아이가 있고, 세상의 눈이 있고, 사제 관계였기 때문에 어쩔 수 없이 깊은 사랑에 빠지지는 못했지만, 대화를 나눌 때의 두근거림, 서로를 바라볼 때의 눈빛, 그 깊숙한 곳에는 분명 엄청난 폭풍이 숨어 있었다. 기회가 있었다면 깊숙한 곳에 있던 폭풍은 순식간에 불어닥쳐, 처자식도 세상의 눈도 도덕도 사제 관계도 단숨에 부숴버렸을 것이다. 적어도 남자는 그렇게 믿고 있었다. 하지만 23일 동안 있었던 일들을 지금 와서 생각하니 여자는 분명히 자기 마음을 숨기고 있었다. 남자는 여자가 자기를 속였다고 몇 번이고 되새겼다.

하지만 문학가인만큼, 이 남자는 자신의 심리를 객관적으로 볼 정도의
여유는 가지고 있었다.

(「이불」, 다야마 가타이 지음)

사소설의 원조가 된 다야마 가타이의 「이불」이다. 풍경에 대한 묘사
가 앞에 두 문장으로만 있을 뿐 나머지는 모두 '남자'의 자기표현이다.
「이불」의 풍경 묘사와 자기표현의 비율은 〈작례 A〉와 매우 닮았다. 즉,
〈작례 A〉는 의도하진 않았지만 사소설 형식을 채용한 셈이 되었다.

다야마 가타이의 문장을 읽고 "어라? 사소설의 원조라더니 3인칭
이잖아?"라는 의문을 가진 사람도 있을 것이다. 사실 사소설이란 장
르 초기에는 작가의 분신으로 생각되는 인물을 3인칭 시점으로 서술
한 경우가 많았다.

간단히 말하면 사소설이 자연주의의 산물이기 때문이다. 다야마 가
타이를 비판했던 민속학자 야나기타 구니오[12]는 다야마 가타이의 자
연주의가 초보자가 막 배운 카메라를 가지고 가족이나 자기를 찍은
것에 불과하다고 빈정거렸다. '리얼리즘이란 카메라'를 자신의 주변에
만 돌림으로써 사소설이 발생한 상황을 잘 설명한 표현이다. 「이불」이
사소설임에도 불구하고 3인칭 시점을 견지하고 있는 것은 그나마 '카
메라를 나 자신에게 돌리고 있다'는 객관성의 표출인 셈이다.

이처럼 사진적 리얼리즘이 작가 자신에게로 향하자 근대문학은
비로소 그동안 카메라에 잡히지 않았던 '나'라는 것을 발견했다. 소
위 '내면의 발견'이다. 즉, 자연주의나 사생문에서 존재하지 않는 것

을 '사생'하기 시작하면서 '나'라는 존재가 나타났으며, 이런 식으로 나타난 '나'의 자기표현은 지금까지도 일본 근대문학사에 있어 커다란 흐름을 이루고 있다.

여기서 문제는 우리가 접하는 대부분의 일본 문학이 '나'란 존재가 있다는 것을 전제로 하고 있을 뿐만 아니라, '나'란 존재가 '나'에 관해 말하는 것에 특화된 형태로 진화했다는 점에 있다. 즉, 소설의 문장이 '이야기'를 쓰기보다 '나'에 관해 쓰는 데 적합한 형태로 왜곡되어 발전했다는 말이다. 따라서 '나'라는 주어를 선택하고 있고, 게다가 쓰게 요시하루의 작품이 플롯보다는 인물의 '내면'으로 독자들을 이끌고 있기 때문에 학생들이 소설화할 때 자연스럽게 인물의 자기표현을 하게 된다. 다시 정리하면 일본 근대소설의 언어들은 스토리텔링이 아니라 자기표현에 적합한 형태인데, 1인칭 시점으로 소설을 썼을 때 문체의 완성도가 높은 것도 아마 그런 이유일 것이다.

이것은 비단 소설에서만 나타나는 현상은 아니다. '나'에 관해 자기표현하는 것으로 시작된 일본의 문어체는 '나'를 드러내는 데 매우 적합한 듯하다. 일본인은 자기표현에 서툴다는 말을 많이 듣지만, 어디까지나 공공장소에서 자기 의견을 주장할 때뿐이다. 내면을 향해서 끈덕지게 '나'에 관해 표현하는 데 적합한 일본어가 있고, 그 일본어가 문학이나 소설의 언어에 가까운 게 아닌가 싶다. '나'에 대해 말하면 뭔가 있어 보이는 것도 '나'에 관해 말하는 기술이 '문학'에 기원을 두고 있기 때문이라고 생각한다. 인터넷에 '나'를 내보이는 글이 가득한 것 또한 일본어의 문제가 있지 않은가 싶다.

아무튼, '나'에 대해 이야기를 쓰기 시작하면 사람은 자신도 모르게 말이 많아진다. 앞의 과제로 다시 돌아가면 1인칭으로 소설을 쓴 학생들은 대체로 수준 높은 사소설을 써냈다. 다야마 가타이, 가와사키 초타로를 읽은 적이 없음에도 불구하고 매우 사소설적인 글을 썼다. 그것은 '나'라는 글자를 쓰기 시작한 순간, 자기표현 장치로서의 일본어(즉, 소설의 언어)가 발동하기 때문이다. 하지만 학생들은 쓰게 요시하루 작품 속의 '나'와 동일인물도 아니고, 그들이 쓴 글도 그들의 체험은 아니다. 어디까지나 만화 속 '캐릭터로서의 나'가 된 채로 자기표현을 하고 있는 것일 뿐이다.

이와 달리 3인칭 시점을 선택한 학생들은 풍경을 사실적으로 그리면서도 어떻게든 그 안에 '내면'을 집어넣고자 고민한다. 이들은 '풍경 묘사'와 '내면 묘사'를 조합하는 일본 근대문학의 시발점을 스스로 체험하기 때문에 보다 우수한 문장 표현을 익히게 된다. 하지만 '나'에 관한 소설은 '나'를 '그'라고 표현하는 정도의 객관성조차 버리는 일이 많아졌고, 그런 일본어에 익숙해진 우리는 '나'라는 글자를 쓰기 시작한 순간 술술 소설을 쓰게 된다. 쓰게 요시하루 작품을 노벨라이즈하는 과정은 이렇게 자동화된 사소설의 문체를 자연스럽게 쓰게 하는 면이 있다.

여기서 한 가지 의문이 생긴다. 사소설 형식 만화 『심심한 방』을 노벨라이즈한 것은 사소설일까?

만화나 소설이라는 장르 문제를 제쳐두더라도, 나는 쓰게 요시하루의 작품을 사소설이라고 하는 데는 회의적이다. 예를 들어 쓰게 요시하루 작품 속 '나'는 자주 '원고 의뢰가 없다'고 말하는데, 만화계 사람이라면 그가 10~20년 이상 줄곧 메이저 잡지로부터 원고 청탁을 받았다는 것을 안다. 왜냐하면 쓰게 요시하루 작품은 잘 팔리니까. 대본소 시절 작품을 제외하면 쓰게 요시하루의 만화는 기껏해야 단행본 몇 권 분량에 불과한데도 계속 출판사를 바꿔가며 출간되고 있다. 그런 의미에서 쓰게 요시하루는 지극히 경제 효율이 좋은 만화가다. 게다가 그의 만화는 PC게임이나 캐릭터 상품으로도 만들어졌고, 최근 몇 년 사이에도 TV드라마나 영화로 제작되었다. 한마디로 생활이 곤란하여 강변의 돌멩이를 팔아야 할 만큼 가난하지는 않다는 말이다.

쓰게 요시하루 작품은 '사소설의 나'처럼 보이는 '나'를 캐릭터로 만들어냈다는 점에서 사소설 같다. 이러한 '나'의 허구화는 사소설 분야에선 더욱 극단적이었던 것 같기도 하지만, 내가 볼 때 '나'를 기반으로 하는 일본 문학에서 골치 아픈 부분은 '가상(허구)'의 '나'가 '있다'고 가정한 상태에서 성립된다는 점이다. 나에 관한 '소설=허구'를 쓴다는 명백한 모순을 가지고 시작되었기 때문에, 자기자신을 허구화하지 못하면 문학을 할 수 없다는 점이 일본 문학의 숙명이다. 스스로를 허구의 존재로 삼아 살아간 에토 준은 호리 다쓰오[13]에서 무라카미 류에 이르기까지 '허구의 나'를 자각하지 못한 채 살아간 소설가들을 혐오한 나머지, 결국 자기자신이 허구라는 것을 견디지 못하고 스스로 죽음을 선택했다. 에토 준이 줄곧 짜증을 냈던 것처럼, 많은 소설가들이 근대 일본어가 만들어낸 '나'라는 허구를 인식하지 못한 채 무비판적으로 '나'를 둘러싼 언어에 의존하는 소설을 써온 것은 사실이다. 〈작례 A〉에서 입증되었듯이, 글을 쓴 '나'와 전혀 상관없는 '나'에 관해 쓰더라도 자기표현이 발동하여 '사소설 같은 것'은 쉽게 만들어진다.

극단적으로 말하면, 허구의 '나'를 묘사할 때 자기표현적 일본어에 실어서 자동적으로 쓴다는 점에서 학생들의 1인칭 작례는 전형적인 일본 근대소설이라고까지 할 수 있다. 이 정도 능력은 웬만한 소설가 지망생들도 가지고 있다. 쓰게 요시하루의 만화를 노벨라이즈하는 과정은 사소설 습작에 최적화되어 있으니, 자신을 드러내기만 하면 어느 정도 인정받을 수 있는 J문학 계열의 작품을 쓰고 싶은 사람이라면 추천하고 싶은 방법이다. 빈정거리는 게 아니라 진심이다.

'나'를 쓰기만 하면 웬만큼 결과물이 나와버리는 일본어의 힘에 의존하여 '문학'을 하고자 하는 사람들에게 특별히 불만은 없다. 하지만 적당히 작가 자신을 드러낸 소설에 '문학'이란 이름을 붙인 것을 읽을 때면 "이런 건 나도 쓸 수 있겠다"는 말이 나오기도 한다. 실제로 편집자한테 말한 적도 있는데, 그렇지 않은 이야기 장르의 작가로 살아갈 것을 선택했기 때문에 아직까지 써보지는 않았다.

애니메이션·만화적 리얼리즘을 채용한 '캐릭터 소설'
마지막으로 내가 몸담고 있는 장르에 관해 말하려 한다. 그러기 위해서는 다음과 같은 전후 문학사를 알아야 한다.

'나'라는 것이 사실은 허구인데 그렇지 않은 척하고 있는 일본의 문학적 전통 속에서, 그 사실을 자각하지 않을 수 없었던 작가가 있다. 바로 쇼지 가오루[14]다. 요즘 대학생들한테 쇼지 가오루라고 해도 다들 멀뚱한 표정을 지을 뿐이지만, 단카이 세대[15]보다 약간 아래 세대에게 '가오루 군과 유미 양'은 그 얼마나 복잡한 마음이 들게 하는 이름인가. '적흑백청 4부작'이라 불리운 가오루 군 시리즈는 히비야 고등학교 3학년 쇼지 가오루 군의 1인칭 시점으로 시작한다. 예를 들면 이런 식이다.

나는 종종 세상의 모든 전화는 어머니라는 여성들의 무릎 위나 그 근처에 놓인 게 아닌가 생각한다. 특히 여자친구들 집에 전화를 걸 때면 왜 그런지 꼭 '엄마'가 받는다. 물론 나한테는(야단치지는 않지만) 꺼림칙한 일은 전혀 없고, 어머님들이 악감정을 가지고 전화를 받으실 리도 없을 것이다. 오히려 그녀들은 (캐러멜까지는 주지 않지만) 마치 거대한 샴페인 병처럼 호의로 가득 차서, 우물쭈물하고 있자면, 내 머리에 거품을 뒤집어씌울 정도다. 특히 요즘에는 심각하다. 아까 말한 도쿄대 입시가 끝난 후에는, 고등학교 3학년이랄까, 한때 도쿄대 지망생이었던 나같은 인간은 "불쌍하다"라는 점에서 국가적 합의를 얻은 기분이다. 야스다 요새에서 열심히 싸웠던 반反 요요기 계열 투사들마저 "수험생 제군에게는 미안하지만"이라고 말할 정도였으니 큰일은 큰일인가보다. 그리하여 마치 붉은 깃털 모금함이나 구세군 자선냄비처럼 주변에서 동정이 쏟아졌는데, 앞으로 어떻게 할 거야, 교토로 갈 거야 등 일신상의 문제를 비롯하여 운동권 학생을 어떻게 생각하냐거나, 삼파와 민청¹⁶ 중 어느 쪽이 좋은지 등에 대한 질문까지 쏟아져 들어와, 그야말로 아~아, 짜증난다는 생각뿐이었다. 이제 와서 말하지만 내가 다니던 학교가 그 악명 높은 히비야 고등학교라는 점에서 동정을 하거나 약을 올리기에 딱 적당하지 않았나 싶다.

(『빨간 모자 양 조심하세요』, 쇼지 가오루 지음)

이 소설이 처음 발표되었을 때, 많은 독자들은 작가가 실제로 히비야 고등학교 3학년일 것이라고 믿었다. 하지만 금세 쇼지 가오루의 정체가 밝혀졌는데, 그는 약 10년 전에 데뷔한 후쿠다 쇼지라는 작가였다. 에토 준은 후쿠다 쇼지의 데뷔작을 어설픈 사소설식 문체라며 혹독하게 비판했고(나중에 무라카미 류의 데뷔작을 부정했던 것만큼이나 센 어조였다), 후쿠다 쇼지는 이후 쇼지 가오루라는 완전히 허구의 '나'를 주인공으로 한 소설로 그 비판에 응답했다.

오늘날 캐릭터 소설이라 불리는 장르의 기원에는 쇼지 가오루가 있다고 생각한다. 그의 작품은 1인칭으로 쓰여졌지만, 작가로부터 완전히 단절되어 허구화된 캐릭터인 '나'가 등장한다. 바꿔 말하면 작중의 현실이 '나'(=작가)에 기반하고 있지 않은 소설이다. 과거 에토 준은 무라카미 류의 데뷔작 『한없이 투명에 가까운 블루』를 비판했는데, 에토 준에겐 그 작품이 작중의 류(=작가)라는 사소설적 인물에 의존하는 것처럼 보였기 때문이다. 훗날 에토 준이 우메다 요코¹⁷의 『승리 투수』나 다나카 야스오¹⁸의 『왠지 모를, 크리스탈』을 극찬한 이유는 작중의 '나'란 존재가 작가나 현실에서 완전히 분리되어 '캐릭

168

터'화되었기 때문인 듯하다.

'나'를 완전한 캐릭터로 제시한 쇼지 가오루는 '적흑백청 4부작' 완결 후 침묵한다. 하지만 그가 발견한 '가오루 군'은 일본 문학사 안에서 명맥을 이어나가고 있다. 예를 들면 이런 식이다.

정말이지, 고등학생은 비극적이지 않아? 아버지나 형이란 사람은 아직 쿨쿨 자고 있는데 말이야. 나중엔 결국 저렇게 될 텐데, 에너지 충만한 엄마한테 쫓겨나고 말이야. 잘도 학교 같은 델 간단 말이지. 나 참.

고도성장도 끝나버렸고, 지금 일본을 지탱하고 있는 건 고등학생이라구. 부지런하잖아? 매일매일 출근하잖아. 게다가 이런 것까지 들고 있어야 하고 말이야. 뭐야 이게? 마이코 씨도……. 매년 교토에서 이런 봉투를 들고 돌아오다니, 부끄럽지 않은가봐. 우리 아버지? 난 중학교 수학여행 때도 고민했었다구. '교토 명물'이라니, 아직도 도쿄를 시골이라고 생각하는 건가? 바보 아냐? 이런 봉투에 비닐을 씌워놓는 게 더 시골이지! 교토랑 거기 출장가는 중년들은 미적 감각이란 게 없나? 아~아, 그렇게 되고 싶진 않아, 정말로. 당신들은 상관없겠지, 고민도 없으니. 하지만, 난 말야 지금부터 요즘 젊은이들 모인 데로 가야하는 사람으로서 고민스럽다고. 그야말로 옛날 농민 같잖아. "여러분 안녕하십니꺼?" 뭐 이런.

(「무화과 소년」,『복숭앗빛 엉덩이 소녀』, 하시모토 오사무[19] 지음)

이걸 쓰기 전에, 꼭 해야 할 말이 있다.

나는 이런 걸 쓸 생각이 전혀 없었다.

사실 써야 할 이유도 없다. 쓰라고 부추긴 노부와 야스히코, 그놈들을 봐줄 수 없다.

"뭐, 네가 제일 할 일이 없으니까. 우리들은 내년엔 사회인이 되거든. 게다가 넌 옛날부터 작사 같은 것도 했잖아?"

"작사하고 이게 같냐?"

부르짖었지만 결국 설득당했다. 녀석들은 누군가 기록해두지 않으면 안 된다고 말했다.

"역시 널리 세상에 보이고, 알려두지 않으면 안 된다는 거지. 그러고 나서 모든 사람들이 결정하도록 해야 하지 않겠어? 어떻게 생각해?"

"진실을 밝히면 모 씨한테 숙청당할 테니까 소설로 쓰는 거야. 이건 소설입니다, 픽션입니다, 작중 인물에 전혀 모델은 없습니다, 그러면 되거든."

(『우리들의 시대』, 구리모토 가오루[20] 지음)

서브컬처의 시대인 1980년대 직전, 즉 1970년대 말에 등장한 이 소설들은 쇼지 가오루와 캐릭터 소설을 이어주는, 약간 과장해서 말한다면 미싱 링크missing link[21]라고 할 수 있다. 양쪽 모두 1인칭 시점을 취하고 있지만 작중 캐릭터의 1인칭일 뿐 작가＝'나'라는 관계성은 없다. 참고로 두 작품의 '나'란 인물이 양쪽 모두 '가오루'란 이름의 남자아이라는 것은 결코 우연이 아니다. '복숭앗빛 엉덩이 소녀' 시리즈와 『우리들의 시대』는 둘 다 쇼지 가오루가 문학에 도입한 '캐릭터로서의 나'를 미스터리나 엔터테인먼트 소설에 차용한 작품이라고 할 수 있다.

이처럼 쇼지 가오루가 개발한 '캐릭터로서의 나'라는 개념은 1970년대 말 즈음 일종의 문학 장치로서 미스터리와 중간소설[22]에 도입되었다. 한편 이러한 문학사적 계보와는 전혀 다른 지점에서 등장한 작가가 아라이 모토코[23]이다. 아라이 모토코의 소설은 이렇게 시작한다.

"다음 만월까지 3일 남았네."

산길을 달리는 버스 안. 나는 그렇게 중얼거리고는 천천히 기지개를 켰다. 화요일 오후 2시, 시간 탓인지 승객은 나를 포함하여 둘밖에 없었다.

"자, 이제 남은 3일을 어떻게 죽일까?"

문득 자신이 한 말이 우습다는 것을 깨닫는다. 바보야, 나는. 지금부터 3일간, 지구연합군인지 뭔지가 내 목숨을 노린다고 했잖아. 시간을 죽이고 어쩌고 할 때가 아니라고.

"아무튼 그들은 우리를 죽일 수 없어." 루나가 한 말을 되새긴다.

"이번 기회를 놓치면 또 29일과 반나절을 기다려야 돼. 너도 빨리 돌아가고 싶지?"

그래 그래, 알았다니까, 루나. 마음속으로 그렇게 중얼거리고는 뒷좌석으로 눈을 돌렸다. 거기엔 버스에 탄 또 한 명의 승객, 어제부터 나를 쫓아다니는 사내가 있었다. 한 번은 제대로 따돌렸다고 생각했는데, 어느 틈엔가 또 다시 나를 뒤쫓고 있다……. 그는 제일 뒷자리에 앉아 있었고, 나는 일부러 제일 앞자리에 앉아 있었다.

(『내 속의……』, 아라이 모토코 지음)

　후쿠다 쇼지는 자기보다 열 살 정도 어린 고등학생 '쇼지 가오루', 구리모토 가오루는 미스터리 마니아인 대학생 '가오루 군', 하시모토 오사무는 고등학생 '가오루' 등 연령과 성별이 다른 '가오루'라는 캐릭터를 통해 '나'에 대해 기술하는데, 이 '가오루'들은 허구의 인물이지만 현실과 가까운 캐릭터라는 공통점을 갖고 있다. 미스터리 소설인 『우리들의 시대』에는 요시다 아키미[24]의 만화가 슬쩍 인용되어 있거나 코믹마켓에 대한 이야기가 등장하는데, '오타쿠'란 개념조차 없던 1970년대 말 만화 마니아들의 분위기가 잘 드러나 있어 지금 봐도 눈물 날 정도로 리얼하다. 그런 의미에서 '가오루 군'들은 완전한 픽션으로서의 '사소설'을 꾀함으로써, 어떤 내용이든 사소설이 되어버리는 일본어를 역으로 이용했다고 할 수 있다. 이런 흐름의 하나로서, 실제로 존재하지도 않는 '데릭 하트필드' 덕분에 소설가가 되었다고 말하는 '나'가 등장하는 무라카미 하루키의 『바람의 노래를 들어라』도 있다.

　한편, 『내 속의……』에 등장하는 '나'는 '가오루 군'과 완전히 다르다. 이 작품에서 '나'는 작품 초반부터 느닷없이 지구연합군과 싸운다고 말한다. 3명의 '가오루 군'이 살고 있는 현실과는 다른 세계를 살아가고 있다. 여기서 '나'는 대체 어떤 존재일까.

　아라이 모토코는 한 신문과의 인터뷰에서 이렇게 말했다.

　"만화 『루팡 3세』[25] 같은 소설을 써보고 싶었습니다."

『루팡 3세』 같은 소설. 이 말은 아라이 모토코의 소설에서 어떤 일이 일어났는지를 두 가지로 설명해준다.

하나는 '나'란 인물이 애니메이션 캐릭터로서의 '나'라는 사실이고, 또 하나는 그녀의 소설이 '현실' 세계를 리얼하게 문자로 치환시키려고 하는 일본의 자연주의적 리얼리즘과 완전히 분리되어 있다는 것이다. 즉, 그녀는 '현실'이 아니라 '애니메이션'이란 허구를 '사생'하는 작가다. 다시 말하면 아라이 모토코는 자연주의적 기법을 '현실'이 아닌 '애니메이션'에 적용한 최초의 소설가였다. 이렇게 일본 근대소설의 전통과는 전혀 다른 소설이 완성되었다.

데즈카 오사무가 만년에 자신의 만화 표현을 '기호적'이라고 했던 것에서도 알 수 있듯이 일본의 전후戰後 만화사, 애니메이션사史는 비非 리얼리즘에 기반하고 있다고 할 수 있다. 그런 만화나 애니메이션을 '사생'한다는 것은 곧 비리얼리즘적 소설을 의미한다. 물론 아라이 모토코 이전에도 SF소설이나 판타지소설 등 '가상과 허구'를 소재로 삼은 소설은 존재했다. 하지만 현실에 존재할 수 없는 세계를 그리더라도 그 세계의 내부는 리얼리즘을 통해 성립한다. 'SF 고증考證'이란 용어도 있지 않은가.

하지만 아라이 모토코가 심드렁한 표정으로 "『루팡 3세』 같은 소설"이란 말을 입에 담은 순간, 일본의 소설에 애니메이션이나 만화적인, 말하자면 자연주의적 전통과는 이질적인 리얼리즘이 도입된 것이다.

이처럼 '사소설'에서의 '나' 대신 '캐릭터'를, 그리고 자연주의적 리얼리즘 대신 애니메이션·만화적 리얼리즘을 채용한 소설을 '캐릭터 소설'이라고 부른다. 코발트문고[26] 같은 소녀소설, 스니커문고 같은 판타지소설은 모두 캐릭터 소설이라고 할 수 있다. 이 소설들의 표지 일러스트가 애니메이션이나 만화 그림이라는 점은 이 소설들이 발 딛고 있는 리얼리즘이 무엇인지 보여준다.

소녀만화 같은 소설, TV게임 같은 판타지소설 등 겉모양만 보고 붙인 장르명이나 주니어소설처럼 대상 독자에 따라 이름 붙인 장르 명으로는 캐릭터 소설의 본질이 잘 보이지 않는다. 예를 들어 미스터 리 장르도 가사이 기요시[27]가 평론에 '캐릭터 모에[28]'라는 단어를 쓸 정도로 캐릭터 소설화가 진행되었다. 미남 탐정을 따라다니는 멍청 한 팬이 나타났다는 의미가 아니라, 미스터리 장르에서도 그동안 암 묵적으로 따르고 있던 근대소설의 리얼리즘에서 벗어나 다른 원리의 리얼리즘을 채용한 소설이 등장했다는 의미이다. 그런 점에서 세이 료인 류스이[29]는 전형적인 캐릭터 소설을 쓰는 작가이다.

캐릭터 소설이란 용어는 "어쨌든 캐릭터가 눈에 띄면 되는 거 아 냐? 어차피 캐릭터 상품으로 팔려는 소설인데, 뭘"이란 식의 자조에 서 발생했다. 하지만 나는 캐릭터 소설 나름대로의 가능성이 있다고 믿는다. 이런 믿음은 내가 원작을 쓴 만화의 노벨라이즈를 직접 하는 중요한 이유이기도 하다.

쓰게 요시하루 작품을 노벨라이즈해봄으로써 일본 근대소설이 어 떤 것인지 알게 되었다. 이 과정은 두 가지 길을 제시한다.

하나는 〈작례 A〉 같은 '척 봐도 사소설', 즉 일본 소설의 규칙 위에서 '나'를 드러내는 소설을 쓴다는 선택이다. 또 하나는 '나'가 아닌 '캐릭터'를 구축하여 애니메이션·만화적 리얼리즘을 토대로 허구를 만드는 길이다.

대부분 막연하게 스니커문고나 코발트문고에서 출간되는 소설을 쓰려는 생각을 하고 있었겠지만, 적어도 자신들이 쓰려는 소설이 일본 근대 소설사 안에서 어떤 위치에 있는지만큼은 확실히 이해하고 나서 캐릭터 소설을 목표로 삼길 바란다.

이 책은 독자들에게 소설 쓰는 방법을 알려주는 것을 목적으로 했다. 강의를 통해 캐릭터 소설과 캐릭터 소설과는 전혀 다른 소설로 학생들의 진로가 나뉘는 이 지점에서 강의를 끝내겠다. 마지막으로 강조하고 싶은 것은 캐릭터 소설을 쓰는 것이 기존의 문학과 전혀 상관없는 문제가 아니라는 사실이다. 문학의 캐릭터 소설화 현상은 이미 곳곳에서 드러나고 있다. 앞으로 후쿠다 가즈야나 가라타니 고진이 '캐릭터 모에'란 단어를 언급할 시대가 오지 않으리란 보장은 없다.

그리고 또 한 가지, 소설 쓰는 방법을 독자들에게 알려주려고 했던 이유와도 관련이 있는데, 나는 소설뿐만 아니라 모든 장르에서 발신자(작가)와 수신자(독자)의 관계가 변화할 것이며, 어쩌면 완전히 사라질 수도 있다고 생각한다. 10여 년 전 『이야기 소비론』에서 유사 창작 행위가 이야기 소비 행위로 변할 가능성이 있다고 논한 바 있다. 코믹마켓의 팽창이 상징하는 것처럼 수신자(독자)들이 창작함으로써 소비하는 현상은 이미 만화나 캐릭터 소설 장르에서는 일반적이다. 요즘 컴퓨터 영상 편집 프로그램의 진화를 보면 영상 분야에서도 이러한 상황이 머지않은 것 같다. 하물며 인터넷은 누구나 발신자가 될 수 있는 미디어이다.

이처럼 창작하는 독자, 창작하는 수신자가 대량으로 등장할 때 소설가, 만화가, 비평가, 영화감독이 계속해서 발신자로서의 자리를 지킬 수 있을까?

미디어에서 창작하는 수신자의 탄생은 수신자의 자급자족화를 의미한다. 몇 년 전쯤 한 문예지가 휴간되었을 때, 그 문예지의 마지막 신인상 응모작이 그 문예지의 판매부수를 능가했다는 소문이 돌았다. 문예지를 사는 독자는 사라지고, 독자들이 직접 소설을 쓰게 된 것이다. 인터넷이나 코믹마켓처럼 수신자를 발신자로 바꿔주는 매개체는 급속히 진화하고 있다. 이 책도 그런 매개체의 하나가 되기를 의도한 부분이 있다.

나는 창작하는 독자와 소설가 사이의 경계가 허물어져도 상관없다고 생각한다. 그리고 그러한 변화가 시작된 후 소설의 영역에서 '소설가'로서 남을 수 있는 사람이 단 한 명이라도 있을지 무척 궁금하다. 그게 바로 '문학'이라고 한다면 나는 비로소 '문학'의 존재를 납득할 수 있을 것 같다.

보강

자신만의 성장소설을 만들자

— 직접 만드는 그림책,
『너는 혼자 어디론가 떠난다』를
이용한 워크숍

지방대에서 강의를 하던 시절, 근처 고등학교의 초청으로 워크숍을 할 기회가 많았다. 그때 사용한 교재 중 하나를 소개하겠다. 직접 그려넣는 방식의 그림책 키트 『너는 혼자 어디론가 떠난다』이다(〈그림 12〉 참조).

『너는 혼자 어디론가 떠난다』는 20쪽 정도의 분량으로 배경과 간단한 지시만 쓰여 있는 그림책이다. 일러스트는 컬러로 그려져 있고, '너'와 배경이나 대사, 기타 캐릭터를 마음대로 그려넣는 책이다. 처음 몇 페이지와 마지막 페이지에는 '너'를 그릴 대략적인 위치 표시로 사람 모양이 있다. 하지만 어디까지나 대략적인 위치일 뿐이다. 삐져나와도 좋고 무시해도 좋다. 그림 도구도 자유다. 단, 크레용이나 색연필 같은 것으로 색칠해야 한다.

워크숍 방식은 다음과 같다. 이 그림책을 완성하는 과제를 내주고, 일주일 후에 완성한 그림책을 한 작품씩 모니터에 비추고 '낭독' 하게 한다. 지시문이 똑같기 때문에 학생들이 만든 '너' 이야기의 특징이 잘 드러난다. 그 다음에는 한 작품 한 작품에 대해 내가 느낀 것을 말해준다. 여기서는 작품의 완성도를 평가하진 않는다. 여기까지가 1회분의 수업이다.

여러분도 실제로 그림책을 만들어본 다음, 수업 기록을 읽어보길 바란다. 이것은 2009년 효고현립I고등학교 2학년 미술 수업의 속기록을 정리한 것이다. 이 수업에서 내가 중점적으로 보는 것은 두 가지 측면이다.

한 가지는 그림책의 똑같은 포맷을 따르더라도 개인에 따라 얼마나 다르게 표현하는가이다. 실제로 그 고등학교 선생님들은 이름을 보지 않고도 누가 그린 건지 단번에 알 수 있다고 말했다. 그만큼 학생들의 '개성'이 확실히 드러나 있다는 말이다.

또 한 가지는 학생들의 작품에 공통적으로 나타나는 모티프나 요소가 있는지 살펴본다. 예를 들면 '너'와 '너'의 그림자가 분리되어 두 명이 되었다가 다시 하나가 된다는 식의, 마치 융의 '그림자' 같은 개념이 등장하기도 한다. 나는 융 심리학에 회의적이지만, 고등학생들이 이야기를 쓰는 과정에서 이처럼 이야기의 보편성을 이끌어내는 것을 보면 솔직히 놀랍다. 그 놀라움을 학생과 공유하는 것은 이 워크숍의 가장 중요한 목적이기도 하다.

이 워크숍의 목적은 '그림책 만드는 방법'이나 '이야기를 만드는 방법'을 가르치는 게 아니다. 처음에는 그런 면도 있었지만, '사람은 이미 존재하는 무언가(즉, '이야기의 구조')를 반복한다는 것'과 '사람은 개성적인 존재라는 것'이 공존할 수 있다는 사실을 확인하는 것이 놀랍기도 하고, 나 자신을 계속해서 만날 수 있다는 것 때문에 이 워크숍을 계속하게 된다.

그림 12 『너는 혼자 어디론가 떠난다』, 오쓰카 에이지 글·시치지 유 그림, 오타출판

계속 간다. 큰 낭떠러지다.
낭떠러지를 뛰어넘는다.
너를 그려보자.

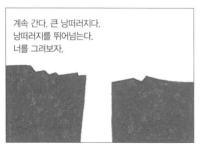

초원이다.
초원을 걷는다.
너를 그려보자.

사막이다.
사막을 낙타를 타고 간다.
너를 그려보자.

숲 속의 텐트에서 잔다.
너를 그려보자.

밤하늘을 본다.
밤하늘을 그려보자.

그리고 다시 걷는다.
너를 그려보자.
모르는 동네다.

정겨운 시골 같은 마을에
머무는 너를 그려보자.

빌딩밖에 없는 마을을 걷는다.
외로운 너를 그려보자.

짙은 안개 속을 걷는
너를 그려보자.

폭풍우를 헤쳐나가는
너를 그려보자.

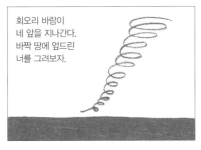

회오리 바람이
네 앞을 지나간다.
바짝 땅에 엎드린
너를 그려보자.

바다다.
크고 넓은 바다를 그려보자.

배가 있다.
어떡할래?
생각하는 너를 그려보자.
너는 어디로 가게 될까?

물론 답을 알고 있다.
앞을 향해 배를 탄
너의 모습을 그려보자.

자, 다시 한 번
네 얼굴을 그려보자.
이게 네가 찾은
네 얼굴이다.

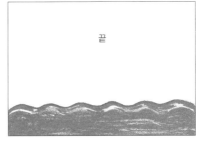

끝

이 놀라움과 재미를 현대사상적인(혹은 근대소설 비판적인) 맥락에서 해석할 수도 있지만, 그건 너무 재미없는 일이다. 그보다는 매년 4차례씩 고등학생을 대상으로 워크숍을 하는 게 좋았다. 이 워크숍은 대학생이나 대학원생, 혹은 부모와 자식을 대상으로 한 적도 있다. 내가 예전에 가르쳤던 정신과 전공 대학원생은 심리치료에 이 그림책을 이용하기도 했다.

여러 워크숍 중 고등학생을 대상으로 한 워크숍이 제일 인상 깊었는데, 아마도 사람들이 생각하는 것보다 학생들이 훨씬 창의적이고, 고민할 뿐만 아니라 노력하는 선생님들이 있었기 때문일 것이다. I고등학교에 가서 놀란 점은 내가 심혈을 기울여 만든 것보다 훨씬 더 재미있는 수업이 산더미처럼 있었다는 것이다. 10대 후반의 아이들이 가진 특유의 불안정성과 가능성이 있는 고등학교는 정말 가슴 뛰는 현장이었다. 예전에 진행했던 '헌법을 다시 써본다'는 워크숍 또한 내가 하기 전부터 고등학교 수업으로 진행되던 것이다. 마찬가지로 I고등학교 선생님들의 헌신 속에 자라난 학생들을 대상으로 했기에 비로소 가능했던 것이라는 점만큼은 분명히 적어두고 싶다. 다음이 그 속기록이다. 고등학생이 되었다고 생각하면서 읽어주시기 바란다.

학생들이 만든 그림책을 보고 발견한 특징은 '너'란 존재를 한 명이 아니라 여럿으로 상정한 학생들이 많다는 점이다. 반드시 '너'가 한 명이어야 한다는 규칙이 없었기 때문에 흥미로운 결과였다. 구체적으로 살펴보면 주인공을 '사람 모양' 안에 그리지 않고 옆에 캐릭터를 한 명 더 그린 경우(〈그림 13〉), 아예 '너'를 여럿 그린 경우(〈그림 14〉)가 있었다. '자기자신이 많다'는 것을 의미하는 것으로 볼 수 있겠다.

혼자서 혹은 다른 이와 여행을 하는 대목은 대개 ①여러 명의 자신과 여행을 하는 패턴, ②혼자 여행하는 패턴, ③다른 캐릭터가 동료로 따라오는 패턴 세 가지로 분류된다.

보통은 누군가가 함께 떠나는 세 번째 패턴이 절반쯤 차지하는데, 이번 학생들은 이 패턴이 적은 편이었다. 유체이탈하듯 자신이 여러 명으로 분리되어 이야기가 진행되고, 나중에 하나로 합쳐지는 스토리도 있었다.

〈그림 15〉를 한번 살펴보자. 발이 땅바닥에서 떠 있어 왜 그런지 물어보았다. 유체이탈한 것처럼 보이기도 하고, '나'의 혼을 가리키는 것처럼 보이기도 해서 무척 흥미로웠다. 그리고 결말 부분도 재미있었다.

첫 번째 학생의 작품(〈그림 16〉)을 보면 마지막에 '사람 모양' 뒤에 토끼 가면을 벗은 채 얼굴을 내밀고 있다. 두 번째 학생의 작품(〈그림 17, 18〉)은 처음엔 '사람 모양' 형태에 회색으로 칠만 한 '나'의 옆에 많은 친구가 있었다. 그림책 내용이 진행되면서 그 수가 줄더니 '사람 모양'이 점점 인간의 형태가 되면서 회색 인간과 색깔이 칠해진 인간 두 종류가 되었고, 결국엔 하나로 겹쳐졌다. 유체가 잔뜩 튀어나왔다가 마지막에 '사람 모양' 안으로 다시 한 번 들어가는 이미지이다. 세 번

이건 너다.
어떤 얼굴일까?
어떤 옷을 입었을까?
그림으로 그려보자.

그림 13

"넌 이제부터 어디로 갈까?"
"그래,
제일 좋아하는 아이랑 피크닉
에 가고 싶어."
"그럼 지금부터 출발이다!"
그런 목소리가 네 안에서
들려왔다.

그림 14

걷기 시작한
네 모습을 그려보자.

그림 15

자, 다시 한 번
네 얼굴을 그려보자.

"이게 너야."

그림 16

째 학생의 작품(《그림 19》)은 사람이 왠지 '사람 모양'에 빙의되었다는 느낌이 든다.

학생들 모두 심오한 의미를 담아 이야기를 만든 건 아니겠지만, 이 세 가지 작품에는 공통점이 있다. 자신이 하나가 아니라 둘이나 셋 혹은 훨씬 더 많고, 그러다가 이야기 속에서 마지막으로 하나의 '너'가 되는 것이다. 그 '하나'가 되는 방식도 각각 다들 다르지만 말이다. 왜 학생들은 '수많은 나'가 하나로 되는 이야기를 만들었을까? 그 의미를 헤아려보는 것도 재미있을 것이다.

다음으로 '나'가 아닌 다른 이를 데려가는 부분을 살펴보자.

예를 들어 어떤 학생의 작품에서는 염소가 따라온다. 그런데 도중에 염소가 없어진다. "왜 염소가 사라졌지?" 하고 물어보자 "고향으로 돌아갔다"고 답했다. "가오나시[1]를 두고 온 것처럼?" 하고 묻자 맞다고 했다. 〈센과 치히로의 행방불명〉에서 치히로가 가오나시를 제니바가 있는 곳에 두고 오는 것과 같다는 말이다. 그밖에도 잠깐 토끼가 나왔다가 사라진 작품도 있었다. 그리고 낙타가 잔뜩 나온 작품, 돌고래가 나온 작품 등 마치 판타지에서 여러 가지 아이템이 주인공을 도와주는 것과 같은 이야기가 있었다.

이와는 조금 다르게 단순한 캐릭터가 아니라 분명한 기능을 가진 존재를 등장시켜 그걸 사용하면서 이야기가 진행되는 경우도 있었다. 절벽을 뛰어넘는 날개 혹은 대나무로 만든 말, 비를 피하는 우산 등 각 페이지마다 '상황'에 맞는 아이템을 써서 대응하는 식으로 이야기를

이건 지금 네가 있는 곳이다.
어떤 곳일까?
주변을 둘러보고 그려보자.

그림 17

자, 다시 한 번
네 얼굴을
그려보자.

이게 네가 발견한
네 얼굴이다.

그림 18

"넌 이제부터 어디로 갈까?"

"그래,

그림자의 고향

에 가고 싶어."
"그럼 지금부터 출발이다!"
그런 목소리가
네 안에서 들려왔다.
그림자는 새가 되어 따라 왔다.

그림 19

188

전개한 학생이 눈에 띄었다.

　그에 반해 '1인 여행'을 고수한 학생도 있었다. 물론 아무 문제 없는 작품이다. 중요한 건 '너'와 함께 여행을 하는 것이 무엇인지, '너'의 분신인지 혹은 다른 존재인지, 왜 그 캐릭터를 만들었는지, 혹은 계속 혼자 여행하는 것으로 결정한 것이었는지 각자 자신의 이야기 패턴의 이유를 생각해보는 것이다. 아마 나름의 이유가 있을 것이다. 이런 방식으로 다른 사람이 쓴 소설이나 영화에 관해 생각한다면 그게 바로 '비평'이다. '비평'이란 재미의 여부 혹은 작가의 단점을 찾는 것이 아니라 이 작가는 어째서 이런 표현을 했을까 하고 진지하게 생각하는 것이다. 그러므로 이 워크숍도 사실은 '비평'이다.

　또 한 가지 중점적으로 보아야 할 점은 '처음'과 '끝'의 변화이다. 이번 워크숍에선 첫 페이지부터 '너'란 존재가 웃고 있는 학생이 꽤 많았다. 처음엔 무표정하다가 마지막에 미소를 짓게 된다거나, 표정이 확실해지거나 하는 식으로, 처음과 마지막 표정의 차이에 주의해서 작품을 살펴보는 게 좋다.

　그리고 또 한 가지 흥미롭게 본 건, 나눠준 그림책 키트의 마지막에 실수로 흰 종이가 들어가 있었는데 그 여분의 종이에 그림을 그린 학생의 사례였다. 그 학생은 이야기가 끝난 '뒷이야기'를 그렸다. 그 뒷이야기는 '너'란 존재가 '꿈이 이루어지는 나라'로 갔는데, 누가 꿈을 이루어준다고 했지만 그걸로는 안 되겠다며 원래 자기가 있던 장소로 돌아가는 내용이었다. 실은 이 '갔다가 돌아오는' 전개가 매우 중요하다.『반지의 제왕』을 번역한 세타 데이지는 이야기의 기본을 '갔다가 돌아오는' 것이라고 말했다. 『반지의 제왕』의 제1부에 해당하는 『호빗』이란 작품의 부제는 '갔다가 돌아오는 이야기'이다. 이 '갔다가 돌아오는' 것만으로 이야기는 완성된다는 것이 세타 데이지의 생각이었다. 지난 강의에서 이야기에는 '법칙'이나 '문법'이 있다고 설명했는데, 갔다가 돌아온다는 것은 바로 이야기의 가장 기본적인 문법이다. 이런 내용을 가르쳐준 적이 없는데도 이 학생이 자연스럽게 이야기의 문법에 맞춰 이야기를 만들었다는 사실이 놀랍다.

여러분이 만든 이야기를 살펴보면 여러 학문의 이론과 일치하는 부분을 찾을 수 있다. 예를 들어 '너'를 남자아이로 그린 여학생이 있었는데, 그 이유를 물어보니 자신에게 "이상적인 남자"라고 답했다. 그 말을 듣고 심리학자 융이 여자아이의 마음속엔 이상적인 남자아이가 살고 있다고 했던 것을 떠올렸다. 실제로 소녀만화 속의 남자아이는 대개 작가가 이상적이라고 생각하는 남자아이인 경우가 많다. 그러므로 '너'를 그리라고 한 그림책의 지시를 보고 '이상적인 남자아이'를 그린 것은 전혀 이상할 게 없다. 마음속에 있는 것 또한 '너'의 일부로 볼 수 있다. 남자아이들 사이의 연애를 그린 BL(보이즈 러브Boy's Love)[2]이라는 만화 장르가 있는데, 이 장르의 남자아이들도 이와 유사한 것으로 볼 수 있다.

그리고 매년 이 학교에는 가면을 쓰고 있다가 마지막엔 벗는다는 식으로 이야기를 전개한 학생들이 많았다. 이 워크숍에 참여한 다양한 연령대 중 몇 명 정도는 가면을 쓰고 있다가 벗는 이야기를 쓰는 사람이 있었다. 물론 그것은 이야기로서 재미있다. 이러한 이야기는 융이 말한 '페르소나(가면)'라는 개념으로도 설명할 수 있다. 융에 따르면 모든 사람은 '가면'을 쓰고 있고 그 아래 감춰진 자신이 존재한다. 하지만 언젠가 가면을 벗고 가면 속의 자기와 가면 밖의 자기를 잘 맞출 수 있다면 좋다고 한다. 미시마 유키오[3]는 『가면의 고백』이란 독특한 소설을 썼는데, 기회가 있으면 읽어보길 바란다. 왜 많은 이들이 가면을 다루는지, 미시마 유키오가 『가면의 고백』에서 그린 가면의 의미와 어떤 점에서 같고 다른지를 해석해보면 재미있다. 미시마 유키오는 꽤 독특한 인물로서, 가면 속에 사실은 아무것도 없다고 하는 것 같기도 하다. 이런 관점도 꽤 재미있지만 여러분이 그린 '가면을 벗는' 결말이 각자에게 어떤 의미인지 생각해볼 필요가 있다.

이렇게 워크숍을 진행하다 보면 '이야기의 문법'을 구사하거나 심리학에서 말하는 '여자아이 마음속의 남자아이', '페르소나' 등의 개념으로 해석할 수 있는 이야기들이 튀어나온다. 앞에서 〈센과 치히로의 행방불명〉에 나오는 캐릭터인 '가오나시'는 발달심리학에서 말하는 '이행 대상'이라고 말한 것을 기억할 것이다. 이행 대상은 아이가 어른이 되는 과정에서 어머니나 아버지 대신 잠시 함께 있어주다가 어른이 되면 잊혀지는 존재를 말한다. 미야자키 하야오[4] 애니메이션에서 토토로나 지지, 가오나시 등이 그런 존재이다. 이런 내용을 가르치지 않았는데도 학생들이 만든 이야기에는 가오나시 같은 존재가 자연스럽게 등장하곤 한다. 이것도 정말 놀라운 일이다.

한편 필요 없는 존재는 전혀 나오지 않는 그림책도 있었다. 한 남학생의 작품은 딱 봐도 교복을 입고 있는 자신의 모습을 그린 듯했다. '너'는 어디로 가는 것인지 물었더니 "이시가키 섬"(오키나와에 있는 섬)이라는 구체적인 지명을 말했다. 또 그 학생의 작품에는 할머니와 키에 대해 대화를 나누는 대목이 있었는데, 거기서 말하는 키 또한 실제 자신의 키라고 했다. 이처럼 리얼리즘에 기반해 자신에 대해 정확히 그리는 것도 재미있다.

이렇게 작품을 살펴보는 와중에 여러분은 친구들의 작품을 보고 "아, 역시 저 친구는 이런 느낌의 친구였구나" 하고 생각하거나, "누구누구는 이런 느낌의 친구였구나"라고 의아한 느낌을 받기도 했을 것이다. 내가 생각하는 가장 놀라운 점이 바로 그것이다. 이 그림책은 반 정도는 이미 그려져 있고, 페이지나 스토리도 다 정해져 있다. 정해진 범위 안에서만 자유롭게 그리도록 함으로써 여러분을 '틀 안에 가둔' 것과 같다.

개성을 강조한다면 새하얀 종이를 주고 마음대로 그리라고 하는 것이 일반적이다. 그에 비하면 이 워크숍은 제약사항이 많다. 그럼에도 불구하고 모두 다른 이야기를 만들어왔다. 똑같은 내용 같지만 각자의 개성을 나타내는 표현이 살아 있다는 사실에 주목해줬으면 한다. 미술에서는 자유롭고 개성적인 표현이 중요하다고 하지만, 나는 새하얀 종이보다 일정한 제약을 가했음에도 전혀 다른 결과물이 나오는 것에 더 가능성이 있다고 생각한다.

그렇게 완성된 작품은 서로 전혀 다르지만, 본질적인 부분에서 조금씩 이어져 있다. 주제가 어딘가 겹쳐져 있다. 심지어 그것은 과거에 누군가가 어딘가에서 그린 이야기와도 닮아 있다.

예를 들어 '나'란 존재가 두 명이 되었다가 마지막에 한 명으로 돌아가는 내용은 르 귄의 『어스시의 마법사』[5]와 똑같다. 『어스시의 마법사』는 주인공 게드의 그림자가 도망쳤다가 여러 가지 모험을 겪고 하나로 통합된다는 내용이다. 그런 판타지 소설이나 아동문학의 주제 및 이미지와 유사한 작품들도 많다. 하지만 '표절'이라기보다는 작가가 이야기의 보편적인 구조를 발견했다고 보는 것이 맞다. 엄청난 일이다.

한편, 자신을 객관적으로 보고 그리는 표현 기법이 있다. 또는 '이상적인 남자아이'를 그리기도 한다. 그건 소녀만화 같은 남자를 그려내는 감성과 이어져 있다.

같은 그림책 키트에서 여러 가지 장르가 탄생하고, 서로 다른 표현이 나타난다. 그렇게 해달라고 부탁한 것도 아닌데 자연스럽게 그렇게 되었다. 아마도 이렇게 그려진 것 중에 여러분들이 가진 표현의 여러 가능성이 담겨 있으리라 생각한다.

이제 강의를 마무리 지어야 할 시간이다. 하나의 형식에 맞춰 이야기를 만들었지만, 각자의 이야기는 전혀 달랐다. 나는 그것이 한 사람 한 사람의 개성이라고 생각한다. 그럼에도 불구하고 여러분의 작품이나 세상에 존재하는 표현을 종합해보면 '동일한 요소'가 도출된다는 것을 알 수 있다. 그림동화, 일본신화 등 신화나 민담 책을 읽다 보면 비숫비슷한 이야기가 많다는 것을 알게 될 것이다. 혹은 미야자키 하야오의 애니메이션들이 비슷한 내용을 담고 있다는 생각이 드는 순간이 있을 것이다.

사람들은 흔히 '오리지널리티가 있는 작품'이라거나 '지금까지 보지 못했던 작품'을 만들고 싶다는 말을 하지만, 뭔가를 쓴다는 행위는 인간이 공통적으로 가지고 있는 무언가를 각자의 방식대로 반복해서 파헤치는 것이고, 그 공통된 것을 보다 확실하게 파헤치는 것이 작가의 힘이다. '같은 형식을 반복하는 것'과 '각각의 표현이 다르다'고 하는, 언뜻 보기엔 모순된 일이 동시에 발생한다. 그것을 둘 다 동시에 하는 게 바로 무언가를 표현하는 일이다.

오늘 느낀 놀라움을 좀 더 깊이 파고들고 싶은 사람은 이런 것을 가르쳐주는 학문이 세상에 많으니 대학에서도 혼자서 책을 읽든 어떤 식으로든 공부해보길 바란다. 그리고 이런 놀라움을 좀 더 체험해보고 싶다면 '이야기'를 계속 써보길 바란다. '이야기를 쓴다'는 것은 '작가가 되겠다'는 목적이 있어도 좋지만 자신의 삶의 '현재'와 '미래'를 성찰하는 데도 의미 있을 것이다. 이 그림책 키트는 그런 목표에 도움을 주기 위한 도구라고 생각하면 된다.

여기까지가 대략 고등학생을 대상으로 한 45분 워크숍의 1회분이다. 만약 올해 워크숍을 했더라면, 주인공이 두 명으로 갈라졌다가 다시 하나로 돌아오는 작품에 대해 무라카미 하루키의 신작 『색채가 없는 다자키 쓰쿠루와 그가 순례를 떠난 해』와 비슷하다고 얘기했을

194

것이다.

　이 고등학교에서의 마지막 워크숍은 동일본대지진 이후에 진행되었다. 당시 나와 담당 미술교사를 놀라게 한 것은 거의 모든 학생의 이야기가 본인으로 생각되는 '나'가 혼자 여행을 하는 내용이라는 점이었다. 사회적으로는 정 혹은 치유 등을 내세우며 힘을 주는 이야기가 흘러넘치고 있었지만, 고등학생들이 그린 이야기는 홀로 현실을 조용히 헤쳐나가는 내용이었다. 지진 이후 학생들은 그 누구를 위해서가 아니라 자신을 위한 이야기를 만든 것이다. 지진 이후 나 또한 누군가를 위한 이야기를 쓰는 데에 부정적이었다. 괴롭겠지만, 자신을 다시 일으켜 세우기 위한 이야기는 스스로 짜낼 수밖에 없는 법이다.

　이미 알아차렸겠지만 이 그림책은 '통과의례' 이야기라는 기본 구조를 따르고 있다. 지금까지 있던 장소에서 어딘가로 여행을 떠나고, 그리고 다른 존재가 된다는 이야기의 구조 안에서 '나'란 존재가 그 이야기를 경험한다는 형식이다. 사람이 성장해가는 과정을 그린 문학을 '빌둥스로망(성장소설)'이라고 하는데, 말하자면 이 워크숍은 자기가 자신을 위한 '성장소설'을 그리는 과정이다. 즉, 이 그림책은 자신이 만든 성장소설을 '살아가는' 그림책인 것이다.

/

저자 후기

/

『이야기 체조』를 시작으로 '이야기'와 '캐릭터'에 관한 책을 계속해서 출간했다. 몇 가지 이유가 있지만, 머지않은 미래에는 '나'라고 하는 골칫거리를 컨트롤하기 위한 '글쓰기 방법'이 매우 중요한 문제가 될 거라고 생각했기 때문이다. 그 시대는 웹web이 일상이 된 시대, 즉 현대를 말한다.

웹 시대 이전에는 '나'에 대한 '글쓰기 방법'을 필요로 하거나 고민하는 이들은 문학자나 예술가, 사상가 및 그 지망생 정도였다. 하지만 오늘날에는 누구에게나 '글쓰기 방법'이 필요해졌다. 작가 지망생이 늘어났다는 의미가 아니라 '살아가는 수단'으로서 '나'에 대해 '글쓰기 방법'이 필요해졌다는 말이다.

'나'에 대한 '글쓰기 방법'이란 '스스로 만드는 성장소설'을 말한다. '성장소설'이란 사람이 성장해가는 과정을 그린 이야기다. 근대문학사에 이런 소설이나 이야기는 무궁무진하다. 하지만 지금의 시대는 그것들을 '읽기'보다는 스스로 '쓰기'를 요구한다. '작가가 되기 위한' 목적이 아니라 '살아가는 수단'으로서 말이다. 저자 후기를 대신하여 이에 관해 좀 더 이야기해보겠다.

『이야기 체조』를 비롯한 여러 권의 책을 쓰면서 나는 두 가지를 밝혀냈다.

하나는 '나'라고 하는 것은 언문일치체란 마법의 단어를 통해 만들어진 캐릭터에 지나지 않는다는 사실이다. 반대로 말하면 이 방법을 통해 우리들은 어떤 모습의 '나'도 될 수 있다. 또 한 가지는 '이야기'에는 일종의 구조가 있고, 그것을 끝까지 파고들면 옛날이야기나 민담의 구조와 거의 비슷하다는 사실이다. 그러므로 '나' 대신 루크 스카이워커를 민담의 구조 중 하나인 '영웅 탄생 신화'(이 책에선 데즈카 오사무의 『도로로』에서 발견했던 패턴을 말한다)에 대입하면 조지 루카스의 영화 〈스타 워즈〉가 되고, 나카가미 겐지가 자신을 반영한 캐릭터를 대입시키면 '기슈 사가'라 불리는 문학이 된다. 즉, '캐릭터로서의 나'와 '이야기의 구조'를 조합함으로써 얼마든지 이야기를 만들 수 있다. 그렇게 만들어진 이야기는 대부분의 경우 '캐릭터의 성장 이야기'가 된다. 이 책은 그런 이야기를 쓰는 방식에 대해 큰 틀을 제시하고 있다.

교양소설의 구조와 자아실현

사람은 왜 이야기를 쓰려고 하는 것일까.

일단 '직업 작가가 된다'는 현실적인 목적은 제쳐두자. 그러고 나면 다소 진부하게 들릴 수 있지만, '자아 찾기'나 '자아실현' 같은 이야기의 목적이 드러난다. 여기서 말하는 '이야기'란 내가 얼마 전까지 근무했던 미대에서 지겹도록 들었던 '자기표현'과는 약간 다르다.

미대에서 말하는 '자기표현'이란 사진 전공 학생의 자화상처럼 자의식 과잉일 뿐이다. 이런 종류의 '자기표현'은 '자기주장'에 가깝고, '나'라는 존재를 세상에 주장하고 이해시키려는 목적을 가지고 있다(예술이라고 칭하는 것들 중엔, 자기가 얼마나 이해하기 어려운 존재인지를 작가 스스로가 내세우는 사례도 많아 더욱 성가시다). 소설에도 그런 자기표현에 천착한 작품들이 많다. 이런 작품들처럼 타인에게 이해받으려는 목적이 아니라, '나'의 위치를 확인하고 윤곽을 부여하기 위한 '나의 이야기'가 가능하다고 생각한다. 이 두 가지 방향은 일단 구별해두자.

'이야기의 구조'라는 것은 무척 골치아픈 것인데, 그 자체가 '자기실현의 과정'을 내포하고 있다. 융이나 프로이트가 신화 및 전설로부터 심리 치료 과정을 고안해내거나, 민속학에서 발견한 통과의례(어른, 즉 공동체의 구성원이 되기 위한 종교적 의례)와 민담의 공통점 등이 이런 점을 뒷받침한다. 신화학자인 미르치아 엘리아데Mircea Eliade[1]는 영화 등 대중문화나 근대소설에 이 '통과의례' 형식이 사용되고 있다는 사실에 주목한 바 있다.

여기서 정리를 좀 하고 넘어가자. '이야기의 구조'에는 '내가 되기 위한 과정'이 말 그대로 '구조'로서 들어 있다. 한편, 일본 근대 문학은 '내가 된다'는 문제를 '언문일치체로 나를 드러낸다'는 형식으로 일반화시켰다. 문제는 이 두 가지 형식이 혼재되어 있다는 점이다. 즉, '나'를 드러내면서 '나를 알아달라'고 쓰는 것을 '자아실현'으로 착각하고, '자아실현 이야기'를 '쓰는 방법'으로 일반화해버렸다는 뜻이다.

유럽, 특히 독일에서는 이 '내가 되는' 문제와 '통과의례적인 이야기의 구조'가 적절히 조화를 이루어 '교양소설(빌둥스로망)'이란 장르를 낳았다. 대표적인 작품으로 괴테의 『빌헬름 마이스터의 수업시대』와 속편인 『빌헬름 마이스터의 편력시대』가 있다. 토마스 만의 『마의 산』 같은 작품도 있지만, 가장 유명한 작품은 요한나 슈피리의 『알프스 소녀 하이디』이다. 사실 『알프스 소녀 하이디』는 『빌헬름 마이스터의 시대』에서 아이디어를 얻은 작품으로, 원제가 『하이디의 수업시대와 편력시대』이다.

빌둥스로망을 '교양소설'이라고 번역하는 이유를 『알프스 소녀 하이디』의 예를 들어 설명하자면, 하이디가 프랑크푸르트에서 독일적 '교양'을 익히는 과정을 통해 일종의 자기형성을 하는 구성이기 때문이다. 그런 내용이 소설에 확실하게 나타나 있다. 하이디는 클라라의 공부 친구로 도시에 왔는데, 로튼마이어 씨를 곤란하게 만든다. 이 부분은 애니메이션판에서도 자주 볼 수 있는 장면이다. 하이디는 처음에 읽고 쓰기를 전혀 익히지 못했지만, 클라라의 할머니로부터 신에게 기도하는 법을 배우고, 그리고—.

이런 일이 있은 지 일주일 정도 지난 어느 날, 선생님은 중대한 소식이 있다고 노부인에게 연락을 했습니다. 노부인은 선생님을 자기 방으로 불렀습니다.

"어서 오세요. 거기 앉으세요. 무슨 일인가요? 나쁜 일이 아니면 좋겠는데요."

"아뇨, 전혀 반대입니다." 선생님은 말을 꺼냈습니다. "전혀 생각도 하지 못하던 일이 일어났어요. 기적이라고나 할까요. 하지만 실제로 일어났어요. 게다가 정말로, 특별한 방식으로, 예상과는 전혀 반대로……."

"그 아이가 드디어 읽을 수 있게 된 건가요?"

노부인이 끼어들자, 선생님은 깜짝 놀라 노부인의 얼굴을 쳐다보았습니다.

"정말 깜짝 놀랄 만한 일입니다. 그렇게 고생하며 가르쳐도 ABC를 외우지 못했는데, 지금은 저렇게 알고 있어요. 마치 하룻밤 사이에 외운 것처럼요. 게다가 정확히 읽을 수도 있어요. 사모님이 이런 기적을 맞추시다니, 그것 또한 놀랍네요."

(『알프스 소녀 하이디』, 요한나 슈피리 지음)

하이디는 읽고 쓰기를 배우고, 책을 읽고, 바느질도 익힌다. 신앙을 포함한 교양을 습득한 것이다. 그리하여 성장한 하이디는 산으로 돌아갈 것을 허락받는다. 태어난 장소에서 떨어져 나와, 다른 장소(다른 세계)에서 교양을 익히고, 인간으로서 성장한다는 것이 교양소설의 기본 구조다. 『알프스 소녀 하이디』에서는 프랑크푸르트라는 도시가 바로 다른 세계이다. 교양소설의 성립 배경에는 독일 시민사회와 계몽사상이 있는데, 쉽게 말하자면 '시민'이라면 이 정도의 교양은 갖춰야 한다는 구체적인 기준이라고 할 수 있다. 즉, 어린이나 청년이 교양을 습득해가는 과정을 이야기의 구조에 끼워넣은 것이 바로 교양소설이다.

옛날이야기나 민담의 세계에는 어른이라는 기준이 있다.『빨간 모자』에서 늑대가 빨간 두건에게 "바늘 길을 갈래, 핀의 길을 갈래" 묻는 것은 '바늘 길'은 재봉으로 상징되는 여성으로서의 교양을 몸에 익히는 것, 즉 어른이 되는 길이고, '핀의 길'은 바느질을 하지 않고 핀으로 붙인다는 것으로 교양을 거부한다는 의미이다.『빌헬름 마이스터의 시대』나『알프스 소녀 하이디』에선 그런 교양을 근대의 교양으로 바꿔놓은 것으로 볼 수 있다.

교양소설이란 교양, 즉 구체적인 지식을 전달하는 목적을 가진 소설이 아니라는 점을 기억해야 한다. 어디까지나 독자가 이야기를 통해 '자기형성 과정'을 대리 체험한다는 것에 목적이 있다. 옛날이야기가 아이들에게 자기형성의 대리 체험 모델이었던 것과 마찬가지다. 그러므로 옛날이야기와 교양소설의 차이는 '어른이 되는 장소'가 숲이냐 프랑크푸르트냐 하는 것밖에 없다. 게다가 엘리아데가 지적했듯, 근대란 '어른의 기준'이나 '어른이 되는 장소'를 알아보기 힘들어진 시대이다.『빌헬름 마이스터의 시대』나『알프스 소녀 하이디』가 쓰여진 시대에는 그 틀을 '교양' 및 '사회'라고 부르려고 했었는데, 사실 그 기준이나 장소의 구체성보다도 '나'란 존재가 통과의례적인 이야기 구조를 살아가는 쪽이 대리 체험의 도구로서는 더욱 유효하다. 아직 읽어보지는 못했지만, 단언하건대 무라카미 하루키의 신작『색채가 없는 다자키 쓰쿠루와 그가 순례를 떠난 해』는『빌헬름 마이스터의 시대』형의 교양소설일 것이다. 아마도『빌헬름 마이스터의 시대』가 어떤 형태로든 바탕이 되었을 것이다. 덧붙여서 미야자키 하야오의 〈바람이 분다〉는 호리 다쓰오의 소설 『바람이 분다』를 바탕으로 했다고 하지만 실제로는 『마의 산』의 교양소설 구조를 답습하고 있다. 게다가 주인공이 휴양지 호텔에서 만나는 수수께끼의 독일인의 이름이 『마의 산』 주인공과 똑같지 않은가.[2]

이처럼 대리 체험을 하는 이야기는 과거엔 민담이나 옛날이야기, 근대 독일에서는 교양소설이 각각 그 역할을 맡았다. 하지만 일본에서는 나쓰메 소세키[3]의 『산시로』를 필두로 최근에는 무라카미 하루키 같은 몇 가지 예외가 있지만, 독일처럼 일정한 소설 장르로서 확립되지 않았다. 그 이유는 '언문일치체로 쓰여진' '나'란 존재가 지극히 개인적인 '나'일 뿐이기 때문이다. 일본 근대문학에서는 애초에 '나'를 보편화한다는 사고방식이 부족했다. 즉, 문학이 '보편적인 나 (말하자면 어른)가 되는 이야기'가 아니라, 작가인 '나를 알아달라'는 방향으로 흘러갔던 것이다. 그 결과 일본의 근대는 교양소설이 아니라 사소설이 주류가 되었다. 나쓰메 소세키는 교양소설 같은 작품을 많이 쓰기도 했지만, 무라카미 하루키도 말했듯이, 메이지[4] 시절에는 문학에선 방계였고 다야마 가타이 등의 사소설 쪽이 주류였다. 그렇기 때문에 '통과의례' 구조를 지닌 이야기는 강담속기본[5]으로 시작된 대중소설이나 서브컬처 등 '오락'으로 명맥을 이어왔다. 결국 '나를 쓰는' 것이 반드시 '자기형성'의 이야기 구조와 이어지는 것은 아니었다. 정통 문단에서 교양소설을 쓰지 않았다고 해도, 대중소설이 그를 대행해온 역사가 있었기에 큰 문제는 없었다. 드물지만 가지와라 잇키처럼 교양소설 같은 이야기를 쓰는 작가도 있었다.

하지만 웹의 등장으로 새로운 문제가 발생했다. '나에 대해 쓸' 기회를 누구에게나 동등하게 제공하는 인프라가 등장한 것이다. 민주주의 국가가 헌법으로 선거권이나 표현, 사상 등을 보장한다 하더라도 사상이나 표현(그것들도 또한 '나'의 속성 중 하나이다)을 발신할 인프라나 도구가 열려 있지 않으면 한낱 이념으로 남을 뿐이다. 웹 시대가 열리기 전에는 '나에 대한' 이야기를 발신하려고 해도 미디어에 글을 쓰는 기회는 '선택'된 자들에게만 열려 있었다. 자비출판이나 동인지도 존재했지만, 개인이 유통하는 데는 한계가 있었다. 그리고 자발적으로 일기를 쓰는 몇몇 사람들을 제외하고는 '나에 관해 쓴다'는 것은 학교 등에서 작문 시간을 통해 강제로 이루어지는 경우가 많았다. 하물며 제3자에게 '나'를 드러내는 것은 작가가 아니라면 무관한 일이었다.

그러나 웹이란 환경은 모든 사람에게 '나'에 대해 쓰고 발신할 수 있는 기회를 주었고, 실제로 오늘날 웹에는 무수한 '나'란 존재가 쓰여지고 있다. 하지만 이들이 쓰는 '나' 또한 '나를 알아달라'는 목적으로 '나'를 쓰는 것일 뿐, 자기형성을 위한 '쓰는 방법'은 없다. 즉, 이러한 웹상의 언어는 사소설의 친척일 뿐 결코 교양소설이 아니다.

'자신만의 성장소설'이 필요한 이유

나는 포스트모더니스트는 아니지만, 사람이 자아실현이나 자기형성에 대한 강요로부터 자유로울 수 있다면 좋겠다고 생각한다. 하지만 웹 시대 이후 자기계발서의 인기는 더욱 치솟고 있다. 그리고 학교에서 일했던 7년을 돌아보면 젊은이들뿐만 아니라 충분히 나이가 든 어른들까지 '나'에 대해 이래저래 고민하는 모습을 지겨울 만큼 보았다. 지금 이 시대는 전혀 포스트모던적이지 않다.

'나를 알아달라'는 언어는 도처에 넘쳐나지만, '나를 스스로 어른으로 만드는' 언어는 전혀 없다. 교양소설의 부재가 일본 문학의 특징이라고 한다면, 웹에서도 같은 일이 일어나고 있다는 뜻이다. 그러므로 모든 이가 '나'에 관해 쓰기 시작해버린 이상, '나를 알아달라'가 아니라 자신을 책임지겠다는 '나'의 '쓰는 방법', 즉 '각자의 교양소설'이 필요하다.

1980년 말 즈음에 벌어진 젊은이들의 범죄나 일탈 행위를 보고, '자기 스스로 행하는 통과의례가 아닐까'라고 생각한 적이 있다. 사람은 통과의례를 겪으며 일상으로부터 이탈하여 '임시 거처'에 틀어박히거나, 다른 모습으로 기묘하게 분장하거나, 한 번 죽거나, 누군가를 죽이거나 한다. 그 속에서 '나'를 찾는 것이다. 그것을 상징적으로 행하는 것이 민속학적 의례이고, 신화나 민담의 기능이다. 언젠가 무라카미 하루키가 자신의 소설에서 피를 흘린다는 것이 가지는 '상징'적 중요성에 대해 논했던 것과 같은 의미다.

매스컴을 떠들썩하게 만들었던 사건의 당사자들은 그런 의례를 실제로 행하고 실패한 것이 아닐까? 자신의 전생을 보러 가겠다며 다량의 진통제를 삼켜 자살을 기도한 여자아이들의 사건 등을 그런 관점에서 생각해보았던 기억이 있다. 세상을 떠들썩하게 만든 청소년 범죄자의 방에 쓰다 만 소설이 있는 경우가 많았다는 사실이 계속 신경 쓰이기도 했다. 그 소설 중 몇몇은 분명 '불완전한 교양소설'이었기 때문이다. '불완전한'이란 말을 붙인 이유는 소설을 잘 썼다 못 썼다가 아니라 그들이 그리려고 했던 '나'란 존재를 납득할 만한 '결말'로 이끌어가지 못했다는 인상 때문이다.

'불완전한' 이유는 앞에서 살펴본 것처럼 교양소설의 모델이 없다는 점, 그리고 '나에 대해 쓰는' 시대를 내다보지 못하고 '나'를 드러내는 방식 외의 '쓰는 방법'이 제시되지 않았다는 점을 생각해볼 수 있겠다. 본보기도 없고, 누구에게도 배우지 못하면 대부분 실패하기 마련이다. 그들은 '나를 알아달라'는 소설이 아니라 '내가 내가 되기 위한' 교양소설을 썼어야 했다. 우리 사회에 '나'란 존재를 일종의 '캐릭터'로 객관화하여 이야기의 구조에 배치해 '쓰는 방법'이 잘 알려져 있었다면 좋았을 것이다. 그게 바로 내가 '자신만의 성장소설'이라고 부르는 것이다. 말하자면 웹 시대에는 누구나 자신의 이야기를 설득력 있게 '쓰는 방법'을 필수 교양으로 갖춰야 한다.

하지만 근대에는 사람이 '자신만의 성장소설'을 준비하기 어려운 면이 있다. 엘리아데가 지적했듯 '어른 모델'의 부재와 '어른이 될 장소'의 부재이다. 간략하게 정리하면, 근대 이전의 사람들은 부모나 조부모와 같은 곳에서 태어나 같은 일을 하고 같은 인생을 살면 되었다. 살아가는 사회도 '동네'라는 형태로 매우 구체적이었다.

반면 근대에는 직업과 사는 장소가 '자유'이고, 심지어 성별도 선택 가능하다. 즉, 모든 문제는 '각자'에게 맡겨지며, 그러한 결정을 귀찮아하는 사람들도 자연스럽게 생긴다. 포스트모던에 대한 논의가 등장한 이후, 오히려 아버지나 어머니를 존경하는 젊은이가 늘어나고 세습이 긍정되는 경향이 생긴 것은 아마도 그런 이유일 것이다. 개인적으로는 기껏 사회와 계급이 유동화되기 시작했는데, 역행하는 모습이 탐탁지는 않다.

아무튼 자아실현이란 문제를 귀찮게 여기는 사람들에게 근대는 '국민'으로서의 '나'와 자아실현의 장소로서 '국가'를 제공했다. 역사적으로 '국민국가'가 성립되면서 사람은 '국민'으로서 '국가'에 태어날 것을 요구받게 되었다. 독일의 교양소설은 이러한 배경에서 '국민'을 만들기 위해 등장한 것으로 볼 수 있다.

현재 일본에서는 '일본인'과 '일본'을 통해 자아실현을 간편하게 하는 이들이 있는데, 이런 식의 자아실현에는 교양이 빠져 있다는 것이 문제다. 아베 총리의 페이스북에 댓글을 다는 것을 통해 자아실현을 하는 이들을 보면 뭐라고 말을 해야 하나 곤혹스럽다.

한편, 교양소설은 라이트노벨이나 애니메이션으로 대체되었고, 심지어 교양소설의 이야기 구조마저 파괴되어 있다. 이야기가 해체되어 있으니 포스트모던 같지만, 그냥 아무것도 몰라서 파괴된 것뿐이다. 더욱더 성가신 것은 해외의 포스트모더니스트가 이런 현상을 보고 마치 이야기에 대한 비판이나 저항으로 해석할 때다. 하이디가 독일적 교양으로서 익혀야 했던 수준의 교양조차 없는데, 애니메이션이나 오타쿠가 '일본의 교양'이라고 한다면 아무래도 한심하다.

어쩌면 교양소설 같은 건 없고, 그런 걸로 자아실현을 한다는 것은 불가능하다는 식으로, 포스트모더니스트처럼, 그런 건 '없다'고 말하는 편이 좋을지도 모른다. '나'도 '사회·국가'도 없다고. 하지만 그렇게 말해놓고서, 모리 오가이[6]처럼 '있는 것처럼' 행동하자는 니힐리즘(허무주의)에 도달할 수 있는 사람은 좀처럼 없다. 보통 사람들은 '나'나 '내가 있어야 할 사회'를 찾기 마련이다. 하지만 모든 것이 유동적이고 세계의 틀이 완전히 블랙박스에 들어 있는 것 같은 시대에는 '나'에 관한 '단순한 해답'은 존재하지 않는다. 하지만 웹이 지배하는 환경에서는 세상만사에 대해 '단순한 해답'을 씹어서 입에 넣어주기를 바라는 분위기다. '나'를 찾는 것이 잘못되었다기보다는 기성품처럼 '단순한 해답'에 '나'를 끼워 맞추려는 게 문제다.

내가 모든 이들에게 필요해질 거라 생각하는 '자신만의 성장소설'은 '내가 되어야 하는 모습'이나 '살아야 할 장소'의 정답을 제시하는 걸 말하는 게 아니다. 단지 그 과정, 구조를 경험하기 위한 것일 뿐이라는 사실을 냉정하게 이해해야 한다. 이것은 어디까지나 일종의 대증 요법에 지나지 않는다. 즉, '나라는 병'에 걸렸다면 '나를 알아달라'는 말을 늘어놓을 게 아니라 '자신만의 성장소설'을 통해 증상을 완화시키는 편이 좋다는 말이다. 일본의 근대만 봐도 메이지 36년(1903년) 후지무라 미사오[7]가 '나'에 대해 너무 고민한 나머지 닛코의 게곤폭포에 뛰어든 이후 쭉 '나라는 병'에 걸려 있다. 이제는 남이 쓴 '문학'을 통해서가 아니라 스스로 그 병을 치료해야 한다.

무라카미 하루키의 '문학'으로 족하다면 그래도 상관없다. 실제로 무라카미 하루키의 소설에는 통과의례 구조만 있고 캐릭터나 세계가 전부 추상적이기 때문에 스스로 교양소설을 만드는 것이 귀찮은 사람에겐 매우 적합하다. 이처럼 '책을 읽음으로써 해결되는' 사람은 행복한 편에 속한다. 하지만 웹 세상에 사는 한 결국 이런저런 방식으로 '나'에 대해 쓰게 마련이다. 그렇게 쓰다 보면 '나를 알아달라'는 욕구는 커지고, 불만도 적잖이 발생한다. '자신만의 성장소설 작법'을 교양으로 갖춰야 하는 이유다. 그 방법을 구체적인 매뉴얼과 도구로 제시한 것이 바로 『이야기 체조』와 『너는 혼자 어디론가 떠난다』이다.

『이야기 체조』를 필두로 여러 출판사에서 간행해온 '이야기'와 '캐릭터'에 관한 매뉴얼 책을 '생각하는 수단으로서의 이야기' 시리즈로 다시 묶어 세이카이샤에서 신서로 출간하게 되었다. 이 시리즈로 『캐릭터 소설 쓰는 법』, 『캐릭터 메이커』, 『스토리 메이커』 등 4권이 출간될 예정이다. 이 책들의 권말에는 초판 이후 써온 글들을 '보강'으로 추가 수록했다.

작례로 제시했던 제자들 중에 소설가가 된 사람은 아직 없는 듯하다. 몇몇은 SNS(소셜네트워크서비스) 게임을 만들거나, 일반 회사에 취직하거나, 혼자 문학 프리마[8]를 시작했다가 다른 사람에게 넘기고 요양보호사가 되었다는 소식을 들었다. 자기가 사는 지역 선거구의 후보자에게 인터뷰를 신청했다가 문전박대당하는 영상을 올려 화제가 되었던 '나베타(가명)[9]'도 제자 중 하나다. 대학생 제자들이 만화 신인

상을 받았을 때보다도 이들과 수업을 진행했던 시간들이 더 즐거운 추억으로 남아 있다.

'보강'에 인용된 워크숍은 학교명과 학생들의 이름을 모두 익명 처리했다.

주석

1강

1 사소설私小說 : 일본 근대소설에서 등장했던 하나의 경향으로서, 작가 자신의 체험이나 삶을 바탕으로 쓴 소설을 말한다. 본래 일본에서 만들어진 용어인데 한국에서도 일본의 한자어를 그대로 도입하여 사용하고 있다. 일본에서는 주로 1907년 다야마 가타이의 「이불」을 사소설의 시초로 보는 경우가 많고, 1910년대 이후 본격적으로 확립되었다고 보는 편이다.

사소설은 작가 자신의 체험을 바탕으로 했다고는 해도 완전한 논픽션은 아니고, 픽션으로 만들어진 것이라는 차이점은 있지만, 명확하게 어디서부터 어디까지만이 사소설이고 그 이상은 논픽션이라는 식의 구분점이 정의되어 있는 것은 아니다. 마찬가지로 서양에서도 자주 집필되었던 '자전적 소설'(자서전처럼 작가 본인의 체험을 소설로 쓴 작품)과의 구분도 실제로는 명확하지 않다. 또한 미시마 유키오의 『가면의 고백』(1949)처럼 훗날 작가에 대한 새로운 자료가 발견되면서 사소설이었다는 사실이 확정된 경우도 있었다. 따라서 사소설을 '일본 독자적인 장르'로 보는 것에 대해서도 최근에는 상당히 의문이 제기되고 있다.

2 야오이   : 남성 동성애를 소재로 한 만화나 소설을 가리키는 속어. 야오이라는 단어가 등장하기 이전에는 미소년물, 호모 만화, 탐미물 등의 용어가 있었고, 최근에는 '보이즈러브(BL)'라는 명칭이 일반적으로 쓰이고 있다. 국내에서는 1996년 PC통신 하이텔에서 역자 선정우가 아지마 슌(만화평론가 겸 코믹마켓 대표였던 요네자와 요시히로(1953~2006)의 필명)의 『만화&애니메이션 동인지 핸드북』(1993)을 인용하여 야오이의 어원을 '야마 나시(클라이맥스가 없음), 오치 나시(이야기의 결말이 나지 않음), 이미 나시(이야기의 주제가 없음)'의 약자라고 소개한 이후, 그 내용이 〈여성만화팬들의 '야오이물' 읽기—PC통신 만화동호회 회원들의 인터뷰를 중심으로〉(노수인, 1998년 언론학회 추계학술대회 발표) 등의 논문에 재인용되면서 널리 알려졌다.

야오이란 단어는 스토리에 필수적인 클라이맥스, 결말, 테마 등이 제대로 갖춰져 있지 못한 경우가 많은 동인지 만화 등에 대해 부정적인 뉘앙스로 사용했던 것으로, 동성애물이란 의미가 내포되어 있지는 않았다. 그러나 여성 취향 패러디 동인지의 전성기에, 캐릭터끼리의 성적 묘사를 그리고 있을 뿐 내용은 제대로 되어 있지 않은 동인지가 다수 등장하면서 여성 취향의 남성 동성애물 자체를 야오이라고 부르게 된 것이다. 1990년대에는 이미 야오이의 어원에 그런 부정적인 뉘앙스가 있었다는 것 자체가 잊혀진 채 장르 명칭으로 사용되기 시작했고, 2000년대에는 BL이 일반화되면서 더더욱 사용되지 않게 되었다. 한때 야오이는 2차 창작(패러디) 동인지, BL은 오리지널 만화·소설이라는 식으로 구분하는 경우도 있었다.

3 폴 오스터Paul Auster, 1947~ : 미국의 소설가. 뉴저지주 출신으로 1976년부터 소설을 발표했다. 한국에도 많은 작품이 번역되어 있다. 『유령들Ghosts』은 1989년 발표한 소설로 『뉴욕 3부작』에 실려 있다.

4 리카 인형   : 일본의 완구업체 다카라(현재의 다카라토미TAKARA TOMY)에서 1967년 발매한 인형 시리즈. 프랑스와 일본의 혼혈이란 설정의 '카야마 리카'라는 이름의 인형을 중심으로 프랑스인 아버지, 패션디자이너인 어머니를 비롯하여 언니, 여동생, 남자친구 등 여러 종류가 출시되었다.

5 오타쿠   : 1970년대 일본에 등장한 애니메이션, 만화, 게임 등 서브컬처의 팬을 지칭하는 용어. 이후 매스컴을 통해 널리 알려지면서 특정 분야에 몰두하는 사람을 지칭하는 단어로 쓰이기도 하며, 국내에서도 '마니아' 등과 함께 자주 사용되기 시작했다. 원래 일본어에 존재하던 2인칭 대명사 중 하나인데, 추후 '오타쿠'로 불리게 되는 사람들 사이에서 자주 사용되면서 그런 집단 자체를 지칭하는 단어가 되었다.

　　1983년 일본의 칼럼니스트 나카모리 아키오가 잡지 〈만화 부릿코〉에 실은 칼럼에서 만화, 애니메이션 팬에 대해 일종의 비하로 사용한 것을 계기로 '오타쿠'란 단어에 대한 멸시적인 감각이 일반화되기 시작했다. 그후 한때 오타쿠 범죄로 일컬어졌던 1989년의 도쿄·사이타마 연속 유아 살인사건으로 인해 범죄자 예비군으로 사회적 주목을 받기도 했고, 그에 대한 반론으로서 오카다 도시오 등의 평론가가 1990년대에 오타쿠란 존재를 긍정적으로 재평가하기도 했다.

　　2000년대에 접어들어서는 '모에'가 오타쿠 문화의 주요 요소로 주목받으면서 종래의 비평적 매니아로서의 오타쿠와는 일선을 긋는 일반화, 집단화가 이루어졌다고 보는 등 오타쿠란 단어의 정의와 사용 방식을 둘러싸고 일본 내에서도 오랜 기간 뉘앙스의 변화가 일어났다. 한국에는 1990년대 이후 PC통신 등 온라인을 통해 본격적으로 소개되었으나 일본 같은 뉘앙스의 변화가 그때그때 유입되지 않기에 일본과는 다른 결의 변화를 겪어왔다. 그로 인해 일본에서나 한국에서나 오타쿠에 속한다고 보이는 집단 내부에서 특히나 다양한 평가와 반응이 일어나는 민감한 단어라고 할 수 있다.

6 셀화 : 셀에 그려진 애니메이션 그림. 지금은 애니메이션이 거의 CG로 제작되고 있지만, 과거 애니메이션은 '셀'이라고 불리는 플라스틱 소재의 투명한 시트에 물감으로 그리는 것이었다. '셀'이란 명칭은 그 재료가 셀룰로이드여서 붙여진 것인데, 셀을 사용하여 그려진 애니메이션을 '셀 애니메이션'이라 하여 과거 애니메이션 제작 기법으로서는 가장

대중적인 방식이었다.

셀 애니메이션에서는 방식의 특성상 대량의 셀화가 만들어지게 된다. 작품을 만들어서 촬영까지 완료되고 나면 필름이나 테이프 형태의 완성본 외에 셀화는 필요가 없게 된다. 이렇게 수명을 다한 셀화는 애니메이션 잡지의 독자 선물이나 애니메이션 소프트 구매 시, 혹은 애니메이션 이벤트 등에서 증정하는 경우가 많았다. 작품에 참여한 애니메이터들이 개인적으로 소장하기도 했고, 심지어는 애니메이션 제작사가 초기에 팬들도 자유롭게 드나드는 분위기였던 곳이 많다 보니 훔쳐가는 경우도 발생하여 문제가 되기도 했다. 셀화의 가치가 높아진 이후에는 애니메이션 회사의 직영점에서 판매되기도 했다. 본문 중 셀화 수집 취미라는 것은 그런 측면에서 해석하면 되겠다.

7 TRPG : Tabletalk Role Playing Game의 약자. 참가자가 각자 자신의 역할role을 연기play하는 게임을 말한다. 처음에는 '테이블토크 RPG'라고 하여 일종의 보드게임처럼 참가자가 탁자에 둘러앉아 마치 연극처럼 캐릭터를 연기하는 형태였으나, 컴퓨터의 발달로 PC나 가정용 게임기에서 플레이할 수 있는 RPG가 유행하게 되었다.

8 동인지 : 동인(동호인同好人, 같은 취미를 가진 사람)이 모여 만든 책. '동인잡지'의 약칭으로 여러 명이 함께 만드는 형태라서, 한국 만화계에서는 초기에 '회지會誌'라고도 했다.

일본에서는 1980년대에 축구만화 『캡틴 쓰바사』가 붐을 일으키며 동인지 시장이 성장했고, 1990년대 이후에는 동인지 출신의 만화가가 늘어났다. 대표적인 사례로는 CLAMP(대표작 『카드캡터 사쿠라』), 코가 윤(『LOVELESS』), 오자키 미나미(『절애 -1989-』), 미네쿠라 가즈야(『최유기』) 등 여성 만화가들을 필두로, 아즈마 기요히코(『요츠바랑!』), 가키후라이(『케이온!』) 등 남성 만화가도 다수 등장했다. 반대로 프로 만화가가 동인지를 다수 출판하는 사례도 늘고 있다. 『바스타드!!』의 하기와라 가즈시 등이 대표적이다.

9 『성혼의 조커』 : 1993~1995년에 연재된 만화로 오쓰카 에이지가 원작을 맡고 아이카와 유가 그림을 그렸다. 1995~1997년에는 『신 성혼의 조커』라는 작품이 발표되었다. 만화, 소설, 드라마, 게임 등 다수의 매체로 미디어 믹스되었다.

10 룬 문자Runic alphabet : 게르만어를 표기하기 위해 사용되었던 고대의 문자 체계. 문자 하나하나를 '룬'이라고 부른다. 서기 1세기경 유럽에서 성립된 것으로 추측되는데, 이후 라틴 문자가 보급되면서 고대 문자로서 신비성을 갖게 되면서 주술이나 마법에 사용되는 문자처럼 여겨졌다. 그로 인해 현대의 판타지 작품에 특수한 능력이 있는 것처럼 등장하는 사례가 많다.

11 슈퍼패미컴Super Famicom : 닌텐도가 1990년 발매한 가정용 게임기. 1983년 발매되어 전 세계에서 약 6천만 대 이상 판매된 '패밀리 컴퓨터'라는 게임기의 후속기로, 전 세계에서 약 5천만 대 판매된 히트 게임기이다. '수퍼 마리오' 시리즈, '파이널 판타지' 시리즈, '드래곤 퀘스트' 시리즈, 〈스트리트 파이터 2〉 등 인기 게임이 슈퍼패미컴으로 발매되었다.

12 플레이스테이션PlayStation : 소니컴퓨터엔터테인먼트SCE에서 1994년 발매한 가정용 게임기. 전 세계에서 1억 대 이상 판매되었고, 그후에도 플레이스테이션 2, 플레이스테

이션 3, 2013년에는 플레이스테이션 4가 발매되었다. 휴대용 게임기인 플레이스테이션 포터블, 플레이스테이션 Vita 등도 존재한다.

13 〈드래곤 퀘스트〉 : 일본을 대표하는 컴퓨터 RPG(롤플레잉게임). 게임회사 에닉스(현재 스퀘어에닉스로 합병됨)에서 게임디자이너인 호리이 유지가 중심이 되어 개발했으며, 1986년 첫 번째 작품으로 발표했다. 스퀘어에닉스 측의 사업 개요를 보면 2013년까지 패키지 게임의 누적 출하수가 6200만 장(총 27작품 합계)이다. 한국을 비롯한 서양에서는 스퀘어가 출시한 〈파이널 판타지〉 시리즈가 대중적으로 인기가 높은데, 일본에서는 〈드래곤 퀘스트〉가 보다 대중적이다. 캐릭터 디자인을 만화 『드래곤볼』로 유명한 도리야마 아키라가 맡았다.

14 아카호리 사토루   , 1965~ : 일본의 애니메이션 각본가이자 소설가, 만화 원작자. 여동생이 만화가 오쿠야 가히로, 부인은 소녀만화가 기타가와 미유키이다. 1988년 TV애니메이션 〈왓츠 마이클〉 각본을 맡아 데뷔한 이후 〈천공전기 슈라토〉, 'NG기사 라무네&40' 시리즈(국내 제목 〈소년기사 라무〉), '세이버 마리오넷' 시리즈 등의 각본이나 원작을 맡았다. 게임 '사쿠라 대전' 시리즈, '라임색 전기담' 시리즈 등 게임 각본가로도 활동했다.

1989년 〈천공전기 슈라토〉의 노벨라이즈를 맡아 소설가로 데뷔한 이후 〈NG기사 라무네&40〉, 〈세이버 마리오넷 J〉, 〈사쿠라 대전〉 등 본인이 직접 참여한 애니메이션의 소설판을 집필했다. 만화 원작자로서도 주로 본인이 참여한 애니메이션 작품의 만화화(코미컬라이즈)에서 원작이나 원안을 담당했다.

특히 〈NG기사 라무네&40〉(1990), 〈폭렬 헌터〉(1993), 〈SM걸즈 세이버 마리오넷〉(1995) 등은 단순히 애니메이션을 소설화, 만화화한 것이 아니고 처음부터 아카호리 사토루를 중심으로 미디어 믹스 기획을 진행한 것이다.

만화적인 의성어, 의태어의 사용과 때로는 페이지가 텅 비어 보일 정도로 행을 띄우는 경우가 많은 독특한 문체를 사용하여, 일본어 위키피디아에도 '애니메이션용 각본을 그대로 소설로 만든 것이 아니냐'는 야유를 받았다고 나와 있다. 아카호리 사토루는 자신의 저서를 통해 이런 문체에 대해, 중고등학교에서 원래부터 책을 읽는 학생만이 아니라 평소 책을 읽지 않는 학생들까지도 끌어들이기 위한 방식이라고 밝혔다. 그런 의미에서는 '가볍다'는 수식어를 쓰고 있는 '라이트노벨'이란 용어, 그리고 '만화나 애니메이션 같은 소설'이란 정의에 가장 걸맞는 작품을 만든 것이 아닌가 하는 의견도 존재하는 등, 일본 라이트노벨계에서 찬반 양론을 낳았던 소설가이기도 하다.

15 스니커문고 : 일본의 출판사 가도카와쇼텐에서 간행하고 있는 라이트노벨 계열 레이블. 1987년에 가도카와 문고에서 독립 분류로 구분되기 시작하여 1989년 '가도카와 스니커문고'란 이름으로 정식 창간되었다. 처음에는 '기동전사 건담' 시리즈 등 소년 대상의 애니메이션 소설이 출간되다가 『로도스도 전기』(미즈노 료)의 등장을 기점으로 서서히 게임 및 판타지 계열 소설 작품이 늘어나기 시작했다. 지금은 미소녀게임(어덜트게임)을 원작으로 하는 작품도 다수 출간되고 있다.

16 '우정', '노력', '승리'는 일본의 만화잡지 〈주간 소년 점프〉의 슬로건이다. 〈주간 소년 점프〉 편집장 출신의 니시무라 시게오의 저서 『잘 있거라 내 청춘의 소년 점프』(아스카 신샤, 1994)를 보면, 〈주간 소년 점프〉에 연재되는 만화는 이 3가지 키워드 중에서 하나를 테마로 삼거나 관련된 내용이어야 한다는 원칙이 있었다고 한다. 이 슬로건은 〈주간 소년 점프〉의 전신이었던 월간 만화 잡지 〈소년 북〉에서 초등학생을 대상으로 실시한 앙케이트를 통해 결정되었다고 한다.

17 여기서 말하는 '이야기의 형태학'이란, 러시아의 학자 블라디미르 프로프가 1928년 발표한 저서 『민담 형태론Morphology of the Folktale』의 일본판 제목인 『옛날이야기의 형태학』에서 따온 것으로 보인다.

18 구조주의 : 1960년대에 등장한 현대사상의 하나로서, 세상의 모든 현상에 내재한 구조를 추출하여 그 현상을 이해하고자 하는 방법론을 말한다.

19 그레마스Algirdas Julien Greimas, 1917~1992 : 리투아니아에서 태어나 프랑스에서 활동한 기호학자. '행위자 모델'(행동자 모델, 행위소 모델 등으로도 번역된다) 개념을 창시했다.

2강

1 로런스 레식Lawrence Lessig, 1961~ : 미국의 법학자, 하버드대 법학 교수. '크리에이티브 커먼즈creative commons'를 제창한 것으로 잘 알려져 있다. 컴퓨터 소프트웨어의 특허 제도가 '오픈 소스'에 위협이 된다는 주장을 펼쳐, 지적재산권의 확대 움직임에 반대를 표하며 2001년 크리에이티브 커먼즈 재단의 발기인을 맡아 설립에 참여했다. 크리에이티브 커먼즈는 저작권자 본인이 자신의 저작물에 대해 저작권을 전부 유지하겠다는 'All rights reserved' 표기와 아예 퍼블릭 도메인으로 만들겠다(본인의 저작권을 포기하거나 주장하지 않겠다)는 주장 사이의, 일부 저작권만을 유지하겠다는 표시를 하는 것이다. 대표적으로는 저작권자를 표시할 것, 작품을 복제할 때 원작의 내용을 변경하지 않을 것 등을 요구하는 경우가 많고, 때로는 '비영리로 사용할 때에만 자유롭게 복제할 수 있다'거나 '자신의 원작을 사용해서 만든 작품도 마찬가지로 크리에이티브 커먼즈로 풀어야만 한다(즉, 복제품도 그 저작권을 주장해서는 안 된다)'는 등 약간 복잡한 규칙을 둘 수도 있다. 그런 각종 규칙에 대해 간편하게 표시할 수 있는 방법론을 제시한 게 바로 크리에이티브 커먼즈라고도 할 수 있다. 공식 사이트 lessig.org

2 퍼블릭 도메인public domain : 지적재산권이 발생된다고 여겨지는 저작물 등에 대해, 지적재산권이 애당초 발생하지 않았거나 소멸된 상태를 가리키는 용어. 특정 국가에서 외국인의 특정 지적재산권을 인정하지 않거나, 혹은 법적으로 보호되는 지적재산권의 보호기간이 지나 권리가 소멸된 경우 등이 있다. 또 처음부터 저작자가 자신의 지적재산권을 포기한 경우, 상속인 없이 권리자가 사망하는 등의 이유로 권리 귀속자가 없어져 버린 경우 등도 해당될 것이다.

3 데즈카 오사무手塚治蟲, 1928~1989 : 일본을 대표하는 만화가 겸 애니메이터. 1946년 4컷

만화로 데뷔한 후 1947년 『신보물섬』(사카이 시치마 원안)이 대히트하면서 인기 작가가 되었다. 1950년 『정글 대제』(국내 제목 『밀림의 왕자 레오』), 1952년 『철완 아톰』을 필두로 『리본의 기사』(국내 제목 『사파이어 왕자』), 『불새』, 『블랙잭』, 『유니코』, 『붓다』, 『아돌프에게 고함』 등 수많은 걸작을 내놓았다. 또한 1963년 자신의 작품을 원작으로 한 일본 최초의 연속 TV 애니메이션 시리즈 『철완 아톰』을 제작하여 현대 일본의 TV 애니메이션에 지대한 영향을 미친 애니메이터이기도 하다.

일본에서는 '만화의 신'이라고 불리며 많은 후배 만화가에게 존경을 받았다. 특히 동시대에 활동한 후배 만화가 후지코 후지오(『도라에몽』), 이시노모리 쇼타로(『사이보그 009』 『가면 라이더』), 아카즈카 후지오(『천재 바카봉』), 요코야마 미쓰테루(『철인 28호』 『바빌 2세』), 마쓰모토 레이지(『은하철도 999』 『우주전함 야마토』), 나가이 고(『마징가 Z』 『데빌맨』) 등 일본을 대표하는 원로 만화가들이 데즈카 오사무를 보고 만화를 그리기 시작했거나 그의 지대한 영향 아래 있었으니, '만화의 신'이라는 조금은 과장된 표현이 나온 것도 충분히 이해할 만하다. 다만 근래에는 일본에서 새로운 만화 연구가 많이 진행되면서, 데즈카 오사무가 현대 만화의 많은 기법(대표적으로는 '영화적 연출법' 등)을 창조했다는 설에 충분한 반론이 제기되었다. 그로 인해 아무것도 없는 상태에서 현대 일본 만화를 혼자 만들어냈다는 식의 '신화'는 무너졌다고 봐야겠지만, 그럼에도 일본 현대 만화사에 있어 가장 중요한 작가임에는 틀림없다.

4 가지와라 잇키梶原一騎, 1936~1987 : 일본의 만화 원작자 겸 소설가. 가지와라 잇키는 필명인데, 다카모리 아사오高森朝雄라는 필명을 쓰기도 했다. 대표작은 『거인의 별』(가와사키 노보루 그림), 『가라테 바보 일대』(쓰노다 지로·가게마루 죠야 그림), 『타이거 마스크』(쓰지 나오키 그림), 『사무라이 자이언츠』(이노우에 고 그림)가 있으며 다카모리 아사오로서의 대표작은 『내일의 죠』(지바 데쓰야 그림) 등이 있다.

5 〈라이온 킹〉: 1994년 미국 월트디즈니픽처스 사에서 제작한 애니메이션 영화. 아프리카 동물의 왕인 아버지 무파사의 후계자로 태어난 아기 사자 심바를 주인공으로, 그의 삼촌 스카가 심바를 덫에 빠뜨리고자 하는 과정과 그 역경에서 벗어난 심바가 마침내 아버지의 뒤를 이어 동물의 왕 자리에 오르는 모습을 그렸다.

큰 줄거리와 캐릭터 배치가 데즈카 오사무의 만화를 원작으로 TV애니메이션으로 만들어져 서양에서도 방영된 적 있는 〈정글 대제〉와 유사하다는 지적이 개봉 당시부터 있었다. 이에 일본에서도 만화가 사토나카 마치코를 중심으로 만화가와 관계자 등 488명이 서명한 질문장을 배급사 부에나비스타인터내셔널에 발송하면서 그 내용이 기사화되는 등 논란이 일었다.

이에 대해 월트디즈니에서는 디즈니의 전작 〈밤비〉와 셰익스피어의 희곡 『햄릿』(삼촌에 대한 복수극)의 영향을 받았을 뿐, 똑같은 아프리카를 배경으로 하다보니 비슷해질 수 있다는 식의 반론을 내놓았다고 한다. 이에 대해 데즈카 프로덕션에서는 "데즈카 오사무가 살아 있었다면, 자신의 작품이 디즈니에 영향을 미쳤다고 한다면 굉장한 영광이라고 말했을 것"이라는 성명을 내놓으면서 논란은 사그러들었지만 여전히 일본에서는 도작이라는 반응이 많다.

6 『정글 대제』: 데즈카 오사무가 1950~1954년에 발표한 만화. 아프리카의 정글을 무대로 레오라는 이름의 흰 사자를 중심으로 한 3대에 걸친 대하 드라마이다. 이 작품을 원작으로 한 TV애니메이션이 1965년, 1966년, 1989년에 제작되어 TV방영되었고, 1997년에는 극장용 애니메이션이, 2009년에는 단편 TV애니메이션이 제작되는 등 지금까지도 끊임없이 인기를 얻고 있는 작품이다. 한국에서는 〈밀림의 왕자 레오〉라는 제목으로, 서양에서는 주로 〈Kimba the White Lion〉이란 제목으로 방영되었다.
　　대본소 만화를 중심으로 오사카에서 활동하던 데즈카 오사무가 본격적으로 일본 전국을 대상으로 한 작품으로, 월간 만화잡지 〈만화 소년〉에 4년간 연재되면서 간판 인기작이 되었다. 이 작품의 사자 캐릭터가 일본의 프로야구 구단인 세이부 라이온즈의 마스코트로 채용되면서 대중적인 인지도를 높였다. 1977년부터 발행된 고단샤의 '데즈카 오사무 만화 전집' 전 400권의 제 1~3권이 바로 이 『정글 대제』다.

7 〈밤비Bambi〉: 미국의 애니메이션 감독이자 제작자인 월트 디즈니가 프로듀서를 맡아 1942년 개봉한 미국의 애니메이션. 감독은 데이빗 핸드. 원작은 1923년 발표된 오스트리아의 동물 소설 『밤비Bambi, ein Leben im Walde』. 숲속에 사는 아기 사슴 밤비의 성장 과정을 그린 작품이다. 2차 세계대전 중에 나온 작품이기 때문에, 일본에서는 종전 후인 1951년에 개봉되었다. 데즈카 오사무가 이 애니메이션을 보고 감명을 받아 1951년에 직접 대본소용 만화를 그렸는데(디즈니사의 허락을 받지 않고 무단으로 출판), 당시는 가정용 비디오도 존재하지 않았고 카메라도 일반적이지 못한 관계로 데즈카 오사무는 극장을 수십 번씩 다니면서 〈밤비〉의 내용을 한 장면 한 장면 전부 외워서 만화화했다고 한다.

8 오토모 가쓰히로大友克洋, 1954~ : 일본의 만화가 겸 애니메이션 감독. 1973년 데뷔 후 만화가로서의 대표작은 『동몽童夢』, 『AKIRA』(세미콜론, 2013), 감독을 맡은 애니메이션의 대표작으로는 〈AKIRA〉, 〈메모리즈〉(단편 연작 중 일부), 〈스팀 보이〉 등이 있다.
　　데즈카 오사무 이후 일본 만화계에서 가장 중요한 위치에 있다는 평가를 받으며, '오토모 이전'과 '오토모 이후'로 나뉜다는 말이 있을 정도이다. 치밀한 작화와 배경, 미화하지 않은 동양인적 캐릭터 조형 등 다양한 분야에서 오토모만의 독특한 만화 작풍을 만들어내며 우라사와 나오키, 요시다 아키미 등 만화가들에게 큰 영향을 미쳤다.
　　오토모 가쓰히로의 작품은 프랑스의 만화가 뫼비우스(장 지로)의 영향을 받았다고 알려져 있다. 애니메이션 분야에서는 월트 디즈니사의 초기 애니메이터 멤버였던 '나인 올드맨'의 영향이 컸다고 한다.

9 여기에 언급된 사례는 1998년 연애시뮬레이션 게임 〈두근두근 메모리얼〉(1994)의 제작사 코나미KONAMI가 이 게임의 성인용 패러디 동인 애니메이션을 만들어 1997년에 게임 매장 등에서 판매한 동인 작가를 고소한 사건을 가리키는 것으로 보인다. 일본에서는 만화책의 형태로는 성인물을 포함하여 다양한 패러디 동인지가 만들어지고 있다. 이 사건의 경우 동인지가 아닌 동인 애니메이션이 만들어졌고 그 애니메이션이 주간지에

소개되면서 화제가 되어버려서 제작사 측에서도 대응하지 않을 수가 없기 때문에 직접 고소에 이른 것으로 보인다. 최종적으로는 1999년에 해당 동인 애니메이션이 유사한 그림체로 인해 저작권을 침해한 것이 인정되어, 재고와 원본 테이프의 파기 및 손해배상 판결이 나왔다. 손해배상 액수는 어느 정도 삭감되었으나 해당 애니메이션을 통해 얻은 이익 전액 회수 및 추가로 배상액까지 물게 되었다.

10 『도로로』: 데즈카 오사무의 만화 작품. 1967년에 연재를 개시했으나 어두운 내용 탓에 연재 당시 독자들에게 환영을 받지 못하고 중단되었다가 1969년 다시 재개되었다. 하지만 그때도 완결되지 못한 작품이다. 그럼에도 불구하고 1969년 TV애니메이션으로 제작된 바 있다.

11 『망량전기 마다라』: 1987년 오쓰카 에이지가 원작을 맡고 다지마 쇼우가 그림을 그린 만화로, 이 작품을 필두로 '망량전기 마다라' 시리즈는 1990년대에 걸쳐 만화, 소설, 드라마CD, 게임 등 다수의 매체로 미디어 믹스되었다.

12 빌둥스로망Bildungsroman : 독일어로서 '교양소설', '성장소설' 등으로 번역된다. 주인공이 여러 가지 체험을 통해 내면적으로 성장하는 과정을 그리는 소설을 말하는데, 독일 철학자 빌헬름 딜타이가 괴테의 소설 『빌헬름 마이스터의 수업시대』(1796)를 비롯하여 그와 비슷한 작품들을 통칭할 때 사용하면서 널리 알려졌다. 교양소설의 대표작으로는 헤르만 헤세의 『데미안』, 토마스 만의 『마의 산』, 에리히 레마르크의 『서부전선 이상없다』 등이 꼽힌다. 최근에는 반드시 소설만이 아니라 영화는 물론, 만화 및 애니메이션에서도 유사한 작품을 다수 찾아볼 수 있다.

13 『블랙잭』: 데즈카 오사무가 1973~1983년에 연재한 만화. 데즈카 오사무의 후반기를 대표하는 작품이다. 의사 면허는 없지만 마치 신과 같다는 평가를 받을 만큼 뛰어난 외과 의술을 가진, '블랙잭'이란 별칭으로 불리는 의사의 활약을 그렸다. 1960년대 극화 붐이 일어나며 낡은 작가로 취급받던 데즈카 오사무를 다시 한 번 인기 작가로 자리매김하게 한 작품이자 지금까지도 그를 일본의 대표 만화가로 남게 만든 걸작으로 평가받는다.

14 후지와라 가무이藤原 , 1959~ : 일본의 만화가. 국내에는 인기 게임을 원작으로 하여 만든 『드래곤 퀘스트―로토의 문장』, 『드래곤 퀘스트―에덴의 전사들』, 『라이카』 등이 번역되어 있다. 여러 수작을 내놓아 일본에서는 높은 평가를 받는 작가이며 오쓰카 에이지 원작 만화인 『언러키 영맨』을 그리기도 했다.

15 이케가미 료이치池上遼一, 1944~ : 일본의 만화가. 대표작 『크라잉 프리맨』(고이케 가즈오 원작), 『생추어리』(후미무라 쇼 원작) 등은 국내에서도 유명하다. 일본을 대표하는 성인 대상의 만화가 중 한 명. 특히 『크라잉 프리맨』은 1996년 일본 측에서 기획하고 할리우드 영화사에서 제작을 맡은 실사 영화가 만들어져 국내에도 개봉된 바 있다.

16 미디어 믹스 : '원 소스 멀티 유즈'와 비슷한 의미로 통용되는 일본식 영어 신조어. 일본에서는, 주로 만화나 소설 등을 원작으로 삼아 영화, 애니메이션, 게임 등 영상물을 만들 때에 보통 미디어 믹스란 단어를 사용하곤 한다.

17 차크라chakra : 원, 바퀴를 뜻하는 산스크리트어. 고대 인도에서 만들어진 신비학적인 신체론의 일종이다. 힌두교의 요가에서 인체의 두부, 흉부, 복부에 원형의 빛나는 바퀴가 여러 군데 있다고 하여 수행에 사용한다고 한다. 또한 인도 불교의 탄트라 경전에도 차크라에 대한 언급이 있다. 일본에서는 과거『공작왕』등의 만화에서 몸 안의 차크라를 열면 일종의 초능력과도 같은 무술을 사용할 수 있게 된다고 하는 내용이 인기를 끌었다.『헌터×헌터』등의 만화에도 직접적으로 차크라를 언급하고 있지 않지만 비슷한 개념이 사용되고 있는 것을 볼 수 있다. 마치 한국 사회에서 무협소설이나 무협영화의 영향으로 소위 '내공'이나 '금강불괴'와 같은 용어가 유행하는 것과 마찬가지로, 한국과는 달리 중국계 무협소설의 영향이 거의 없는 현대 일본에서 내적이고 영적인 힘을 설명하기 위해 사용되는 개념이라고 할 수 있다.

18 히루코   : 일본신화에서 이자나기와 이자나미 사이에 태어난 최초의 신이다. 사지가 없는 불구의 몸으로 태어나 일어서지도 못했기 때문에 물에 떠내려보내졌다고 한다. 흘려보내진 히루코가 닿았다는 전승이 일본 각지에 남아 있다고 하는데, 히루코는 표착신으로서 에비스 신(칠복신의 하나)과 동일시되어 일본 각지에 널리 퍼져 있다고 한다.

19 블라디미르 프로프Vladimir IAkovlevich Propp, 1895~1970 :『민담 형태론』(1928)의 저자로서 러시아·구 소련의 학자. 대표적 저서인『민담 형태론』이 1958년 영어로 번역되면서 세계적인 인지도를 얻어 이후 구조주의의 선구적 존재로서 인정받게 되었다.

20 모모타로桃太郎 : 일본에 전래되어 오는 옛날이야기의 주인공. 모모타로를 소재로 한 이야기는 모모타로가 할머니에게 기비단고(기장으로 빚은 경단)를 받아 개, 원숭이, 꿩을 데리고 오니가시마로 도깨비를 퇴치하러 가는 내용이다.

21 일촌법사一寸法師 : 일본 옛날이야기에 등장하는 인물. 키가 1촌(약 3센티미터)밖에 되지 않아 '일촌법사'란 이름을 갖게 된 노부부의 아이가 무사가 되기 위해 길을 떠난다. 일촌법사는 잠시 신세 지게 된 곳의 딸이 도깨비에게 납치될 뻔한 것을 구하고 몸도 정상으로 커져 자신이 구해준 딸과 결혼해 잘 살았다는 내용을 담고 있다.

22 사이버펑크Cyberpunk : 1980년대에 유행한 SF의 하위 분류 혹은 장르의 일종. 대표적으로 영화 〈블레이드 러너〉(1982), 〈트론〉(1982), 오토모 가쓰히로의 만화『아키라AKIRA』(1982~1990), 윌리엄 깁슨의 소설『뉴로맨서』(1984), 일본 애니메이션〈메가존 23〉(1985), 영화〈로보캅〉(1987), 일본 애니메이션〈버블검 크라이시스〉(1987), 일본 게임〈스내처〉(1988), 기아 아사미야의 만화『사일런트 뫼비우스』(1988), 기시로 유키토의 만화『총몽銃夢』(1990~연재 중), 시로 마사무네의 만화『공각기동대攻殻機動隊』(1991~)와 오시이 마모루가 감독한 애니메이션판, 영화〈매트릭스〉(1999) 등을 사이버펑크로 분류하는 경우가 많다.

　1985년 미국의 SF잡지 편집자 겸 평론가이자 소설가이기도 한 가드너 도조와(국내에『갈릴레오의 아이들』등이 번역 출판되어 있음)가 새로운 경향을 가리키는 용어로 사용하면서부터 유행했다고 한다. 필립 K. 딕의『안드로이드는 전기양의 꿈을 꾸는가?』(1968), 토머스 핀천의『중력의 무지개』등을 사이버펑크의 탄생에 영향을 미친 작품이라고 평가하는 경우도 있다.

23 귀종유리담貴種流離譚 : 일본의 민속학자 오리구치 시노부(1887~1953)가 지적한 개념으로, 주인공이 특별한 혈통, 즉 '귀종貴種'이지만 어떤 상황으로 인해 부모와 고향으로부터 버려져 멀리 떨어져서 자라는 이야기를 가리킨다. 그리스신화의 오이디푸스, 헤라클레스, 혹은 늑대 젖을 먹고 자랐다는 로마 건국신화의 로물루스와 레무스 등이 이에 해당한다. 자세한 내용은『스토리 메이커』를 참조할 것.

24 근미래近未來 : '가까운 미래'를 뜻하는 일본식 용어. 보통 1980~90년대에 발표된 일본 SF만화나 애니메이션, 소설 등에서 2000년대 초반(21세기)을 배경으로 한 작품을 말하는 경우가 많다. 대표적으로 조지 오웰이 1949년 발표한 소설『1984』는 1984년을 배경으로 했다. 또한 1979년의 영화 〈매드맥스〉는 황폐해진 가까운 미래의 인류를 그렸고, 그 영향을 받아 1983년 연재 개시된 일본 만화『북두의 권』은 199X년이 배경이다. 1985년 방영된 TV 애니메이션 〈푸른 유성 SPT 레이즈너〉는 11년 후인 1996년이 배경이었고, 1995년 방영된 애니메이션 〈신세기 에반게리온〉은 20년 후인 2015년이 배경이었다.

25 〈신세기 에반게리온〉 : 1995년부터 1996년까지 일본에서 방영된 TV 애니메이션. 1990년대 일본 애니메이션을 대표하는 작품 중 하나로, 90년대 이후 일본에 새로운 애니메이션 붐을 일으킨 화제작이다. 애니메이션 제작사는 가이낙스GAINAX이고 감독은 안노 히데아키가 맡았다. 1997년부터 1998년까지 3편의 극장판 애니메이션이 제작·상영된 바 있다. 2007년부터는 리메이크 신작을 다시 만들고 있는데, 〈에반게리온 신극장판〉이란 제목으로 2012년 제3편 〈에반게리온 신극장판: Q〉가 나왔고 현재 완결편인 〈신·에반게리온 극장판: ‖〉가 제작 중이다.

26 주니어소설 : 소년소녀, 혹은 청소년을 대상으로 하는 소설을 뜻하는 일본의 용어. '라이트노벨'이란 단어가 유행하기 이전(1990년대 이전) 단계에 나온『크러셔 죠』(다카치호 하루카, 1977),『뱀파이어 헌터 D』(기쿠치 히데유키, 1983),『너무 멋진 재퍼네스크』(국내 제목『내겐 너무 멋진 그대』, 히무로 사에코, 1984) 등을 주니어소설로 불렀다. 1967년작『시간을 달리는 소녀』를 비롯한 쓰쓰이 야스타카의 SF소설 중에서 청소년 대상의 작품을 주브나일juvenile이라고 부르기도 한다.

27 호사카 카즈시保坂和志, 1956~ : 일본의 소설가. 1990년에 등단해 1995년 아쿠타가와 상을 수상했다. 국내에는 1996년 작품『계절의 기억』이 2010년 번역 출판되었다.

28 시마다 마사히코島田雅彦, 1961~ : 일본의 소설가. 호세이 대학 교수. 1983년 등단했으며 2010년부터 아쿠타가와 상 선고위원이 되었다. 대표작『무한 카논』3부작 시리즈 등이 국내에 번역 출판되었다.

29 일본어에는 한자가 존재하기 때문에 한국어보다 짧게 문장을 쓸 수 있는 편이다. 때문에 역자의 의견으로는, 한국 독자가 한국어로 요약문을 쓰고자 할 경우엔 2천자보다 좀 더 길어져도 되지 않을까 한다.

30 스사노오노미코토須佐之男命 : 일본신화에 등장하는 신. 일본 땅을 낳은 이자나기와 이자나미 신의 '3귀자' 중에서 태양신 아마테라스, 달의 신 쓰쿠요미에 이은 막내이다. 일

본 이즈모 지역(동해에 면한, 한반도에 가까운 지역)과 연관이 깊으며, 일본 최초의 단가(와카)라는 '야쿠모 다쓰'로 시작하는 시를 읊었다는, 문화의 신으로서의 모습도 갖추고 있다.

31 쇼와 천황이 죽지 않았다는 설정은 오쓰카 에이지 원작, 이토 마미 작화의 만화『저팬 JAPAN』(1993)에 등장한다. 세계대전에서 패배한 일본이 세계로부터 말살당한 시대를 배경으로, 살아남은 일본인들에 대한 멸종 정책과 일본 열도로부터의 강제 퇴거 이후 주인공 소년이 '세계에서 마지막으로 남은 순혈 일본인'이라는 사실을 알게 되면서 겪는 내용을 그린 '페이크 히스토리fake history'물이다.

32 오쓰카 에이지가 원작을 맡고 쓰쓰미 요시사다가 그림을 그린『도쿄 미카엘』을 말한다. 1992~1993년에 연재되었다가 미완으로 단행본도 출판되지 못했고, 2000년에 다른 잡지에 완결편을 실은 다음 권으로 단행본화되었다. 도쿄가 거대한 벽으로 둘러싸여 출입이 봉쇄되어 있다는 설정으로, 17세의 소년들이 '교사'라고 불리는 어른들과의 싸움에서 살아남고자 하는 과정을 그렸다. 18세가 될 때까지 살아남으면 벽 바깥으로 갈 수 있다고 하는 내용이다.

33 『봉오리 따기, 아이 쏘기芽むしり 仔擊ち』: 노벨문학상을 수상한 일본의 소설가 오에 겐자부로가 1958년에 출간한 장편소설이다. 태평양 전쟁 말기를 배경으로, 전쟁통에 산속으로 집단 소개된 소년들이 겪는 일을 그린 작품이다. 전염병이 퍼져 마을 사람들이 피난하게 되자 마을 입구가 봉쇄된다. 마을 안에 갇힌 소년들은 자신들만의 자유 왕국을 건설하려고 하지만, 다시 돌아온 마을 사람들에 의해 갇히게 되고 마을 촌장은 소년들에게 그들의 행패를 소년원에 알리지 않는 대신 자신들에게 전염병이 돌았다는 사실을 발설하지 말라고 강요한다. 처음에는 반발했으나 결국 차례차례 촌장에게 굴복해가는 소년들의 모습을 그렸다.

3강

1 하스미 시게히코蓮實重彦, 1936~: 일본의 불문학자, 영화평론가. 1997년부터 2001년까지 도쿄대학 총장을 맡았다. 1974년 비평가로 데뷔한 후 영화평론과 문예비평 분야에서 활동했으며, 번역가로도 잘 알려져 있다.『반 일본어론』(1977년 요미우리문학상 수상),『푸코, 들뢰즈, 데리다』(1978) 등의 저서가 있다.

2 이노우에 히사시井上廈, 1934~2010 : 일본의 소설가, 극작가, 방송작가. 1972년 나오키상, 1981년 일본SF대상, 1982년 성운상 등을 수상하고 2004년 일본 정부에 의해 문화공로자로 표창되었다. 1964년부터 69년까지 방영된 일본의 국민적 TV 인형극『횻코리 효탄섬(불쑥 표주박섬)』의 원작을 맡았다.

3 마루타니 사이이치丸谷才一, 1925~2012 : 일본의 소설가, 문예평론가, 번역가. 1968년 아쿠타가와 상, 1972년『오직 혼자만의 반란』으로 다니자키 준이치로 상을 받았다.『율리시스』(제임스 조이스)의 번역자이자 제임스 조이스 연구로도 알려져 있다. 아쿠타가와

상, 다니자키 준이치로 상, 요미우리 문학상 등의 선고위원을 오랫동안 맡았는데, 무라카미 하루키의 능력을 일찌감치 알아보고 데뷔작인 『바람의 노래를 들어라』를 군조신인문학상에서 격찬한 바 있다.

4 다카하시 루미코高橋留美子, 1957~ : 일본의 만화가. 국내에는 『란마 ½』, 『이누야샤』로 특히 유명한데, 1978년부터 1987년까지 발표한 첫 번째 장편만화 『시끌별 녀석들 ⎾᎐⎾᎐』은 1980년대 일본에서 '러브 코미디' 붐을 일으켰을 만큼 인기작이었다. 이 만화는 1981년 TV 애니메이션으로 만들어져 1986년까지 전 218화로 방영되었고, 극장판 애니메이션도 6편 제작되었다. 특히 극장판 1편 〈시끌별 녀석들: 온리 유〉와 2편 〈시끌별 녀석들 2: 뷰티풀 드리머〉는 오시이 마모루(대표작 〈기동경찰 패트레이버 the Movie〉, 〈공각기동대〉)가 감독을 맡았다.

5 아다치 미쓰루 ⎾᎐, 1951~ : 일본의 만화가. 1970년 데뷔 이래 발표한 『미유키』, 『터치』, 『러프』, 『H2』 등의 작품으로 국내에서도 유명하다. 다카하시 루미코와 함께 1980년대 만화잡지 〈주간 소년 선데이〉의 전성기를 대표하는 만화가였다. 1990년에 단행본 누적 발행부수 1억 부를 돌파했으며, 쇼가쿠칸 출판사에 따르면 자사에서 연재한 작가로서는 처음으로 2008년에 단행본 발행 2억 부를 돌파했다고 한다.

6 하기오 모토萩尾望都, 1949~ : 일본의 만화가. 1969년 데뷔하여 다른 여성 작가들과 공동생활을 하는 등 이후 '24년조'라고 불린 여성 만화의 새로운 무브먼트를 1970년대에 이끌어냈다. 대표작으로 『포의 일족』, 『토마의 심장』, 『11인 있다!』, 『잔혹한 신이 지배한다』 등이 있다.

7 나카가미 겐지中上健次, 1946~1992 : 일본의 소설가. 1965년 소설을 쓰기 위해 도쿄로 상경했으며 가라타니 고진으로부터 미국 소설가 윌리엄 포크너의 작품을 추천받아 큰 영향을 받았다. 결혼 이후 하네다 공항 화물 하적 등 육체 노동에 종사하던 중, 1976년 아쿠타가와 상을 수상했다. 그의 소설 다수는 일본의 혼슈 남단 태평양에 면한 기슈 지역의 구마노를 무대로 한 토착적인 작품 세계를 보여줬는데, 통칭해 '기슈紀州 사가'라고 하기도 한다. 나카가미 겐지는 일본의 피차별 부락 출신이기도 하다.

8 극화劇 : 만화의 한 종류로 일본에서 이름 붙여진 장르 명칭. 주로 성인 취향의 사실적 그림체와 스토리 중심으로 심각한 전개를 특징으로 한 만화를 극화라고 부르는 경우가 많다. 물론 장르 구분이 대개 그렇듯이, 명확하게 구분할 수 있는 것은 아니다. 다만 주로 아동 대상으로 판단되는 '만화'라는 기존의 명칭에 비해 성인을 대상으로 하겠다는 의지를 표현하는 용어라고 생각하면 될 것이다. '극화'란 명칭은 만화가 다쓰미 요시히로의 1957년 대본만화 작품에서 처음 사용되었다고 한다. 그후 1959년에 다쓰미를 비롯하여 『고르고 13』의 만화가 사이토 다카오 등 젊은 작가들이 모여 '극화공방'이란 모임을 결성한 후 그들의 활약으로 극화라는 용어가 정착했다고 한다.

9 요시모토 바나나 ⎾᎐, 1964~ : 일본의 소설가. 아버지가 일본의 유명한 비평가 요시모토 다카아키(가라타니 고진도 많은 영향을 받았고 비판도 했다)고 언니가 만화가 하루노 요이코다. 1987년 『키친』으로 신인 문학상을 수상하며 등단했고 대표작은 『티티

새』, 『N·P』 등이 있다.

10 가와카미 히로미川上弘美, 1958~ : 일본의 소설가. 1994년 등단해 1996년『뱀을 밟다』로 아쿠타가와 상을 수상했다. 2007년부터 아쿠타가와 상 선고위원을, 2011년 이후로는 다 니자키 준이치로 상, 미시마 유키오 상의 선고위원을 역임하고 있다.

11 퀘스트quest : 롤플레잉게임에서 수행해야 하는 하나의 단편적인 임무를 말한다. 보통 은 전체 게임 내에서 짧게 수행하게 되는 모험 시나리오인 경우가 많다. 국내에서는 TV 버라이어티 프로그램 등에서 '미션'이란 용어와 비슷한 의미라고 보면 되겠다.

12 호시 휴마 : 가지와라 잇키 원작, 가와사키 노보루 작화의 야구 만화『거인의 별』의 주 인공. 요미우리 자이언츠 선수 출신인 아버지가 어릴 적부터 투수로 훈련시키고, 마침 내 엄청난 노력 끝에 뛰어난 투수가 된다는 설정의 캐릭터.

13 『구로사기 시체 택배』: 이 책에서 처음 캐릭터 설정이 소개된 이후, 2000년에 오쓰카 에이지 원작, 야마자키 호스이 작화로 만화화되었다. 지금도 연재 중으로 단행본 17권 까지 누적 발행부수 160만 부를 기록했다고 한다. 이라크 전쟁, 라이브도어 사건, 베이 비박스 문제 등 시사에 관련된 소재나 도시전설을 바탕으로 한 오컬트 스토리가 주된 내용을 이루고 있다.

14 다우징dowsing : 지하수나 금맥 등을 찾아낼 수 있다고 하는 일종의 능력. ㄱ자로 꺾인 봉이나 추가 매달린 실 같은 것을 들고 돌아다니다가 그 봉이나 추가 저절로 움직이거 나 떨리는 것을 보고 수맥이나 광맥의 위치를 파악한다. 영화나 만화 등 각종 창작물에 자주 등장한다.

15 채널러channeler : 영계靈界나 신, 죽은 자, 우주인 등 상식적인 통신 수단으로는 교류가 불가능한 상대와 교신을 하는 사람.

16 엠버머embalmer : 시체를 방부 처리하는 사람. 고대 이집트에서 미라를 만드는 사람을 가리키는 단어이다. 'balm'은 식물에서 채취하는 '향유'를 뜻하는 단어인데, 고대에는 시 체 방부 처리를 주로 향유를 발라서 했기 때문에 만들어진 말인 듯 하다.

17 수해樹海 : 바다처럼 광대하게 펼쳐진 삼림을 뜻한다. 일본에서는 후지산 기슭의 아오 키가하라 지역이 '후지산 수해'라고 하여 유명한데, 나무가 너무 많아 사람이 들어오기 힘들기 때문에 자살의 명소로 유명하다.

18 이이다 조지飯田 治, 1959~ : 일본의 영화감독, 각본가, 소설가. 1989년 TV드라마 연출 각본가로 데뷔한 이후 1992년 〈나이트 헤드〉로 유명해졌다. 1994년 영화판 〈나이트 헤 드〉, 1998년 영화 〈링一라센〉의 각본과 감독을 맡았다.

19 오카노 레이코岡野玲子, 1960~ : 일본의 만화가. 1982년 데뷔했으며 대표작은『팬시 댄 스』(1984~1990), 『음양사』(원작 유메마쿠라 바쿠, 1993~2005) 등이 있다. 『팬시 댄스』는 1989년 〈쉘 위 댄스〉의 감독 스오 마사유키에 의해 영화화되었다. 오카노 레이코는 데 즈카 오사무의 아들인 데즈카 마코토의 부인이다.

20 보케와 쓰코미는 일본의 만담형 개그에서 사용되는 용어이다. '보케'란 먼 저 우스꽝스러운 말이나 행동을 하는 사람, 혹은 그 말이나 행동을 가리킨다. '쓰코미'란

파고든다는 의미로서 '보케'가 먼저 말한 우스꽝스러운 말이나 행동에 대한 반응을 뜻한다. 즉, 상대방의 우스꽝스러운 말이나 행동을 지적하거나 한 대 때리면서 "대체 무슨 소릴(무슨 짓을) 하는 거냐!"라는 식으로 대응해주는 것을 말한다. 한국식으로 표현하자면 일종의 '리액션'이라고 할 수 있겠다.

4강

1 후쿠다 가즈야福田和也, 1960~ : 일본의 문예평론가이자 학자. 게이오의숙대학 교수. 보수파 논객으로도 알려져 있다.

2 걸게임(갸루게　　　) : 'girl game' 혹은 'gal game'의 약칭으로, 여성 캐릭터가 다수 등장하여 플레이어가 그들과 게임 상에서 연애 관계를 맺는 것을 목적으로 하는 게임을 말한다. '미소녀 게임'이란 표현도 있으며, 국내에서는 '연애 시뮬레이션 게임', 서양에서는 'dating simulations'라는 단어를 쓰기도 한다.
  걸게임의 초기작으로는 1986년 발매된 〈몽환전사 바리스〉를 들 수 있으며, 그후 '프린세스 메이커' 시리즈, '졸업 ~Graduation~' 시리즈 등 육성형 시뮬레이션 게임이 등장했다. 1994년 〈두근두근 메모리얼〉의 발매로 걸게임이란 장르가 확립되었다고 할 수 있다.

3 노벨라이즈novelize : '소설화하다'라는 영단어의 뜻이 전용되어 영화나 드라마, 만화 등 타 장르의 작품을 소설화하는 것 및 소설화된 소설 자체를 가리키는 말로 사용되고 있다. 초기 라이트노벨에는 애니메이션을 노벨라이즈한 작품이 많았다. 참고로 만화화한 작품이나 만화화는 '코미컬라이즈'라고 한다.

4 코미케 : '코믹마켓Comic Market'의 일본식 약자. 코믹마켓이란 매년 여름과 겨울 도쿄에서 개최되는 세계 최대 규모의 만화 동인지 판매전으로, 1975년 제1회가 개최된 이후 2013년 12월 제85회가 열렸다.
  팬들과 각 대학의 만화 연구회(만화 동아리)가 모여 회지(이후의 동인지)를 판매하고 코스튬플레이(코스프레)를 즐기는 등의 소규모 모임으로 시작했으나, 1980년대에 접어들면서 〈우주전함 야마토〉, 〈기동전사 건담〉의 팬들이 모이기 시작했고, 만화 『캡틴 쓰바사』, 애니메이션 〈세인트 세이야〉와 〈사무라이 트루퍼〉의 여성 팬층이 본격적으로 패러디 동인지를 내면서 그 규모가 폭발적으로 성장했다. 이후 프로 만화가도 참가하기 시작하고 코믹마켓에서 동인지를 내던 아마추어들이 프로 만화가로 데뷔하는 등의 현상을 통해 일본 만화계에 있어서도 중요한 장소가 되었다. 코믹마켓에 대한 자세한 내용은 『코미케를 즐기다』(한국만화영상진흥원, 2012)를 참고하기 바란다.

5 〈포켓 몬스터〉 : 일본의 게임 시리즈로 출발해 애니메이션과 만화 등으로도 미디어 믹스되어 세계적으로 높은 인기를 끈 작품. 1996년에 최초의 게임판이 발매되었고, 1997년부터 TV 애니메이션판이 방송되었다. 국내에는 1999년에 애니메이션판이 TV 방영되면서 어린이들 사이에서 큰 인기를 얻었다.

6 유리 겔러Uri Geller, 1946~ : 이스라엘 출신의 자칭 초능력자. 1972년 미국에 초능력자

로 소개되면서 TV 등에 출연하게 되었다. 1974년 일본에서 유명한 '숟가락 구부리기'와 TV를 통해 염력을 보내 멈춘 시계를 다시 작동시키는 퍼포먼스를 선보여 초능력 붐을 일으켰다. 1980년대에는 한국에도 와서 화제를 일으켰다.

본문에 나온 재판 이야기는, 2000년 유리 겔러가 게임 〈포켓 몬스터〉에 등장하는 숟가락을 가진 초능력 몬스터 '윤겔라'가 자신의 이미지를 도용해서 만든 캐릭터라고 하여 제작사 닌텐도 상대로 6천만 파운드의 손해 배상 소송을 2000년 미국 로스앤젤레스 재판소에 제출한 사건을 가리킨다. 이 소송은 윤겔라 캐릭터가 일본에서만 사용되는 상품이라 미국 재판소에 관할권이 없다는 이유로 기각되었다.

7 2차 창작 동인지의 해적판 : 1990년대에 일본에서 헌책방이나 언더그라운드 물품을 많이 취급하던 상점에서 한때 '2차 창작 동인지의 해적판'이 판매된 적이 있었다. 2차 창작이란 동인지의 세계에서 패러디를 말하는데, 패러디 동인지는 원작을 무단으로 패러디하는 경우가 일반적이므로 태생적으로 저작권의 문제가 존재한다. 물론 실제로는 대부분의 일본 만화가 및 애니메이션 제작사가 패러디 동인지의 존재를 묵인하고 있지만 (당장 패러디 동인지의 거대한 산실인 코믹마켓에는, 기업 부스라고 하여 패러디된 작품의 원작을 내고 있는 출판사나 애니메이션 업체가 대거 참여한다), 법적으로는 회색 지대에 놓여 있다고 할 수 있다. 그 때문에 2차 창작 동인지의 작가가 본인이 만든 패러디 동인지의 저작권을 주장하기 힘들 것으로 여겨져서, 해적판을 만들더라도 큰 문제가 없을 것으로 판단한 듯하다.

8 저자 오쓰카 에이지는 대학 졸업 후 만화 잡지의 아르바이트 편집자로 근무하며 이시노모리 쇼타로 등 원로 만화가를 담당했다. 그후 정사원이 되었다가 다시 프리랜서 편집자로서 만화잡지 〈만화 부릿코〉의 편집장을 맡아 '오타쿠'란 단어를 유행시킨 논쟁을 벌이기도 했고, 오카자키 교코, 시라쿠라 유미, 후지와라 가무이 등을 발굴해내는 등 수완을 보였다. 1985년 창간된 〈월간 소년 캡틴〉에서는 지금까지 연재되고 있는 인기 만화 『강식장갑 가이버』의 초대 담당자를 맡기도 했다.

9 만화 원작자 : 만화의 스토리 작가. 만화에서 원작이라 함은 두 가지 의미로 통용된다. 하나는 만화의 스토리를 말하며, 인기 소설이나 애니메이션, 게임 등을 만화화한 경우 그 작품들이 원작이 된다.

두 번째로 만화가가 그림만 그리고(혹은 콘티까지 맡기도 한다), 스토리를 별도의 스토리 작가가 맡는 경우에 그 스토리 작가를 '만화 원작자'라고 부른다. 이 두 가시 경우는 전혀 다른 형태임에도 불구하고 일본 만화계에서는 똑같이 '원작'이라고 표기하기 때문에 주의할 필요가 있다. 예를 들어 이사카 고타로의 소설 『마왕』을 소년만화로 어레인지한 만화 『마왕 JUVENILE REMIX』란 작품이 있는데, 만화 단행본을 보면 '이사카 고타로 원작'이라고 써 있지만 실제로 이사카 고타로가 이 만화의 시나리오나 콘티를 만든 것이 아니라는 뜻이다. 만화판은 만화가가 이사카 고타로가 기존에 발표한 『마왕』 소설판을 보고 별도로 제작했을 것이다. (물론 이사카 고타로 본인이나 담당 편집자에게 시나리오 내용을 검토받기는 했을 것이다.)

반대로 저자 오쓰카 에이지는 『다중인격탐정 사이코』란 만화에 '원작'이라고 표기되어 있는데, 이 경우에는 오쓰카 에이지가 실제로 이 만화의 시나리오를 집필했다는 뜻이다.

10 '쇼와'란 일본의 쇼와 텐노(천황)가 즉위하고 있던 1925~1989년까지의 시기를 말한다. 즉, 쇼와 40년대라고 하면 쇼와 40년(1965년)부터 쇼와 49년(1974년)을 뜻한다.

11 〈기동전사 건담〉 : 1979~1980년에 방영된 일본의 TV 애니메이션이자, 최근까지 30년 넘게 이어지고 있는 '건담' 시리즈의 첫 번째 작품을 말한다. 종래의 로봇 애니메이션과 비교할 때 실제의 전장을 묘사하는 것처럼 밀리터리적이고 리얼리티가 강조된 내용으로 1980년대 이후 일본 애니메이션에 큰 영향을 미쳤다.

12 CLAMP(클램프) : 일본의 만화가 집단. 1967~69년생의 여성 4명이 CLAMP란 공동 필명으로 활동하고 있다. 1980년대 말에 2차 창작(패러디) 동인지 활동을 하면서 인기를 얻었고, 1989년 『성전 -RG VEDA-』를 통해 프로로 데뷔했다. 대표작으로는 『동경 바빌론』, 『X』, 『마법기사 레이어스』, 『카드 캡터 체리(사쿠라)』, 『쵸비츠』 등이 있다.

13 지바 데쓰야 　　. 1939~ : 일본의 만화가. 1956년 17세로 데뷔한 이후 일본을 대표하는 만화가 중 한 명으로 활약했다. 대표작은 권투 만화 『내일의 죠』(다카모리 아사오 원작/가지와라 잇키의 다른 필명) 등 다수가 있다.

14 J문학 : 현대적인 일본문학을 표현하고자 1990년대 후반 잠시 매스컴에서 유행했던 용어. 크게 파급되진 못하고 지금은 거의 사라진 듯하다. 1997년 아베 가즈시게의 『인디비주얼 프로젝션』 등이 발표되었을 때 그를 비롯한 신진 작가들에게 붙였던 문구였다.

15 에토 준江藤淳, 1932~1999 : 일본의 문예평론가. 2차 세계대전 이후 일본에서 특히 저명한 평론가로서, 일본문학의 다방면에 많은 영향을 끼쳤다. 보수파 논객이자 반미적인 사상가로도 알려져 있다.

16 이시하라 신타로石原愼太郎, 1932~ : 일본의 정치가이자 소설가. 1956년 대학 재학 중에 발표한 데뷔작 『태양의 계절』로 제34회 아쿠타가와 상을 수상했고, 이 작품은 즉시 영화화되어 '태양족'이란 유행어까지 낳으며 인기를 모았다. 그후에도 사회성 짙은 작품을 발표하다가 1989년 『NO라고 말할 수 있는 일본』이란 에세이를 일본기업 소니의 회장 모리타 아키오와 공동 집필하여 미국에서 비판을 받기도 했다.

17 교겐狂言 : 교겐에는 두 가지 뜻이 있다. 하나는 현재 교겐이라 할 때 일반적으로 사용되는 일본의 전통 예능의 하나를 말한다. 노能, 교겐 등이 일본을 대표하는 전통극이라 할 수 있다. 또 한 가지는 '가부키 교겐'이라 하여 가부키 그 자체를 뜻하는 단어이다. 여기에서는 가부키를 뜻한다고 보면 되겠다.

18 〈태평기太平記〉 : 일본의 고전 문학 작품 중 하나. 역사 문학 작품으로서, 일본 남북조시대(가마쿠라 막부와 무로마치 막부 사이, 1336~1392년 일본 황실이 둘로 갈라졌던 시기)를 무대로 하여 고다이고 천황 즉위, 가마쿠라 막부 소멸, 남북조 분열, 무로마치 막부 성립 등을 그렸다. 2차 세계대전 이후 일본에서 소설, TV 드라마 등이 다수 제작되었다.

19 〈오구리小栗・데루테照手〉 : 오구리 판관小栗判官은 일본 전설상의 인물로서 중세 이후 민간에 전승된 설화의 주인공으로 실존 모델이 존재했다고도 한다. 데루테 공주照手姫를

사모하여 결혼하고자 하지만 암살당하고, 공주는 끝까지 오구리에 대한 정절을 지킨다. 그러나 오구리가 지옥에서 돌아와 다시 살아나고, 데루테 공주의 도움으로 판관이 된다. 자신을 죽인 범인을 찾아 복수하고, 데루테 공주와도 무사히 만나 마침내 결혼에 이른다는 내용.

20 〈고다이고 천황 오키 섬 유배지〉: 고다이고 천황이 1332년 일본 오키 섬에 유배되었다가 탈출한 역사적 사건을 배경으로 삼은 가부키 작품으로 1699년 초연되었다고 한다.

21 유이 쇼세쓰由比正雪, 1605~1651 : 일본 에도 시대 전기의 군사학자. 1651년 게이안의 변을 일으킨 주모자이다. 게이안의 변은 무단정치를 하던 막부로 인해 무직(낭인)으로 내몰려 생활고에 쫓기게 된 사무라이(무사)들의 막부에 대한 불만으로 일어난 정변이다. 당시 무사들이 개인 학당을 차려 많은 학생들을 가르치고 있던 군사학자 유이 쇼세쓰를 지지하고 있었는데, 마침 도쿠가와 막부의 3대 쇼군이 병사하고 어린 아들이 4대 쇼군으로 오르게 되자 유이 쇼세쓰는 낭인을 구제하자는 목적으로 막부 전복을 꾀하게 된다. 하지만 계획이 누설되어 난은 실패하고 유이 쇼세쓰는 포위되어 자살했다. 이를 계기로 도쿠가와 막부는 무단정치를 중단하고 낭인 대책을 세우며 문치 정책을 표방하게 되었다.

22 블루칼라Blue collar : 작업복을 의미하여 각종 생산 현장의 작업원이나 서비스업, 즉 육체 노동 계열의 종사자를 가리킨다. 화이트칼라White collar는 와이셔츠의 옷깃, 즉 넥타이를 매고 데스크워크를 하는 사무직 종사자를 가리킨다.

23 슬립 : '타임 슬립time slip'에서 따온 표현으로 시간여행(타임 트래블)을 의미한다.

24 『고사기古事記』: 이자나기, 이자나미의 설화가 등장하는 일본의 신화적 역사서.

25 스티븐 킹Stephen King, 1947~ : 미국의 소설가. 대표작인 『샤이닝』, 「스탠 바이 미」, 『미저리』, 『리타 헤이워드와 쇼생크 탈출』(영화 〈쇼생크 탈출〉의 원작), 『그린 마일』 등이 영화화되어 큰 인기를 얻었다.

5강

1 아즈마 히로키東浩紀, 1971~ : 일본의 사상가이자 문화비평가. 도쿄대학 대학원 총합문화연구과 박사 과정을 수료하고 2012년 와세다대학교 문학학술원 교수를 거쳐 2014년 현재 출판사 '겐론'의 대표로 재직 중이다. 1993년 「솔제니친 시론」으로 평론가로 데뷔했고 이후 포스트모던에서 오타쿠 문화에 이르기까지 현대 사상에 대한 폭넓은 발언과 논고를 전개하여 주목을 받았다. 대표 저서로 『존재론적, 우편적 − 자크 데리다에 관하여』, 『동물화하는 포스트모던』(문학동네, 2007), 『퀀텀 패밀리즈』(자음과모음, 2011), 『게임적 리얼리즘의 탄생』(현실문화, 2012), 『일반의지 2.0 − 루소, 프로이트, 구글』(현실문화, 2012) 등이 있다.

2 『일식』: 히라노 게이치로가 1998년 발표한 중편 소설로 이듬해 제120회 아쿠타가와 상을 당시 최연소로 수상했다. 15세기 프랑스를 무대로 신학을 공부하는 승려가 겪은 체

험을 그린 작품인데, 히라노 게이치로 본인이 모리 오가이를 염두에 두었다는 회고적이고 현학적인 문체에 대해 논란이 있었다고 한다. 만 23세의 학생 작가로서(무라카미 류 이후 23년 만의 학생 수상) 귀를 뚫은 히라노 게이치로의 풍모까지도 매스컴의 주목을 받아 40만 부의 베스트셀러에 오르기도 했다. 비평가 아즈마 히로키는 〈소설 트리퍼〉 2000년 춘계호에서 이 작품이 순문학보다도 판타지소설, 만화, 애니메이션, 게임 등과 같은 엔터테인먼트 계열의 상상력을 내포한 작품이라고 지적한 바 있다. 본문에도 나와 있듯이 만화 『베르세르크』의 세계관이나 소설가 교고쿠 나쓰히코의 작품들, 일본의 유명 밴드 라르크앙시엘의 음악 등과 연관이 있는 것으로 보인다고 비평했다(아즈마 히로키, 『아즈마 히로키 컬렉션: 문학환경론집 L』, 고단샤, 2007).

3 『베르세르크』: 1989년부터 2014년 현재까지 연재 중인 미우라 겐타로의 만화. 중세 유럽과도 비슷한 분위기의 판타지 세계를 무대로, 사람 키보다 더 큰 거대한 검을 든 주인공이 복수를 위해 겪는 모험을 그렸다. 세밀한 그림과 뛰어난 스토리로 인기를 얻어 2002년 데즈카 오사무 문화상 우수상을 받았다. 1997년에 TV 애니메이션, 2012년에 극장판 애니메이션이 제작되었다.

4 교고쿠 나쓰히코京極夏彦, 1963~ : 일본의 소설가. 요괴소설을 많이 쓰며 『우부메의 여름』, 『망량의 상자』, 『철서의 우리』 등 대표작 대부분이 국내에 번역 출판되어 있다.

5 사토 아키佐藤亜紀, 1962~ : 일본의 소설가. 대표작으로 『천사』, 『미노타우로스』 등이 있다. 히라노 게이이치로의 대표작 『일식』(1998)에 대해, 자신이 1993년에 발표한 『거울의 그림자』와 유사하다는 주장을 했는데, 받아들여지지 않자 출판사 신초샤로부터 판권을 전부 회수했다. 히라노 게이이치로는 블로그를 통해 사토 아키의 소설을 읽은 적이 없으며 누명이라고 밝혔다. 사토 아키는 이에 대해 두 소설의 플롯을 나열하면서 일치한다고 다시 한 번 주장하고, 플롯의 차용 자체는 문제가 없으나 누명을 썼다는 식으로 거짓말한 것이 문제라고 비판했다.

6 안노 히데아키庵野秀明 : 일본의 애니메이션 영화감독. 가이낙스의 영상기획 담당이사였으나, 2006년 본인을 중심으로 한 애니메이션 제작회사인 주식회사 카라를 설립하여 대표이사 사장으로 취임했다. 부인은 『해피 매니아』, 『슈가슈가룬』 등의 작품으로 국내에도 유명한 만화가 안노 모요코이다. 오사카예술대학에 재학 중이던 1981~1983년에 만든 아마추어 제작 애니메이션을 일본SF대회에서 발표하여 마니아들 사이에서 화제를 모았다. 당시 만든 애니메이션은 〈DAICON FILM〉이란 이름으로 알려져 있는데, 이때의 인연으로 동료인 야마가 히로유키(〈왕립우주군: 오네아미스의 날개〉 감독, 현 가이낙스 사장), 아카이 타카미(게임 〈프린세스 메이커〉 제작자, 전 가이낙스 사장) 등과 함께 애니메이션 제작사 가이낙스 설립에 참여하게 된다.

학교를 그만두고 극장용 애니메이션 〈바람 계곡의 나우시카〉(1984)와 〈초시공요새 마크로스: 사랑, 기억하고 있습니까〉(1984)에 애니메이터로 참여했고, 1988년 비디오용 애니메이션 〈톱을 노려라! -GUNBUSTER(건버스터)〉로 감독으로 데뷔했다. 1990년에는 〈신비한 바다의 나디아〉(1992년 한국 방영)를 통해 처음으로 TV애니메이션의 감독을 맡게 되었으며, 1995년 방영된 〈신세기 에반게리온〉으로 세계적인 화제를 모았다. 1997년 〈에반게리온〉의 후속작인 극장용 애니메이션을 발표하고, 1998년에는 첫 실사영화 〈러브&팝〉을 만들었다. 2007년부터 〈에반게리온〉의 새로운 버전인 〈에반게리온 신극장판〉 시리즈를 만들고 있는데, 2012년에 최신작 〈에반게리온 신극장판: Q〉이 개봉되었다.

7 하나이치몬메　　 : 일본 어린이들의 놀이이자 그 놀이에서 부르는 동요를 가리키는 말. '하나'는 꽃, 이치몬메에서 '몬메'는 무게의 단위인데 돈을 뜻하기도 한다. 직역하자면 '꽃 한 움큼' 혹은 '꽃 한푼어치' 정도가 되겠다. 아이들이 두 편으로 나뉘어 서로 앞으로 왔다 뒤로 갔다 하면서 "이겨서 기쁜 꽃 한 움큼 / 져서 아까운 꽃 한 움큼 / 쟤를 보내줘 / '쟤'라고 하면 누군지 알 수가 없어 / 상담해보자 / 그러자"라고 노래를 부른다. 그리고 서로 내기(뭔가를 하도록 한다거나 가위바위보를 하는 등)를 해서 진 편의 아이 중 한 명이 이긴 편으로 간다. 그렇게 해서 최종적으로 아이가 아무도 남지 않은 편이 진다는 내용이다.

8 '엄마 없다' 놀이 : 원어 표현은 '이나이 이나이 바아(　　　　)'. 아이를 어르는 행동으로 아이 앞에서 본인의 얼굴을 두 손으로 감추고 '없다 없다(이나이 이나이)'라고 말한 다음 '바아'라는 말과 함께 얼굴을 드러내어 아이한테 보여준다.

9 야만바山姥 : '야마우바'라고도 하는 깊은 산 속에 산다는 일본의 귀녀鬼女, 특히 노파를 말한다. 밤중에 산 속을 헤매는 여행자에게 잠자리와 식사를 내주는 깨끗한 부인의 모습이었다가, 여행자가 잠든 후에 잡아먹는다는 옛날이야기가 전해지고 있다.

10 소데나시袖 : '소데나시 하오리'란 일본 전통 의복의 약칭으로 소매 없는 웃옷이다. '창창코'라고도 한다.

11 우바카와姥皮 : 일본 옛날이야기에서 몸에 걸치면 노파의 모습이 된다고 하는 상상 속의 옷을 말한다. 입으면 추악한 노파이지만 벗으면 다시 본래 모습으로 돌아간다.

12 가라타니 고진柄谷行人, 1941~ : 일본의 철학자, 사상가, 문예평론가. 1969년 일본의 소설가 나쓰메 소세키를 주제로 쓴 평론이 제12회 군조 신인문학상을 수상하며 문예비평가로 데뷔했다. 1970년대에 하스미 시게히코와 함께 일본 사상사의 중요한 역할을 했다. 이후 1980년대 아사다 아키라『구조의 힘』이 베스트셀러가 되면서 시작된 일본의 '현대사상 붐'(뉴 아카데미즘)의 기반을 닦았다고 평가받는다.

6강

1 쓰게 요시하루 義春, 1937~ : 일본의 만화가. 1955년 18세로 데뷔한 후 주로 대본만화에서 활동하다가 만화 잡지 〈가로〉 등에서 활동했다. 대표작은 『이씨 일가』, 『나사식』, 『무능한 사람』 등 단편 작품이 많다. 영화나 TV 드라마로 만들어진 작품도 많다.

2 오타쿠적 교양 : 일본에서 보통 오타쿠 문화로 통칭되는 만화, 애니메이션, 게임, 특촬물(특수촬영 기법을 사용하여 만든 괴수나 히어로가 등장하는 실사영화 및 TV드라마) 등에

대해 기본적으로 갖춰야 할 소양(?)이라는 식으로 과거 일본 오타쿠들 사이에서 인정받던 지식들을 말한다. 일본이 아무리 만화의 나라, 애니메이션의 나라라고는 해도 일반 대중이 보는 만화·애니메이션 작품과 오타쿠가 보는 작품 사이에는 괴리가 있었다.

예를 들어, 일반 대중은 TV에서 방영되지 않는 애니메이션은 기본적으로 거의 보지 않기 때문에 〈사자에 씨〉나 〈도라에몽〉은 유명 작품이지만 극장에 가서 돈을 내고 표를 사야 볼 수 있는 극장판 애니메이션은 그렇지 못하다. 1990년대 중반 이후 미야자키 하야오 감독의 〈원령 공주(모노노케 히메)〉가 대히트하면서 스튜디오 지브리 작품이 극장판이면서도 어느 정도 대중성을 획득하게 되지만, 〈바람 계곡의 나우시카〉, 〈천공의 성 라퓨타〉 등은 전혀 히트하지 못했고 〈이웃집 토토로〉조차도 개봉 당시에는 그리 큰 히트를 치지 못했다(개봉한 해에 영화 흥행순위 10위권에도 들지 못했다). 특히 오시이 마모루 작품(〈기동경찰 패트레이버〉 극장판, 〈공각기동대〉 등)이나 오토모 가쓰히로 작품(〈AKIRA〉, 〈메모리즈〉 등) 같은 경우에는 인기가 전혀 없었다. 하지만 대중성은 없더라도 "오타쿠라면 이 정도 작품은 봐줘야 하지 않겠는가"라는 식의 반응을 마니아들 사이에서 이끌어내었던 것이다. 꼭 극장판 애니메이션만이 아니라 TV애니메이션 중에서도 대중적으로는 큰 인기를 얻지 못했으나 업계, 혹은 마니아들 사이에서 평가가 높은 작품은 존재했다.

만화도 마찬가지로, 매주 몇백 만부씩 팔리는 주간 소년 만화잡지(〈주간 소년 점프〉, 〈주간 소년 매거진〉, 〈주간 소년 선데이〉 등)나 성인이나 청소년 대상 잡지 중에서도 인기가 높은 잡지(〈주간 모닝〉, 〈주간 영매거진〉, 〈주간 빅코믹 스피리츠〉 등)를 제외한 다른 매체에 실리는 만화는 대중적으로 전혀 알려지지 못했다. 예를 들어 국내에서는 이상할 만큼 인기가 높았던 작품을 많이 실었던 〈월간 애프터눈〉(〈아앗 여신님〉, 〈무한의 주인〉을 필두로, 〈건스미스 캣츠〉, 〈나루타루〉, 〈현시연〉 등등) 같은 잡지는, 일본에서는 주간지에 비해 몇십 분의 1밖에 팔리지 않아 일반인은 사실상 전혀 읽지 않는 잡지였다. 하지만 마니아(즉, 오타쿠)들 사이에서는 평가가 높은 잡지였다.

3 만다라케 : 일본의 만화와 오타쿠 관련 상품 중심의 중고서점.

4 대본만화 : 일본과 한국에서 유행했던 만화 매체의 일종. 통칭 '만화가게'(대본소)에 비치되어 있는 만화를 독자들이 찾아가서 읽는 형태가 많았는데, 대본만화는 그런 대본소용으로 만들어진 만화이다. 국내에서는 아동용 만화잡지가 성행했던 1980년대까지 대본만화가 한국만화계의 주류 중 하나였다. 일본에서는 주간 만화잡지가 본격화된 1970년대 이후 거의 사라졌다. 데즈카 오사무 등도 초기에는 대본만화계에서 활동했다.

5 만화카페 : 일본에서 1980~90년대 이후 널리 성행한 만화 관련 업태. 1970년대 이후 거의 소멸된 만화 대본소가 현대적으로 부활한 것이라고도 할 수 있다. 2000년대 이후로는 PC방과 결합되어 널리 퍼졌다.

6 〈러브&팝〉 : 무라카미 류 원작 소설을 〈신세기 에반게리온〉의 안노 히데아키 감독이 실사영화로 만든 작품. 애니메이션 감독이 실사영화를, 그것도 일본의 유명 소설가 무라카미 류의 소설을 영화화한다는 것이 당시 큰 화제를 모았다.

7 우치다 슌기쿠内田春菊, 1959~ : 일본의 만화가, 소설가, 에세이스트. 만화의 대표작은『미나미 군의 연인』(1986년 「가로」 발표)이 있으며, 1993년 발표한 첫 소설『파더 퍼커』는 베스트셀러가 되었다.

8 아사다 지로浅田次郎, 1951~ : 일본의 소설가. 대표작『철도원』이 1999년 영화화되어 국내에도 잘 알려져 있다.

9 가사이 젠조葛西善藏, 1887~1928 : 일본의 소설가. 1912년부터 본격적으로 작품을 발표했는데 대부분의 소설이 본인의 경험을 토대로 가난과 곤궁을 진술하게 그려낸 사소설이었다.

10 가와사키 초타로川崎長太郎, 1901~1985 : 일본의 소설가. 자연주의 소설가 도쿠다 슈세이德田秋声에게서 평가를 받아 등단했다. 1935년 제2회 아쿠타가와 상 후보, 1977년 제25회 기쿠치 간 상을 받았다.

11 다야마 가타이田山花袋, 1872~1930 : 일본의 소설가. 일본 교과서에도 실려 있는 일본 자연주의파의 대표작「이불」의 작가. 민속학자 야나기타 구니오 등과도 교류했다.

12 야나기타 구니오柳田國男, 1875~1962 : 일본의 민속학자. 일본 민속학의 기틀을 다진 인물로 평가받고 있다. 1913년 잡지 〈향토연구〉를 간행했고, 1924년에는 케이오의숙대학 문학부 강사로 민간전승에 관한 강의를 맡았다. 1910년에 발표한 설화집『도오노 이야기』는 지금까지도 일본 민속학의 기초를 만들어낸 저서로 평가받고 있다.

13 호리 다쓰오堀辰雄, 1904~1953 : 일본의 소설가. 2013년 미야자키 하야오 감독의 애니메이션 〈바람이 분다〉는 호리 다쓰오의 소설『바람이 분다』의 내용 일부를 차용하고 일본의 비행기 설계사 호리코시 지로의 인물상을 결합시켜 만든 작품이다.

14 쇼지 가오루庄司薰, 1937~ : 일본의 소설가. 1958년 본명인 후쿠다 쇼지라는 이름으로 신인상을 수상하면서 등단했다. 1969년 '쇼지 가오루'란 필명을 사용하여『빨간 모자 양 조심하세요』를 발표하여 제61회 아쿠타가와 상을 받았다.

15 단카이 세대 : 일본 사회에 있어서 1차 베이비붐, 즉, 1947~1949년 사이에 태어난 세대. 3년간 약 800만 명 이상이 태어났다. 2차 세계대전 패전 직후에 태어났고, 문화 면에서나 사상 면에서나 '전후 세대'로서 특징지어진다. 일본의 고도 경제성장, 버블경제, 잃어버린 20년 등을 세대 경험으로서 공유하고 있으며 격렬한 학생운동을 펼친 세대이기도 하다.

16 '삼파'는 3파전학련, '민청'은 일본민주청년동맹의 약자. 둘 다 일본 학생운동의 파벌 이름이다. 전학련은 '전일본 학생자치회 총연합'으로 1948년 결성된 조직인데, 일본 145개 대학 총학생회가 연합하여 생겨났다. 학생운동 조직인 소위 '전공투'(전학공투회의)도 전학련 주류 사이에서 결성된 것이고, 1960~70년대 일본의 소위 '안보투쟁'을 비롯하여 일본 학생운동의 중심적 조직이었다. 1960년대 후반 3개의 큰 조직이 연합하여 3파전학련이란 동맹을 만들었는데 이 소설에서 언급되는 '삼파'란 3파전학련을 의미한다.

일본민주청년동맹은 일본공산당의 영향을 받는 청년단체이다. 주로 1960~70년대 전학련의 무장투쟁 노선에 반대하여 시민 사회에 들어가 비폭력적으로 정권과 권력에 반대하는 운동을 펼쳤다. 다만 전학련(전공투)과는 격렬히 대립하여 노선 투쟁을 펼쳤다고 한다. 즉, 여기에서 삼파와 민청 중 어느 쪽인가 하는 질문은 당시의 전학련과 민청의 노선 대립을 의미한다.

17 우메다 요코梅田香子, 1964~ : 일본의 소설가. 1986년 여성 프로야구 선수를 그린 소설 『승리 투수』로 분게이 상 가작 수상. 그 이후로는 스포츠라이터가 되어 특히 일본 프로야구 관련된 기사를 스포츠신문에 다수 기고했다. 야구 외에도 피겨스케이팅과 농구 등도 취재하고 있다.

18 다나카 야스오田中康夫, 1956~ : 일본의 소설가이자 정치인. 1980년 첫 작품인 소설 『어쩐지, 크리스탈』을 발표하고 이 작품으로 분게이 상을 받았다. 1991년 가라타니 고진, 나카가미 겐지 등과 함께 일본이 걸프전에 참가하는 것에 반대하는 성명을 발표한 바 있다. 2000년 나가노현 지사 선거에 출마하여 당선되면서 본격적으로 정치인의 길을 걷게 되었다.

19 하시모토 오사무橋本治, 1948~ : 일본의 소설가. 대표작은 『복숭앗빛 엉덩이 소녀』, 『무화과 소년과 복숭앗빛 엉덩이 소녀』 등이 있다.

20 구리모토 가오루栗本薫, 1953~2009 : 일본의 소설가. '나카지마 아즈사中島梓'란 필명으로는 주로 야오이 소설과 평론을 집필했다. 구리모토 가오루 명의의 대표작 『구인 사가』는 총 100권이 넘는 대하 장편소설이었으나 구리모토 가오루의 사망으로 미완으로 끝났다. 『마계수호전』이란 작품은 『SF 수호지』란 제목으로 한국에 번역 출판되었다. 그밖에 야오이 소설 『끝없는 러브송』 등을 발표했다.

21 미싱 링크missing link : 연속된 무언가의 사이에 끊어진 부분을 가리키는 용어로, 특히 고생물학상에서는 진화 과정에서 사라져 찾을 수 없는(혹은 아직 발견되지 못한) 어떤 생물을 의미한다.

22 중간소설中間小説 : 20세기 후반 일본에서 '순문학'과 '대중소설' 사이에 위치하는 중간적인 소설을 가리키는 용어로 사용된 단어. 특히 그런 작품을 게재하는 잡지를 '중간소설지'라고 불렀는데, 점차 대중소설 자체의 지위가 향상되면서 사용되지 않게 되었다고 한다. '라이트노벨', '장르문학' 등과 마찬가지로 엄밀한 학문적 구분이 존재하는 것은 아니고, 그 당시에 유행했던 구분법이라고 생각하면 된다. 보통 역사소설, 추리소설, 연애(로맨스)소설 등이 이에 해당된다고 여겨진다.

일본 다이쇼 시대에는 이미 아쿠타가와 류노스케가 1926년 〈중앙공론(추오코론)〉에 "대중문예가도 좀 더 당당히 소설가의 영역으로 끼어드는 것이 좋다. 그렇지 않으면 오히려 소설가가 대중문예가의 영역으로 끼어들어갈지도 모른다"는 발언을 싣는 등, 그런 분위기가 존재했다고 한다. 그런 바탕 위에서 1947년 잡지 〈신풍新風〉(오사카쇼보)에서 소설가 하야시 후사오가 "일본소설을 발전시키는 길은 순문학과 대중소설의 중앙에 있다"고 말한 것에 대해 소설가 구메 마사오가 그것을 중간소설이라 칭한 것이 최초라고 한다. 하야시 후사오는 또한 에드거 앨런 포에서 오 헨리까지의 사이를 노린다고도 했는데, 이는 그 당시 일본에서 순문학과 대중문학의 경계를 어디에 두고 있었는지 느껴지는 대목이라 흥미롭다. 그후 이 단어가 당대의 일본 문단에서 조금씩 유행하여, 1949년 나오키상 수상 소감에서 소설가 야마다 가쓰로가 자신은 하야시 후사오가 제창한 중간문학 분야에 종사하고 싶다고 발언한 바 있다.

1947년 창간된 〈일본소설〉(다이치쇼보)과 〈소설 신초〉(신초샤)가 최초의 중간소설지라고 일컬어지는데, 그 이후 2차 세계대전 중부터 발행되던 대중소설지 〈올 요미모노〉, 〈강담구락부〉 등도 종전 후 복간되면서부터는 중간소설지로서의 면모를 보였다. 그밖에 〈소설 공원〉, 〈별책 문예춘추〉, 〈별책 소설 신초〉 등 다수의 잡지가 창간되어 수십 만부의 발행부수를 기록하기도 하는 등 1955년을 전후하여 중간소설지는 전성기를 맞이했다. 비슷한 시기에 신문의 연재 소설도 문학이면서 통속성과 오락성을 강조한 작품이 실리기 시작하여 마찬가지로 중간소설적인 면을 엿볼 수 있었다.

그후 역사소설의 이노우에 야스시, 사회파 추리소설의 마쓰모토 세이초 등이 인기를 얻으면서 중간소설의 붐은 1950년대 후반과 1960년대, 심지어 1970년대에까지 이어졌다. 그러면서 이노우에 히사시, 야마오카 소하치, 시바 료타로 등이 등장했다.

23 아라이 모토코新井素子, 1960~ : 일본의 소설가. 1977년, 고등학교 2학년이라는 어린 나이에 제1회 기상천외 SF신인상에 가작 입선하며 데뷔하여 일본 문학계에 화제가 되었다. 1981년『그린 레퀴엠』과 1982년『넵튠』으로 제12회와 13회 성운상 일본단편부문, 1999년『티그리스와 유프라테스』로 제20회 일본SF대상을 수상했다. SF잡지 〈기상천외〉에서 데뷔했기 때문에 SF 작품을 주로 발표했으나 1980년부터 학생잡지와 슈에이샤集英社 코발트 문고 등을 통해 '주니어소설'을 출간했다. 이를 통해 일본에서는 '라이트노벨의 원조 작가'라는 평가를 받기도 한다.

24 요시다 아키미吉田秋生, 1956~ : 일본의 만화가. 대표작『길상천녀』, 『바나나 피시』, 『러버스 키스』, 『바닷마을 이야기』 등이 있다.

25 『루팡 3세』 : 일본의 만화가 몽키 펀치가 1967년부터 발표해온 만화. 프랑스 소설가 모리스 르블랑이 20세기 초에 창조한 캐릭터 '괴도 루팡(뤼팽)'의 손자로 설정된 루팡 3세를 주인공으로 한 넌센스 코메디 타입의 액션만화다. 1971년에 TV 애니메이션이 만들어진 이후 40년이 지난 지금까지 일본에서 큰 인기를 모으고 있는 장수 작품이다.

26 코발트문고 : 일본의 출판사 슈에이샤에서 1976년부터 발행하고 있는 소녀 대상의 소설 레이블. 최근에는 라이트노벨 계열로도 분류되고 있다. 1970년대 후반 잡지 〈소설 주니어〉(1982년부터는 〈코발트〉로 제목을 바꿈)의 작품을 문고화하기 시작하나, 점점 청소년 연령층의 소녀를 대상으로 하여 청춘의 사랑 이야기를 담은 작품을 다수 출판해왔다.

27 가사이 기요시笠井潔 : 추리, SF 등의 분야에서 활약하는 일본의 소설가이자 문예평론가. 1979년 등단했으며, '신본격 미스터리' 움직임을 높이 평가하기도 했고, 미소녀게임에도 관심을 보여 게임 시나리오 라이터 나스 기노코의 소설『공의 경계』가 발매될 때 직접 해설을 썼다. 본인의 작품인『뱀파이어 전쟁』, 『사이킥 전쟁』의 문고판 일러스트를 미소녀게임 일러스트레이터인 다케우치 다카시, 추오 히가시구치가 맡기도 했다.

28 모에萌 : 본래 싹이 튼다는 의미인데, 오타쿠 문화에서는 애니메이션, 만화, 게임 등의

등장인물(캐릭터)에 대해 강한 매력을 느낀다는 의미의 속어로 사용되고 있다. 2000년 대 이후 일본 매스컴에서 많이 다루면서 인지도가 크게 높아져 대중적인 단어가 되었다.

29 세이료인 류스이淸涼院流水, 1974~ : 일본의 미스테리 소설 작가. 필명은 '청량음료수(세이료인료스이)'에서 따온 것이다. 1993년 교토대학 경제학부에 입학한 이후, 아야츠지 유키토, 마야 유타카 등을 배출한 교토대학 추리소설연구회에 들어가 'JDC' 시리즈의 첫 단편을 집필한다. 1996년 제2회 메피스토 상을 수상, 수상작을 『코즈믹 세기말탐정 신화』로 출판하면서 데뷔했다. 그때까지의 일본 미스터리계에서 전혀 볼 수 없었던 독특한 작풍 탓에 많은 비판을 받기도 했다. 반면 오쓰카 에이지, 아즈마 히로키 등은 높이 평가했고, 동료 작가인 마이죠 오타로, 니시오 이신은 'JDC' 시리즈에 공명하여 같은 세계관을 공유하는 작품을 'JDC 트리뷰트' 시리즈로 내놓기도 했다. 'JDC'는 약 350명 이상의 탐정이 소속된 '일본탐정구락부'의 약자다.

보강

1 가오나시 : 미야자키 하야오 감독의 애니메이션 〈센과 치히로의 행방불명〉(2001)에 등장하는 캐릭터. 검은 그림자 같은 몸에 가면을 쓴 것처럼 보인다.

2 BL(보이즈러브) : 남성 캐릭터 간의 연애를 그린 만화나 소설을 가리키는 일본의 용어. '야오이'나 '소년애', 혹은 잡지명에서 따온 'JUNE(주네)'라는 장르 명칭이 유행한 적도 있었지만, 2000년대 이후 거의 'BL'로 통일되었다. 2차 창작물을 야오이, 오리지널 작품을 BL이라고 구분 짓기도 했으나 지금은 2차 창작 동인지까지 포괄하여 BL이라고 하는 경우가 많다. 일본 만화에서 여성 대상으로 중요한 한 장르를 이루고 있으며, 최근에는 소위 '부남자'라고 불리는 남성 팬도 조금씩 늘어나고 있다.

3 미시마 유키오三島由紀夫, 1925~1970 : 일본의 소설가, 극작가 ,평론가. 대표작은 『가면의 고백』(1949), 『금각사』(1956), 『우국』(1961) 등이 있다. 1970년 일본 자위대의 궐기를 주장하며 할복 자살하여 세계적으로 충격을 안겼다.

4 미야자키 하야오宮崎駿, 1941~ : 일본의 애니메이션 감독이자 만화가. 애니메이션 제작회사 스튜디오 지브리 소속. 1963년 애니메이션 제작사 도에이동화에 입사하여 애니메이터로 활동하기 시작했고, 1978년 TV 애니메이션 〈미래소년 코난〉의 연출을 맡았다. 1982년에는 만화 『바람 계곡의 나우시카』를 연재하면서 만화가로서도 데뷔했다. 감독, 혹은 연출을 맡은 대표작으로는 〈미래소년 코난〉 외에 〈루팡 3세 칼리오스트로의 성〉(1979), 〈바람 계곡의 나우시카〉(1984), 〈천공의 성 라퓨타〉(1986), 〈이웃집 토토로〉(1988), 〈마녀 배달부 키키〉(1989), 〈붉은 돼지〉(1992), 〈모노노케히메〉(1997), 〈센과 치히로의 행방불명〉(2001), 〈하울의 움직이는 성〉(2004), 〈벼랑 위의 포뇨〉(2008) 등이 있다.

5 『어스시의 마법사A Wizard of Earthsea』 : 어슐러 K. 르 귄의 판타지소설 '어스시' 시리즈의 첫 작품으로 1968년 출간되었다. 이 시리즈로 1972년까지 3권의 단행본이 출간되었

고, 1990년과 2001년에 후속작이 발표되었다. J. R. R. 톨킨『반지의 제왕』, C. S. 루이스 『나니아 연대기』와 함께 세계적으로 인기가 높은 판타지문학이다. 일본에는『게드 전기』라는 제목으로 번역되었다. 2006년 일본의 지브리 스튜디오에서 애니메이션 영화로 만들어졌다. 애니메이션판을 감독한 미야자키 고로宮崎吾朗는 미야자키 하야오 감독의 아들이다.

저자 후기

1 미르치아 엘리아데Mircea Eliade, 1907~1986 : 루마니아 출신의 종교학자이자 작가. 국내에『종교 형태론』,『이미지와 상징』,『대장장이와 연금술사』,『영원회귀의 신화』,『세계 종교 사상사』등 다수의 종교 관련 저서가 번역되어 있다. 또한 문학 분야의 대표작인 『백년의 시간』도 번역 출간되었다.

2 한스 카스톨프는 토마스 만『마의 산』의 주인공 이름.『마의 산』은 1924년 발표된 소설인데, 주인공이 1차 세계대전 전에 스위스 알프스에서 결핵에 걸려 체재하는 동안 여러 사람들을 만나면서 성장한다는 내용이다.

3 나쓰메 소세키夏目漱石, 1867~1916 : 일본을 대표하는 소설가. 대표작『나는 고양이로소이다』(1905),『도련님』(1906) 등이 있다.

4 메이지明治 : 일본의 연호로 1868~1912년까지의 기간을 뜻한다.

5 강담속기본 : 코단講談(강담)의 구연 내용을 속기해서 서적 형태로 만든 것. 라쿠고落語나 코단의 연기 내용을 속기해서 만든 책을 속기본이라고 하는데, 강담속기본은 그중에서도 코단을 속기한 책을 말한다. 코단이란 연기자가 무대 위 책상에 앉아서 관객들에게 역사나 정치에 관련된 이야기를 낭송해주는 일본의 전통 예능의 일종이다.

6 모리 오가이森鴎外, 1862~1922 : 일본의 소설가이자 평론가, 번역가. 1873년 군의관으로 임관하여 독일 유학을 하기도 했다. 1889년부터 문필 활동을 시작했으며, 서양 희곡을 다수 번역하고 평론 활동과 집필 활동도 진행했다. 대표작『무희』(1890),『위타 섹스알리스』(1909) 등이 있다. 만년에는 제실 박물관(현재 도쿄국립박물관 등으로 분할) 총장, 제국 미술원(현 일본예술원) 초대 원장 등을 역임했다.

7 후지무라 미사오藤村操, 1886~1903 : 홋카이도 출신의 고등학생. 게곤 폭포에서 투신 자살했다. 자살 현장에 남긴 유서가 당시 매스컴과 지식인에게 파문을 일으켰다고 한다. 엘리트 학생이 염세관을 가지고 자살한 것에 대해 당시 입신 출세를 미덕으로 여기던 풍토에 큰 영향을 미쳤다는 것. 게곤 폭포는 그 이후 후지무라 미사오의 영향을 받아 자살하는 사람이 이어졌기 때문에 자살의 명소라는 식으로 일본에 알려지게 되었다. 참고로 이 학생이 속한 반의 영어 교사는 나쓰메 소세키였는데,『나는 고양이로소이다』에도 게곤 폭포에서 뛰어들지도 모른다는 문장이 나오는 등 그에게도 영향이 컸다고 여겨진다.

8 문학 프리마 : 2002년부터 시작된 일본의 도서 판매전으로 '문학 프리마켓'의 약자. 1975

년부터 이어져온 만화 동인지의 판매전인 '코믹 마켓'을 본받아, 문학에서도 기존의 문단 및 출판사, 독점적인 유통업체 서점으로 이어지는 유통 시스템에서 벗어나 작가가 직접 자신의 책을 독자에게 파는 형태를 모색해보자는 취지에서 만들어졌다.

코믹 마켓과 마찬가지로 특별한 협회나 단체가 주도하는 것이 아니라 어디까지나 유지에 의한 사적인 판매전이다. 2002년 이 책의 저자 오쓰카 에이지의 제안으로 제1회가 개최된 이후 매년 1회씩, 2008년부터는 2회씩 열리고 있다. 문예지 〈파우스트〉나 비평가 아즈마 히로키도 참여한 적이 있고 소설가 사토 유야, 니시오 이신, 마이조 오타로, 사쿠라자카 히로시, 사쿠라바 가즈키 등도 동인지 형태로 본인의 작품을 직접 제작·판매한 적이 있다.

9 나베타(가명) : 오쓰카 에이지가 2013년 발표한 에세이에 소개된 인물이다. 전문학교에서 저자의 학생이었다고 하는데, 에세이에 의하면 졸업 후 사회와 직장에 적응하지 못하고 사실상 히키코모리처럼 살다가, 2012년 일본의 지방선거에서 자신의 지역구에 출마한 후보들에게 무작정 인터뷰를 요청하여 그 상황(거절당할 경우엔 거절당한 모습 그대로)을 동영상 사이트 유튜브에 올려 일부에서 화제가 되었다. 오쓰카 에이지의 에세이를 통해 더욱 널리 알려지면서, 젊은이로서 정치에 대한 새로운 접근법으로 보는 시각도 있다.

찾아보기

238

국립중앙도서관 출판예정도서목록(CIP)

이야기 체조
지은이: 오쓰카 에이지 ; 옮긴이: 선정우. — 서울 : 북바이북, 2014
    p. ;   cm

원표제: 物語の体操:物語るための基礎体力を身につける6つ
の実践的レッスン
색인수록
일본어 원작을 한국어로 번역
ISBN 979-11-85400-03-7 03800 : ₩15000

소설 작법[小說作法]
이야기

802.3-KDC5
808.3-DDC21   CIP2014020594

이야기 체조

2014년 7월 25일 1판 1쇄 발행
2019년 1월 10일 1판 2쇄 발행

지은이   오쓰카 에이지
옮긴이   선정우
펴낸이   한기호
펴낸곳   북바이북
            출판등록 2009년 5월 12일 제313-2009-100호
            주소 121-839 서울시 마포구 서교동 484-1 삼성빌딩A동 2층
            전화 02-336-5675 팩스 02-337-5347
            이메일   kpm@kpm21.co.kr
            홈페이지 www.kpm21.co.kr

ISBN 979-11-85400-03-7 03800

북바이북은 한국출판마케팅연구소의 임프린트입니다.
책값은 뒤표지에 있습니다.